Alisha Sevigny

Mein Sternschnuppensommer

© CribbVisuals_iStock

Alisha Sevigny hat einen Abschluss in »Professional Writing« und Soziologie von der University of Virginia, absolvierte die Filmhochschule, arbeitete als Literaturagentin und liebt Hot Yoga. Mittlerweile lebt und schreibt sie in Toronto, doch als Kind stromerte sie barfuß durch die Wildnis der pazifischen Nordwestküste, was den bemitleidenswerten Zustand ihrer Füße erklärt. Deshalb gönnt sie ihnen so oft wie möglich eine Pediküre.

Ihr erreicht Alisha über ihre Website und Social Media:

alishasevigny.com
Instagram: @alisha7e
Facebook: facebook.com/alisha.sevigny
Twitter: @alisha7e

Mein Sternschnuppen-Sommer

Alisha Sevigny

Aus dem Amerikanischen
von Maren Illinger

Ravensburger Buchverlag

Als Ravensburger Taschenbuch
Band 58533
erschienen 2018

MIX
Papier aus verantwortungsvollen Quellen
FSC® C114500
FSC
www.fsc.org

1 2 3 4 5 E D C B A

Deutsche Erstausgabe

Die Originalausgabe erschien 2018
unter dem Titel »Summer Constellations«
First published in English under the title:
Summer Constellations

Lektorat: Ulrike Schuldes
Umschlaggestaltung: Anna Rohner,
unter Verwendung von Bildern von
© Stock-Asso/Shutterstock; © Romolo Tavani/Shutterstock;
© Netfalls Remy Musser/Shutterstock; © nj_music/Fotolia

Printed in Germany

ISBN 978-3-473-58533-5

www.ravensburger.de

Für meine Eltern, die mit uns überall wild gecampt haben. Und für die Sterne, die Träumer, Künstler und alle, die die Welt verändern wollen, inspirieren.

»Wir sind alle verbunden. Miteinander biologisch. Mit der Erde chemisch. Mit dem Rest des Universums atomar.«

Neil deGrasse Tyson

»Der Sternenhimmel berührt die Seele. Die Religion, die Philosophie, die Wissenschaft, Kunst und Literatur unserer Zivilisation haben einen ihrer Ursprünge im Anblick des Himmels. Doch genau der geht uns gerade verloren, mit schwer absehbaren Konsequenzen. Was geschieht, wenn wir uns vom nächtlichen Himmel nicht mehr inspirieren lassen können?«

Fabio Falchi (über Lichtverschmutzung)

1

»Ich kann nicht glauben, dass du mich verlässt!«

Der Wind weht durch die heruntergekurbelten Fenster des uralten Chevy Trucks und bläst mir die Haare ins Gesicht. Ich streiche die losen Strähnen zurück und binde mir einen hohen Pferdeschwanz. Die Sonne brennt auf die zerkratzte Windschutzscheibe.

Paige schaut mich an. Ihre Miene wirkt gequält und ihre Hände am Lenkrad liegen vorbildlich auf zehn vor zwei. »Mir bleibt leider nichts anderes übrig.«

»Und dann auch noch für den ganzen Sommer.« Ich drehe am Lautstärkeregler. Der alte Blaue bekommt nur noch den Oldie-Sender rein, irgendein Doo-Wop-Song dudelt blechern aus den Lautsprechern.

»Ich weiß.« Sie seufzt und schneidet eine Grimasse bei dem Gedanken, die nächsten zwei Monate mit ihrem Vater, einem notorischen Schürzenjäger, und seiner neuen Flamme zu verbringen. Das ist ihre Bezeichnung, nicht meine. »Das Ganze ist so ein entsetzliches Klischee.«

»Na ja, dafür reist du nach Japan und lernst deine Verwandten kennen. Das ist doch auch was.« Ich gebe mir Mühe, begeistert zu klingen. Es ist schrecklich, sie so deprimiert zu sehen. Der Truck schleppt sich keuchend den Berg hoch, gerade als die Sonne hinter der Kuppe verschwindet und die Wälder in mandarinenfarbenes Licht taucht.

»Hmja.« Sie verpasst dem Lenkrad einen ermunternden Klaps. »Aber Mom tut mir leid.«

»Sie wird's überleben.« Ich lehne den Kopf an den rostigen Fensterrahmen, wobei sich Lacksplitter in meinen Haaren verfangen. »Und ich auch.« Obwohl ich keine Ahnung habe, wie ich die nächsten zwei Monate ohne meine beste Freundin überstehen soll. Aber ich will ihr schlechtes Gewissen nicht noch verstärken.

»Wenigstens kannst du dich auf Dan Schaeffer freuen«, sagt Paige, als wir den Gipfel erreichen und vor uns tief unten der glitzernde See sichtbar wird. Das Auto macht vor Erleichterung einen kleinen Satz.

»Stimmt.« Ich habe mich bemüht, meine Aufregung über das Wiedersehen mit Dan im Zaum zu halten, aber jetzt, einen Tag vorher, ist sie übermächtig und nicht mehr zu zügeln. Wir düsen abwärts und mein Herz rast im selben Tempo den steilen Hang hinunter.

»Wann kommt er an?«, fragt Paige über das Brausen hinweg.

»Morgen. Zumindest laut Reservierung.«

Paige tritt auf die Bremse, die zur Abwechslung mal funktioniert, um vor der Kurve zu verlangsamen. Wenig später taucht ein verwittertes Holzschild mit verblasster weißer Aufschrift vor uns auf: *Campingplatz Charming Pines.*

Zu Hause.

Die asphaltierte Straße geht in einen Schotterweg über, der unter den Reifen prasselt und knirscht, als wir durchs Tor fahren.

»Ich frage mich, ob es komisch sein wird, ihn nach so langer Zeit wiederzusehen«, sage ich. Dan Schaeffer und seine Familie kommen seit fünf Jahren jeden Sommer auf unseren Campingplatz. Schon beim ersten Mal habe ich mich in ihn verknallt, damals war ich zwölf. Letzten Juli nahm die Sache dann endlich Fahrt auf und es kam ein paarmal zu intensivem … Geknutsche. Obwohl wir damals und auch später beim Chatten nie über unseren Status gesprochen haben, hoffe ich – nein, *gehe ich davon aus* (Paige ermahnt mich immer, positiv zu denken) –, dass diesen Sommer mehr daraus wird als nur ein Ferienflirt.

»Diesmal schnappst du ihn dir, ja?« Sie zwinkert mir mit ihren großen braunen Augen zu. »Ich will eine Nachricht bekommen, dass Julia Ducharme offiziell vergeben ist.« Sie dreht das Lenkrad nach links. »Vielleicht während ich gerade das weltbeste Sushi esse oder mit meinen Cousinen Karaoke singe. Hoffentlich haben Shinto und Haru ein paar süße Jungs in ihrem Freundeskreis«, fügt sie hinzu.

»Ich gebe mein Bestes«, verspreche ich ihr. Paige hat mir in den letzten Monaten dabei geholfen, meine burschikose Seite etwas zurückzufahren und die Femme fatale in mir herauszukitzeln. Sie behauptet, die Reaktionen einiger Jungs von der Schule seien der Beweis dafür, dass es funktioniert hat, aber ich habe da meine Zweifel. Wahrscheinlich lag es nur an dem kurzen Rock, den sie mir geliehen hatte. Aber ich gebe die Hoffnung nicht auf, dass ihre Lektionen »Flirten für Anfänger« und »Unwiderstehlich im richtigen Leben« sich irgendwann auszahlen. Die Unwiderstehlichkeit, die man über Chats oder SMS versprühen kann, ist eben begrenzt.

Als wir unser Haus erreichen, zieht Paige die Handbremse. Mein kleiner Bruder kommt gerade die Einfahrt heraufgetrottet.

Paige beugt sich aus dem Fenster und winkt ihm zu. »Hi, Caleb!«

Er winkt schüchtern zurück, dann zieht er sich die Baseballkappe tiefer ins Gesicht und steigt langsam die Treppe hoch. Seine Bewegungen werden endlich wieder flüssiger.

»Wie geht es ihm?«, fragt Paige leise, als die Fliegengittertür hinter ihm zugefallen ist.

»Eigentlich ganz gut«, erwidere ich ebenso leise und schlüpfe in meine Sandalen. Das letzte Jahr war wirklich hart. Meine enttäuschten Hoffnungen, was Dan betrifft, waren da noch das kleinste Übel.

Viel schlimmer war, dass mein kleiner Bruder krank war. Richtig krank. Er hatte eine seltene Krankheit namens Guillain-Barré-Syndrom und war monatelang gelähmt. Er konnte nicht mal mehr atmen und war an alle möglichen gruseligen Maschinen angeschlossen. Seit einem Monat geht es ihm Gott sei Dank wieder besser. »Aber das mit seinem Gesicht macht ihm zu schaffen.« An der linken Körperhälfte sind immer noch einzelne Partien gelähmt, daher auch das Hinken und das schiefe Lächeln, das momentan allerdings nur selten aufblitzt.

»Hilft ihm die Krankengymnastik?« Paige trommelt mit den Fingern aufs Lenkrad.

»Schon. Aber er hängt trotzdem die meiste Zeit allein im Keller rum und spielt auf seinem Computer.« Früher war Caleb immer den ganzen Tag draußen, ist auf Bäume geklettert, geschwommen und hat den Campingplatz unsicher gemacht. »Und er ist nicht gerade begeistert, dass er die vierte Klasse wiederholen muss.«

»Aber die Ärzte haben doch gesagt, dass er wieder ganz gesund wird, oder?«

»Ja, haben sie.« Ich bin dankbar, dass es nach diesem schwierigen Jahr endlich wieder bergauf geht. Eine leichte Brise weht durch die Bäume.

»Also dann«, sagt Paige seufzend und streicht sich die glatten schwarzen Haare zurück, die einfach immer perfekt liegen – meine dagegen erinnern an ein rotes Eichhörnchennest, mit Blättern, Zweigen und allem, was dazugehört. »Ich mach mich besser auf den Weg.«

Ich springe aus dem Wagen, laufe auf die andere Seite und steige auf das rostige Trittbrett, um meine beste Freundin fest zu umarmen. »Gute Reise!«

Sie lacht wehmütig. »Wir werden sehen. Aber was ich gerade gesagt habe, war ernst gemeint. Du musst mir unbedingt schreiben.«

»Wer weiß, was du für Nachrichten bekommst.« Ich wackle vielsagend mit den Augenbrauen.

»Was? Warum?« Paiges Stimme wird lauter. »Jules! Planst du etwa dein erstes Mal?«

Ich zucke möglichst lässig die Schultern, auch wenn mein Herz allein beim Gedanken daran heftig klopft. Ich wiederhole ihre Worte: »Wir werden sehen.« Dass Dan und ich letztes Jahr nicht bis ans Ende gegangen sind, lag jedenfalls nicht daran, dass er es nicht versucht hätte. Aber ich war nicht bereit gewesen. Noch nicht.

Sie gibt mir einen Klaps auf den Arm.

»Au!«

»Ich will jedes Detail hören! Verstanden?«

Ich springe auf den Schotter und reibe mir den Bizeps. »Klar!«, verspreche ich.

Nachdem ich den Autoreifen, den wir mitgebracht haben, von der Ladefläche des Trucks gewuchtet und Paige ein letztes Mal zugewinkt habe, rolle ich den Reifen zu dem Schuppen neben unserem Haus. Red, der so etwas wie der Hausmeister und gute Geist auf unserem Campingplatz ist, kommt herausgeschlendert. Seine mit Farbklecksen bespritzte Latzhose ist so ausgeblichen, dass ihr Jeansstoff beinahe weiß ist. Gemeinsam mit ihm halten Mom und ich den Laden hier am Laufen.

»Hi, Red«, sage ich, als er mir die Tür aufhält.

»Hallo, Julia«, antwortet er. »Danke, dass du den Reifen mitgebracht hast. Wie war der letzte Schultag?«

»Gut. Vor allem, weil es der letzte war.« Ich ducke mich unter seinem Arm durch und bugsiere den Reifen in den Schuppen. Es ist ein seltsamer Gedanke, dass die Schule jetzt vorbei ist. Fertig. Aus. Ich weiß gar nicht, wie ich mich fühlen soll. Aber ich freue mich unglaublich darauf, von jetzt an Tag und Nacht draußen verbringen zu können, unter der Sonne und den Sternen, im kristallklaren Wasser und an der frischen Bergluft.

Und natürlich, Dan zu sehen.

»Dann hast du jetzt wohl offiziell Ferien, was?« Wie er sich den grauen Bart reibt, erinnert er an einen etwas verwilderten Weihnachtsmann.

Ich ziehe die Augenbrauen zusammen. »Ja, aber komm jetzt nicht auf falsche Ideen. Ich fange hier erst morgen ›offiziell‹ in Vollzeit an.«

»Ich dachte nur, du könntest dir vielleicht kurz den Steg ansehen.« Sein Ton ist einschmeichelnd. »Einige Gäste haben gesagt, dass da ein paar Bretter locker sind.«

»Du gönnst mir aber auch nie eine Pause.« Seufzend lehne ich den Reifen an die Wand. »Heute Abend gehe ich sowieso runter zum See, dann schaue ich mal nach. Es soll einen Wahnsinnssternenregen geben.«

»Danke dir.« Red arbeitet bei uns, seit ich denken kann, und gehört quasi zur Familie. Er war ein enger Freund meines Großvaters und hat es sich zur Aufgabe gemacht, mich zum Handwerker, oder besser, zur Handwerkerin, auszubilden, nachdem mein Opa gestorben war. Sie fanden beide, dass jedes Mädchen Handgriffe wie Reifenwechseln, Hüttenbauen oder einfache Klempnerarbeiten beherrschen sollte. Auch wenn Letzteres ziemlich eklig ist. Nützlich, aber eklig. Dank Red kann ich es jedenfalls.

»Kein Problem«, sage ich, wische mir die Hände an den Shorts ab und verlasse hinter ihm den Schuppen.

Ich atme den vertrauten Geruch von frisch gehacktem Holz und Lagerfeuer ein. Der Campingplatz ist seit über einem Monat geöffnet, doch jetzt, mit Beginn der Sommerferien, haben wir Hochsaison. Bisher waren hauptsächlich Rentner und Wochenendgäste da, aber bald werden wir komplett ausgebucht sein. Zum Glück. Auch wenn Mom nicht gern darüber redet, weiß ich, dass das Geld dieses Jahr nach den ganzen Arztrechnungen ziemlich knapp geworden ist. Ich gehe ins Haus, wo mir der Duft von frisch gebackenem Kuchen entgegenschlägt.

Sonderbar. Mom backt eigentlich nur, wenn einer von uns Geburtstag hat.

»Mom?«, rufe ich. »Ich bin wieder da!«

»Ich bin hier«, ruft sie aus der Küche.

Ich folge ihrer Stimme und betrete ein Schlachtfeld. Es sieht aus, als wäre der Kühlschrank explodiert.

»Was ist denn hier los?« Ich mustere erst das Chaos und dann meine Mutter, die eher eine Göttin als eine Hausfrau ist.

Auf ihrer Schürze steht *Rein in die Asanas!*. Meine Mutter leitet nicht nur den Campingplatz, sie gibt auch Hot Yoga-Kurse und ist eine ziemliche Yoga-Fanatikerin. Man könnte meinen, dass ein Gesundheitsfreak wie sie gern kocht, aber sie sagt, es sei besser, das frische Gemüse vom Bauernmarkt roh zu essen. Behauptet sie zumindest. »Ich wollte Caleb und dir heute mal was Besonderes kochen«, sagt sie leicht atemlos. Dafür, dass sie Mitte vierzig ist, hat Mom eine ziemlich tolle Figur, aber ich entdecke ein paar neue Fältchen um ihre Augen. Calebs Krankheit hat auch mich mitgenommen, aber Mom hat quasi im Krankenhaus gewohnt, während er dort war. »Red isst mit uns.«

Ich schnuppere. Ein weiterer ungewohnter Geruch dringt in meine Nase. »Ist das Fleisch?«

»Schmorbraten«, sagt sie, halb stolz, halb bedauernd.

»Im Ernst?« Mom ist Veganerin, aber wir anderen sind Fleischfresser.

»Frei laufend, mit Getreide gefüttert und ohne Hormone.« Sie öffnet die Ofentür und schaut hinein. »Das arme Ding.«

»Lecker.« Ich sehe sie an. »Gibt es einen besonderen Anlass?«

»Darf ich nicht mal ein schönes Essen für meine Familie kochen?«, entgegnet sie, doch ihre angespannten Schultern verraten mir, dass mehr dahintersteckt.

Ich sehe sie argwöhnisch an. »Nein, sag ehrlich, was ist los?«

»Wir sprechen beim Essen darüber.«

Okaaaay. Mein Herz rutscht mir in die Kniekehlen, und meine Gedanken wandern automatisch zu Caleb, obwohl er gut aussah, als ich ihn vorhin gesehen habe.

»Wo ist Cale?«, frage ich.

»Es geht ihm gut, Julia.« Unsere Telepathie funktioniert in beide Richtungen.

Trotzdem will ich mich selbst vergewissern. Die meisten Mädchen in meinem Alter finden ihre kleinen Brüder nervig, aber Caleb ist ein ziemlich cooles Kerlchen. Und das fand ich schon, bevor er krank wurde. Ich gehe zur Kellertreppe und überlasse Mom die letzten Vorbereitungen fürs Essen.

Unten empfängt mich Finsternis. Nur das Licht des 50-Zoll-Monitors erhellt Calebs weißes Gesicht. Er trägt ein Headset und unterhält sich mit seinen Gamer-Freunden, während sie die neueste Minecraft-Version spielen.

»Hey, Cale.«

»Hey«, sagt er, ohne den Blick vom Bildschirm zu lösen.

»Wie geht's dir?« Ich mustere ihn eingehend.

»Gut.« Trotz seiner Blässe nach der langen Zeit im Krankenhaus und jetzt hier unten sieht es so aus, als hätte er ein paar Pfund zugenommen.

»Gewinnst du?«, frage ich und lasse mich neben ihn auf das abgewetzte Sofa fallen.

»Jep.« Was für ein brillanter Gesprächspartner.

»Ist dir an Mom irgendwas aufgefallen?« Mein rechtes Bein wippt auf und ab.

Er drückt auf Pause und sieht mich mit seinen klaren blauen Augen an, die er von Mom geerbt hat. Ich habe die algengrünen Augen meines Vaters, eins der wenigen Details, die mich an ihn erinnern. »Was?«

»Sie macht Schmorbraten. Und Kuchen!«

»Cool.« Er spielt weiter.

»Bist du gar nicht neugierig?« Geduld ist nicht gerade meine Stärke. Mein Bruder dagegen könnte es locker mit einer Horde buddhistischer Mönche aufnehmen. Ich frage mich, ob das ganze Herumliegen im Krankenhaus ihn gelehrt hat, die Dinge so zu nehmen, wie sie kommen. Auf mich hatte es die genau gegenteilige Wirkung. Ich werde jetzt noch schneller zappelig.

»Nö«, sagt er und starrt weiter auf den Bildschirm.

Ich sitze noch ein paar Minuten da und schaue zu, wie seine Finger über den Controller sausen. Dann höre ich die Fliegengittertür zufallen und springe auf die Füße.

»Red ist da«, sage ich und spüre Adrenalin in meinem Körper. Caleb geht es gut, aber ich habe irgendwie eine schlechte Vorahnung. Ich muss herausfinden, was los ist. Danach kann ich hoffentlich weiter von meinem Wiedersehen mit Dan träumen. Ich habe mir die Szene schon hundertmal ausgemalt. Ob wir uns unten am See treffen? Oder wird er zu uns hochkommen und nach mir fragen? Was soll ich anziehen? Man kann sich auf einem Campingplatz nicht wirklich schick machen. Also, man kann schon, aber dann würde man aussehen wie ein Idiot! Habe ich Paige ihren Rock eigentlich schon zurückgegeben?

»Essen ist fertig!«, ruft Mom die Treppe herunter.

Caleb murmelt etwas in sein Headset und nimmt es ab. Er erhebt sich etwas steif und schaltet das Spiel aus.

»Es hat bestimmt nur was mit dem Campingplatz zu tun«, sagt er, als wir zur Treppe gehen. Süß, dass mein kleiner Bruder versucht, mich zu beruhigen. »Vielleicht brauchen wir neue Feuerstellen am Strand und wir sollen dabei helfen oder so.«

Seine kleinen Hände umgreifen das Geländer. Sein rechtes Bein hebt sich, senkt sich, und das schwache linke wird nachgezogen. Das rechte führt wieder, gefolgt vom linken.

»Vielleicht.« Ich beobachte seine Bewegungen.

»Oder vielleicht wird Wakestock dieses Jahr abgesagt«, fügt er hinzu, dreht den Kopf zu mir und zeigt sein seltenes Lächeln.

»Mach bloß keine Witze!« Ich trainiere schon seit Monaten meinen 360 für das jährliche Wakeboard-Turnier, trotz der nahezu arktischen Wassertemperaturen. Ich kann es kaum erwarten, Dan damit zu beeindrucken.

»Kinder!«, ruft Mom wieder bemüht fröhlich, als wir in die Küche kommen.

»Wie geht's dir, Kleiner?« Red verstrubbelt Caleb die Haare. Ich frage mich, warum er vorhin im Schuppen gar nicht erwähnt hat, dass wir uns zum Essen sehen.

»Freust du dich, dass die Schule vorbei ist, Jules?«, fragt Mom. »Ich bin so stolz auf dich.« Dann, ohne auf eine Antwort zu warten, fügt sie mit einem Zwinkern hinzu: »Morgen kommen die Schaeffers!« Ich werde rot. Alle wissen, dass zwischen Dan und mir was läuft. Seine Eltern sind gut mit Mom befreundet, und ich bin sicher, dass sie über uns geredet haben. Echt peinlich.

Mom hat den Gartentisch gedeckt und wir gehen nach draußen. Das gute Porzellan steht arglos auf Omas feiner Tischdecke.

»Gibt es was zu feiern?«, frage ich, falte die Hände und lege das Kinn darauf. Vielleicht trügt mich mein Instinkt ja auch.

Mom und Red wechseln einen Blick. »Morgen kommt jemand, um

den Wert des Grundstücks zu schätzen«, sagt Mom dann in einem Rutsch.

Was? »Warum?«

»Na ja.« Sie räuspert sich. »Ich denke darüber nach, es zu verkaufen.«

Ich nehme das Besteck und betrachte es eingehend. »Du meinst, einen Teil des Grundstücks?« Der Campingplatz liegt direkt am Ufer des Sees mit einer Menge Wald drum herum.

»Ich meine den ganzen Platz.« Moms Stimme ist ruhig. Sie sieht Red an, der nichts dazu sagt, und blickt dann von meinem Bruder zu mir.

Peng.

2

Ich sitze wie versteinert da.

Caleb starrt auf seinen leeren Teller.

»Warum?«, bringe ich krächzend hervor und umklammere meine Gabel.

»Na ja, ich denke, dass es gut wäre, etwas zu verändern.« Red – der offensichtlich zur moralischen Unterstützung hier ist – nickt ihr zu. Sie fährt fort: »So ein Campingplatz kostet eine Menge Geld, mein Schatz. Die Instandhaltung, die Renovierungsarbeiten …«

»Es ist wegen mir.« Calebs Stimme bebt wie eine 7,5 auf der Richterskala. »Weil ich krank war.«

»Nein, mein Süßer«, sagt Mom schnell. »Es ist einfach sehr viel Arbeit.«

»Wir hatten doch sonst auch kein Problem mit der Arbeit.« Meine Stimme zittert genau wie Calebs. Das kann nicht ihr Ernst sein. Unser Zuhause verkaufen? Das ist doch völlig absurd!

»Es ist wegen dem Geld«, krächzt Caleb. Ein paar Tränen laufen ihm übers Gesicht und er wischt sie wütend weg. »Wir haben so viel fürs Krankenhaus ausgegeben, dass wir uns den Campingplatz nicht mehr leisten können. Stimmt's?«

»Sei nicht albern, Cale.«

Vermutlich hat er recht, aber ich will nicht, dass er sich noch schlechter fühlt. Mom auch nicht. Sie will uns nicht anlügen, aber ihr Gesicht verrät mir, dass wir nicht mal die Hälfte unserer Geldsorgen kennen. Weil es unser eigenes Unternehmen ist, übernimmt die Krankenversicherung nicht alle Kosten. Ich habe Mom am Telefon mit Tante Cheryl darüber sprechen hören, als sie dachte, dass ich es nicht mitbekomme. Nach den Kosten für den monatelangen Aufenthalt im Krankenhaus, die Medikamente, die Krankengymnastik und die ausgefallene Arbeit ist es vielleicht einfach zu viel geworden.

Ich lege das Besteck auf den Tisch. »Kann ich aufstehen?«

»Julia«, setzt Mom an, aber ich warte ihre Antwort nicht ab.

Ich laufe los. Ums Haus herum, die Einfahrt hinunter, die Wege entlang, immer einen Fuß vor den anderen setzend. Meine Wangen sind nass. Unser Campingplatz darf nicht verkauft werden. Ich laufe an mehreren Stellplätzen vorbei, wie auf Autopilot, ohne ein bestimmtes Ziel vor Augen. Es ist Freitag und viele neue Gäste sind angekommen. Zelte werden aufgebaut, Wohnmobile geparkt, Feuerholz gesammelt, Sonnensegel aufgespannt. Musik tönt aus Lautsprechern. Die ausgelassene Stimmung passt nicht zu meinem Kummer. Das kann doch nicht Moms Ernst sein. Der Campingplatz ist unser Zuhause! Wo sollen wir denn hin? Was sollen wir machen? Mich überkommt ein heftiger Brechreiz. Eine gefühlte Ewigkeit laufe ich weiter, die Zeltreihen hoch und runter. Als ich schließlich in meiner Benommenheit aufblicke, nähere ich mich dem Stellplatz 33.

Es ist Dans Platz. Seine Familie reserviert ihn jedes Jahr, wenn sie zu ihrem vierwöchigen Aufenthalt hierherkommt. Die Drei ist Dans Lieblingszahl, das hat er mir in unserem ersten Sommer erklärt, eine Doppel-Drei ist also gleich doppelt gut. Aber auf dem Platz steht ein riesiges Wohnmobil, das so aussieht, als könnten zwanzig Leute bequem darin schlafen. Dieses Riesending gehört doch nicht den Schaeffers.

Idioten, denke ich. Haben die das *Reserviert*-Schild nicht gesehen?

Ich steuere auf das Wohnmobil zu, wische mir die Tränen ab und hole tief Luft, bereit, meinen Frust an den ahnungslosen Campern auszulassen. Die Wohnmobiltür schwingt auf und ein hübsches blondes Mädchen kommt lachend heraus. Ein großer Typ mit blonden, zur Seite frisierten Haaren folgt ihr.

»Hallo«, sage ich. »Tut mir leid, der Stellplatz ist reserviert. Ihr müsst leider …«

»Jules?«, unterbricht mich der Typ.

Ich sperre den Mund auf. »Dan?«

Ich renne die letzten Meter zu ihm, falle ihm um den Hals und vergrabe das Gesicht an seiner Brust. Er riecht so gut. Er legt die Arme um mich und sie fühlen sich so vertraut an, dass mir schon wieder die Tränen kommen. »Es tut so gut, dich zu sehen«, platzt es aus mir heraus. »Wie schön, dass du da bist. Ich muss dir so viel erzählen …« So habe ich mir das große Wiedersehen zwar nicht vorgestellt, aber ich bin zu aufgewühlt, als dass es mich stören würde.

»Äh, Jules …« Dan windet sich unbeholfen aus meiner Umklammerung. »Ich möchte dir jemanden vorstellen.«

Das blonde Model neben uns habe ich völlig vergessen. Ich kann mir einen Großteil des Schnodders gerade noch aus dem Gesicht wischen, bevor ich mich zu ihr drehe.

»Hi«, zwitschert sie, perfekt und rotzfrei.

»Hi.« Meine Stimme ist unsicher.

»Jules, das ist Taylor.«

Ich blicke verwirrt von Taylor zu Dan.

»Meine Freundin.«

Wow, er stellt mich als seine Freundin vor. Also, darauf hatte ich ja gehofft, aber wir haben nie darüber gesprochen … Dann erst merke ich, dass er ihr den Arm um die Schulter gelegt hat.

Oh.

Taylor ist Dans Freundin.

Ich ringe mir ein Lächeln ab. »Schön, dich kennenzulernen.«

»Julias Familie gehört dieser Campingplatz«, erklärt Dan Taylor.

Sie nickt höflich. Unbehagliches Schweigen macht sich breit.

»Ihr … habt ein neues Wohnmobil, hm?« Mein gezwungenes Lächeln fühlt sich zunehmend irrsinnig an.

»Ja«, sagt Dan. »Möchtest du eine Führung?«

Äh, nein.

»Ein andermal. Ich hab Red versprochen, unten am Steg was zu reparieren.« Ich muss hier weg. »Grüß deine Eltern von mir.« Mein Blick fällt auf zwei dunkle Schatten, die sich im Wohnmobil bewegen.

»Mach ich«, sagt er zögernd. »Jules …«

»Bis dann!« Ich drehe mich um und düse davon, wobei ich fast über die Feuerstelle stolpere, die ich gestern extra erneuert habe, damit bei seiner Ankunft alles bereit ist.

»Hat mich gefreut!«, flötet Taylor mir nach.

»Mich auch.« Ich winke über die Schulter. Ich kann nicht denken. Ich kann nicht atmen. Ich kann nur laufen.

Dan hat eine Freundin. Und er hat sie mit hierhergebracht. Warum hat er mir nichts davon gesagt?

Zehn Minuten später bin ich unten am See. Die Sonne ist weg und die ersten Sterne funkeln. Ich steuere auf den Schuppen hinterm Waschhaus zu, wo wir Toilettenpapier, Seife und andere Vorräte lagern. Ich öffne das Vorhängeschloss, bahne mir einen Weg durch zweihundert Rollen Papierhandtücher und wuchte mir eine lange schwarze Tasche über die Schulter. Der Meteoritenschauer wird erst in ein paar Stunden seinen Höhepunkt erreichen, aber ich gehe trotzdem jetzt schon rüber zum Steg. Aus irgendeinem Grund beruhigt mich der Gedanke, zum Nachthimmel hochzuschauen und mir die unermesslichen Weiten des Weltraums und unsere eigene Bedeutungslosigkeit vor Augen zu führen. Vielleicht ist es so – wenn nichts eine Rolle spielt, spielt auch das hier keine Rolle. Mein Herz hat eine Erholung von diesem Doppelschlag jedenfalls bitter nötig.

Der Wind trägt leise Gitarrenklänge zu mir herüber. So ein Mist. Irgendjemand ist schon da. Ich nähere mich dem Bootsanleger. Wenigstens singt er nicht. Aber wer es auch ist, immerhin klingt er gut. Ich kann einen schwachen Umriss am Ende des Stegs erkennen und trete auf die Bohlen, die sich leise ächzend nach unten senken. Die Musik setzt kurz aus, dann fährt sie fort. Auf halber Strecke bleibt mein Fuß an einem der losen Bretter hängen, die Red erwähnt hat. Ich stolpere und lande mit der Nase voran auf dem rissigen Holz. Im Fallen drücke ich das Teleskop an mich, damit es nicht im Wasser landet.

Die Gitarre verstummt. Ich höre, dass sie auf den Steg gelegt wird, während ihr Besitzer aufspringt und zu mir läuft.

»Alles in Ordnung?«, fragt eine Stimme.

»Alles okay«, grummele ich und stemme mich auf die Knie.

Der Tag wird ja immer besser.

Eine Hand kommt mir entgegen. Das Teleskop an mich gedrückt ergreife ich sie, richte mich auf und frage mich augenblicklich, wie dieser Pirat auf meinem Steg gelandet ist. Augen wie Mitternacht, pechschwarze Haare und olivbraune Haut: der Inbegriff von groß, dunkelhaarig und schön. Wie die Typen vorn auf Moms Liebesromanen. Natürlich ist sein Oberkörper nackt. Meine Hand glüht in seiner.

»Das Brett da sollte mal jemand reparieren«, sagt er grinsend und lässt meine Hand los. Ich sehe eine Reihe blendend weißer Zähne.

»Es ist schon jemand unterwegs«, erwidere ich mit trockenem Mund. Was hat dieser halb nackte Kerl auf meinem Steg zu suchen? Ich kann mir vorstellen, wie ich gerade aussehe. Aber ich lasse es lieber. »Danke«, füge ich hinzu.

Dan kreuzt mit seiner Freundin hier auf, und ich lande zu Füßen eines fremden Adonis? Paiges Worte kommen mir in den Sinn: »Was für ein entsetzliches Klischee.« Ich muss mir das Lachen verkneifen.

»Kein Problem.« Er lässt noch einmal sein strahlendes Lächeln aufblitzen und geht dann zu seiner Gitarre zurück. Er hängt seine Füße ins Wasser und klimpert weiter, während ich dastehe und überlege, was ich jetzt machen soll. Sexy Pirat hin oder her, das ist *mein* Steg. Ich halte an meinem Plan fest und baue mein Teleskop auf.

»Schöner Abend zum Sternegucken«, sagt er, ohne mit dem Geklimper aufzuhören.

»Ja«, erwidere ich und stelle die Höhe ein.

»Wer wird denn den Steg reparieren?«, fragt er.

»Ich.« Mein Ton ist kurz angebunden. »Warum fragst du?« *Wenn du ihn nicht anschaust, wird er dich schon in Ruhe lassen.* Ich bin nicht in Stimmung für Smalltalk mit einem Piraten.

Ich spüre seinen Blick. »Brauchst du Hilfe?«

»Danke, ich krieg das schon hin.« Ich spähe durch das Teleskop und stelle die Linse ein. »Der Campingplatz gehört meiner Familie.«

Auch wenn ich nicht weiß, wie lange noch.

Das Geklimper bricht ab. »Echt?« Er dreht sich auf dem Hintern zu mir um, sodass Wassertropfen von seinen Füßen spritzen.

»He!«, sage ich. »Vorsicht mit dem Teleskop!« Ich schaue nach, ob Astra was abgekriegt hat. Glücklicherweise ist sie trocken.

»Tut mir leid.« Seine Stimme ist aufrichtig, und ich vergesse, dass ich ihn nicht anschauen wollte. Seine dunklen Haare sind zerzaust, als wäre er gerade von einem langen, stürmischen Segeltörn zurückgekehrt. »Was schaust du dir an?«

»Den Himmel«, entgegne ich.

»Schon klar«, gibt er zurück. »Aber was genau?«

Meine Wangen werden heiß. »Heute Nacht gibt es einen Meteoritenschauer.«

»Cool. Kann man den auch mit nacktem Auge sehen?«

Bei dem Wort »nackt« wird auch der Rest meines Körpers heiß. Ein Glück, dass es dunkel ist.

»Wenn die Wolken mitspielen.« Ich drehe mich um und beschäftige mich weiter mit dem Teleskop.

Er scheint den Wink nicht zu verstehen. »Ihr habt hier echt ein schönes Fleckchen Erde«, sagt er.

»Danke.« Meine Stimme stockt und mit einem Mal kommen ein paar restliche Tränen hoch. Oh Gott, ich kann gar nicht glauben, dass Mom wirklich übers Verkaufen nachdenkt. Das ist unser Zuhause. Mein Zuhause. Sollen wir etwa in irgendein Nullachtfünfzehnhaus mit einem winzigen Garten ziehen? Ich brauche die Luft, die Bäume, den See, die Freiheit, die Weite und alles andere, wovon Moms geliebte Dixie Chicks singen.

»Alles okay?«, fragt er.

Na toll. Jetzt heule ich schon vor Fremden.

»Ja.« Ich schniefe. Leider macht Mitgefühl das Heulen immer noch Millionen Mal schlimmer. Es ist, als wollte man mit Kerosin ein Feuer löschen. Die Tränen laufen mir schneller über die Wangen, als ich sie wegwischen kann. Unglaublich, dass überhaupt noch welche da sind. »Alles okay«, versichere ich wieder. Ich hocke mich an den Rand des Stegs und spritze mir kühles Wasser ins Gesicht. »Ich wünschte nur, das Leben wäre nicht so … ungerecht.« Die Worte sprudeln aus mir heraus, als ich an Caleb, den Campingplatz und Dan und Taylor denke.

Der Pirat hockt sich neben mich. »Wünsch dir doch was von einer Sternschnuppe.« Seine Stimme ist sanft.

Ich spule einen alten Astronomenwitz ab: »Wenn du dir von einer Sternschnuppe was wünschst, kommst du ein paar Millionen Jahre zu spät. Der Stern ist tot, genau wie deine Träume.« Der Spruch ist blöd und stimmt auch nicht ganz, aber er passt zu meiner Laune.

Er prustet los. »Na, das ist ja erbaulich!«

Ich streife meine Flipflops ab und tauche die Füße in den See. Das kühle Wasser umspielt meine Waden.

Der Typ sieht mich an. »Willst du darüber reden?«

»Äh, nimm's mir nicht übel, aber ich kenne dich doch gar nicht«, sage ich. Ich schütte mein Herz bestimmt keinem wildfremden Mann aus. Einem Wildfremden ohne T-Shirt. Und mit ziemlich muskulösen Beinen. Eigentlich müsste ich an den Anblick nackter Männerhaut ja gewöhnt sein, aber es sind bei Weitem nicht alle Typen hier so, äh … wohlgeformt? Waschbrettbauchgesegnet? Perfekt? … wie dieser.

»Manchmal hilft es, sich bei einem Fremden auszusprechen«, sagt er. »Wie bei einer Beichte. Betrachte es als eine Gratistherapiesitzung.«

»Und du bist der Therapeut?« Ich werfe ihm einen Seitenblick zu. Der Priester ist er jedenfalls nicht. »Welche Qualifikationen hast du?«

»Also, jemand hat mir mal gesagt, dass ich ein guter Zuhörer bin.« Sein Lächeln ist das einzige Licht in der Dunkelheit. »Außerdem hätte ich zufällig gerade einen Termin frei.« Etwas an seinem Ton dringt zu mir durch. Er gibt sich wirklich Mühe, mich zu überzeugen.

Ich zögere. »Ich weiß gar nicht, wo ich anfangen soll.« Aber das stimmt nicht. Ich weiß es sehr wohl.

3

Vor uns springt ein Fisch aus dem Wasser. Ein leises Platschen, dann breiten sich Kreise auf der Oberfläche aus. »Mein kleiner Bruder war in den letzten Monaten schwer krank«, beginne ich schließlich, als mein Mitteilungsbedürfnis über die Zurückhaltung siegt. »Er lag lange im Krankenhaus und es haben sich ein paar ziemlich hohe Rechnungen angesammelt.«

Der Typ sagt nichts, also rede ich weiter, den Blick aufs Wasser gerichtet.

»Meinem Bruder geht es zum Glück wieder besser, aber jetzt hat unsere Mom uns eröffnet, dass sie vorhat, alles zu verkaufen.« Ich zeige mit der Hand auf den See und den Campingplatz. »Unser Zuhause.« Bei dem letzten Wort stockt meine Stimme wieder.

Er verlagert das Gewicht und sagt immer noch nichts.

»Außerdem hat der Typ, mit dem ich letzten Sommer, äh … rumgehangen habe und von dem ich dachte, dass wir, na ja, vielleicht ein Paar werden würden …« Ich verziehe das Gesicht und spüre die Demütigung so deutlich wie die frische Nachtluft. »Also … ich habe mich das ganze Jahr darauf gefreut, ihn wiederzusehen, und jetzt kommt er mit seiner modelmäßigen Freundin hier an.« Mittlerweile bin ich so richtig auf dem Selbstmitleidstrip. »Und dann fährt auch noch meine beste Freundin morgen weg und lässt mich den ganzen Sommer allein.«

Er räuspert sich. »Es war also alles in allem kein berauschender Tag, was?«

»Das ist untertrieben.«

Ich habe diesem Fremden komplett mein Herz ausgeschüttet und weiß noch nicht mal, wie er heißt.

Er scheint meine Gedanken zu lesen. »Ich bin Nick.« Er dreht sich zu mir und gibt mir die Hand.

Ich schüttele sie und mustere ihn und seine beeindruckenden Brustmuskeln. »Julia.«

»Also, Julia. Das mit dem Typen ist echt blöd, aber er ist offensichtlich ein Idiot. Und was den Campingplatz angeht – ist es ganz sicher, dass er verkauft wird?«

»Ich weiß es nicht.« Ich blicke wieder aufs Wasser. »Meine Mom hat gesagt, dass morgen jemand vorbeikommt, um ihn sich anzuschauen.«

»Hm.« Nick überlegt. »Und was, wenn ihm nicht gefällt, was er sieht?«

»Wie meinst du das?«

»Ich meine, wenn du ihn davon überzeugen könntest, dass es keine gute Investition ist?«

»Wie soll ich das machen?«

Nick zuckt die Schultern. »Uns wird schon was einfallen.«

»Uns?«

»Ja. Lass uns mal überlegen. Hat der Platz irgendwelche Mängel?« Er schlägt sich auf den Oberschenkel. »Abgesehen von den Moskitos?«

»Keinen einzigen«, entgegne ich düster.

»Ach komm, das kannst du doch besser«, sagt er. »Ist hier nicht vor einigen Jahren jemand ertrunken?«

»Nein!«, erwidere ich entsetzt. »Wir haben, was die Sicherheit betrifft, einen absolut guten Ruf. Wovon redest du …?«

»Da habe ich aber was anderes gehört«, unterbricht er mich mit gesenkter Stimme. »Außerdem wurde mir gesagt, dass hier in Vollmondnächten ein Geist herumspukt.« Ich rutsche unauffällig ein Stück zur Seite. Da hat wohl jemand vergessen, seine Tabletten zu nehmen. Er fährt fort: »Und es gibt hier doch ziemlich viele Bären, oder?«

»Na ja, schon, aber auf den Campingplatz kommen sie nur, wenn die Leute Essen herumliegen lassen. Oder eine offene Zahnpastatube …«

Er unterbricht mich wieder. »Was ist mit dem wilden Grizzly, hinter dem sie schon seit Jahren her sind?«

Ich sehe ihn verwirrt an, bis mir endlich dämmert, dass er das nicht ernst meint. Ein zögerndes Lächeln breitet sich auf meinem Gesicht aus. Seine Vorschläge sind lächerlich, trotzdem bin ich ihm dankbar.

»Ach, *den* meinst du. Alte Klaue.« Ich nicke. »Zwei Camper hat er dieses Jahr schon verputzt.«

»Na, siehst du.« Nick klopft mir auf die Schulter. Ich spüre die Wärme seiner Hand durch mein T-Shirt. »Du musst nur ein bisschen kreativ werden.«

»Das wird nicht funktionieren.« Ich schüttele den Kopf.

»Die meisten Geschäftsleute wollen einen wasserdichten Deal«, sagt er. »Ein paar Gerüchte reichen da schon, um Zweifel zu säen. Vielleicht tut es auch ein gutes altes Schlundloch.«

Ich lache und der Tag wirkt nicht mehr ganz so düster.

»Siehst du«, sagt er. »Schon besser.« Er schaut zum Himmel. »Wann soll dieser Schauer denn kommen?«

»Er fängt gerade an.« Ich zeige hoch. »Schau.« Seine Augen folgen meinem Finger. Ein Lichtstrahl gleitet über den Himmel. Nick streckt sich auf dem Steg aus und verschränkt die Hände hinter dem Kopf.

»Zum Glück ist der Mond noch nicht voll«, sage ich. »Sonst wäre die Sicht nicht so gut.« Ich zeige wieder zum Himmel. »Da.«

Er reckt den Hals. »Woher weißt du, wo man hinschauen muss?«

Irgendwie hat meine Beichte bewirkt, dass ich mich in Nicks Gesellschaft völlig unbefangen fühle – ganz anders als bei den meisten Jungs –, deshalb lege ich mich neben ihn und stelle die nackten Füße auf den Steg.

»Du musst dich auf den Radianten konzentrieren«, erkläre ich, während ich es mir bequem mache.

»Radiant?« Ich spüre, dass er zu mir sieht, und drehe mich in seine Richtung.

Unsere Gesichter sind nur wenige Zentimeter voneinander entfernt.

Schnell schaue ich wieder zum Himmel. »Der Bereich, von dem die Sternschnuppen ausgehen. Das Sternbild, in dem sich der Radiant befindet, gibt dem Meteoritenschauer seinen Namen.«

»Und wie heißt dieser hier?«, fragt er. Plötzlich wird mir klar, dass ich neben einem extrem gut aussehenden, halb nackten Typen liege, der garantiert ein paar Jahre älter ist als ich. Im Dunkeln. Allein.

»Man nennt sie die Camelopardaliden«, sage ich. Vermutlich hält er mich jetzt für den totalen Nerd. Ganz ehrlich – Astronomie ist nicht gerade das erotischste Hobby. Ich werde ihm auf keinen Fall verraten, dass ich meinem Teleskop einen Namen gegeben habe.

»Die Meteoriten kommen also aus dieser Camelo-Dingsda-Konstellation?«

»Ja.« Ich lächle. »Die meisten Meteoritenschauer tauchen jedes Jahr um die gleiche Zeit auf, so wie die Perseiden im August oder die Geminiden Mitte Dezember. Aber dieser hier ist ganz neu. Es ist das erste Mal, dass man ihn von der Erde aus sehen kann.«

»Das ist cool«, sagt er und ich spüre wieder seinen Blick auf mir. »Etwas Schönes zum ersten Mal zu sehen.« Wir blicken schweigend zum Himmel und seine Worte gehen mir durch den Kopf.

»Der Höhepunkt ist zwischen zwölf und zwei«, sage ich.

»Sind ja nur noch ein paar Stunden.« Der Steg knarrt, als Nick das Gewicht verlagert und in seiner Tasche kramt. Er zieht eine zerknitterte Tüte M&M's hervor und schüttelt sie. »Zum Glück habe ich Proviant dabei. Willst du auch welche?«

Ich habe nichts zu Abend gegessen und das Mittagessen scheint schon Ewigkeiten zurückzuliegen.

»Gerne.« Ich strecke die Hand aus. Er dreht sich auf die Seite und schüttet sie mir in die offene Hand. »Danke.« Wir kauen einträchtig, bis ich ihn frage: »Weißt du, wie spät es ist?« Bei meinem überstürzten Abgang habe ich mein Handy vergessen, aber der Empfang ist hier unten ohnehin nicht sehr gut.

»Gegen zehn, denke ich«, sagt er. »Wann schicken deine Leute den Suchtrupp los?«

Ich zucke die Schultern. Normalerweise kann ich kommen und gehen, wie ich will, aber bei meinem aufgewühlten Zustand von vorhin macht sich Mom vermutlich Sorgen. Geschieht ihr recht, denke ich, und Bitterkeit steigt in mir hoch.

»Julia?«, ruft eine zaghafte Stimme vom Strand.

»Da ist der Suchtrupp schon«, sage ich, setze mich auf und winke. »Hier drüben, Cale.« Er humpelt zum Steg.

»Vorsicht, da sind ein paar lose Bretter«, sagt Nick.

»Ach ja?« Caleb mustert Nick neugierig. »Wie ist der Schauer?«

»Der geht erst in ein paar Stunden richtig los«, sage ich.

»Kommst du nach Hause?« Er schaut mich bittend an und ich habe plötzlich ein schlechtes Gewissen. Egal, wie mies ich mich fühle, Caleb fühlt sich garantiert noch schlechter.

»Ja. Ich muss nur kurz zusammenpacken«, sage ich, nehme Astra von ihrem Gestell und stecke sie in die Tasche.

»Soll ich euch begleiten?«, fragt Nick. »Nur für den Fall, dass Alte Klaue euch über den Weg läuft?«

»Wer?«, fragt Caleb.

»Der menschenfressende Bär aus dem Wald.« Ein Grinsen stiehlt sich auf mein Gesicht. »Nick hatte eine super Idee. Er meint, wir sollten uns ein paar Schauergeschichten einfallen lassen, damit der Campingplatz für Käufer weniger interessant wirkt«, erkläre ich meinem Bruder.

»Oh. Verstehe.« Caleb starrt aufs Wasser.

»Cale.« Meine Stimme ist sanft. Ich werfe mir Astra über die Schulter. »Es ist nicht deine Schuld.«

Er schluckt mühsam und starrt weiter. Ich seufze und drehe mich zu Nick, der vom Sternenlicht erhellt wird und mich beobachtet. Mein Magen macht einen Hüpfer.

»Also, hat mich gefreut, dich kennenzulernen.« Ich bin unsicher, ob ich ihm die Hand schütteln oder ihn umarmen soll. Schließlich tue ich nichts davon.

»Mich auch.« Er steckt die Hände in die Taschen. »Seid ihr sicher, dass ihr allein gehen wollt?«

»Ist schon in Ordnung.« Ich folge Caleb den Steg hinunter auf den weichen Sand. »Wir wohnen hier, schon vergessen?«

»Okay«, ruft er uns nach, »aber fallt nicht in das Schlundloch!«

Ich werfe dem Piraten über die Schulter einen letzten Blick zu und habe das Gefühl, ich stecke schon drin.

Ich spucke Zahnpasta ins Waschbecken und drehe den Wasserhahn auf. Caleb und ich teilen uns das Bad im ersten Stock. Er ist schon fertig im Bett und ich strecke den Kopf durch seine Zimmertür.

»Cale?«

»Ja?« Er blickt von seinem Buch auf. Ohne die Baseballkappe, die er sonst immer trägt, steht ihm seine hellbraune Tolle ungebändigt vom Kopf ab. Er sieht so unglaublich jung aus.

»Kann ich kurz mit dir reden?«

Er seufzt. »Ich hab schon genug mit Mom geredet.«

»Tut mir leid, dass ich dich mit ihr allein gelassen habe.«

Sie wollte mit mir sprechen, als ich nach Hause kam, aber ich habe gesagt, dass ich müde bin, und sie gebeten, die Diskussion auf morgen zu verschieben. Das schien ihr auch lieber zu sein, denn als ich nach oben ging, hat sie mich nicht aufgehalten.

»Schon okay.«

Ich gehe ins Zimmer und setze mich auf seine Bettkante. »Wirklich? Und wie geht's dir?«

»Mir geht's gut.« Er hebt sein Buch und liest weiter. Ich nehme es ihm aus der Hand und werfe es auf die blaue Bettdecke.

»He!«, ruft er.

»Ich weiß ganz genau, wann du lügst.«

»Ach ja?«

»Mach dir keine Sorgen. Wir werden den Campingplatz nicht verkaufen.« Ich habe beschlossen, alles zu tun, was in meiner Macht steht, um unser Zuhause zu retten.

Caleb schiebt sein kleines Kinn vor. »Hast du etwa ein geheimes Bankkonto, von dem wir nichts wissen?« Dafür, dass er erst neun ist, kann er ganz schön schnippisch sein. Muss an den ganzen Büchern liegen, die er liest. Die Computerspiele können es jedenfalls nicht sein.

»Nein«, erwidere ich. »Aber das Gespräch mit diesem Nick hat mich auf ein paar Ideen gebracht.« In vielerlei Hinsicht.

»Ach komm«, schnaubt er. »Glaubst du wirklich, dass ein paar alberne Geschichten irgendjemanden davon abhalten werden, den Platz zu kaufen?«

»Okay, vielleicht nicht.« Wir sitzen eine Weile schweigend da. Caleb sieht schrecklich niedergeschlagen aus. Ich zerbreche mir den Kopf, wie ich ihn aufheitern kann. Im Krankenhaus, als er wegen der

Lähmung nicht einmal ein Buch halten konnte, habe ich ihm immer vorgelesen. Er liebt Abenteuergeschichten. »Kannst du dich noch erinnern, was Grandpa immer erzählt hat?«

»Was meinst du?« Da Caleb noch klein war, als unser Großvater gestorben ist, liebt er es, wenn ich von ihm rede. Er war ein großer Mann mit blitzenden blauen Augen, der viel gelächelt hat und immer eine Geschichte parat hatte. Er hat den Campingplatz selbst angelegt, auf dem Land, das er von seinem Vater geerbt hatte.

Ich senke die Stimme und werfe meinen Köder aus. »Er hat behauptet, dass auf dem Grundstück etwas Wertvolles versteckt ist.«

Caleb ist skeptisch. »Ein Schatz oder was?«

»Ich weiß es nicht«, gebe ich zu. »Ich weiß nur, dass er immer gesagt hat, hier auf dem Grundstück sei irgendetwas vergraben oder versteckt.«

Caleb zupft an der Bettdecke. »Echt?« Angebissen.

»Ja. Ich kann mich nicht mehr genau erinnern, aber wir könnten uns ja mal die alte Hütte vornehmen und nachsehen, ob wir was finden.« Die Hütte, in der mein Großvater gewohnt hat, während er den Campingplatz angelegt hat, eine wacklige Bruchbude. Es sind immer noch einige seiner Sachen darin. Als er meine Großmutter kennenlernte, hat er ihr ein richtiges Haus gebaut – das Haus, in dem wir jetzt wohnen. In der Hütte haben Paige und ich gespielt, als wir klein waren. Bis Paige in einen rostigen Nagel trat und eine Tetanusspritze bekommen musste. Da erklärten Mom und Dad die Hütte für tabu, bis sie gereinigt und aufgeräumt sei, doch dazu ist es nie gekommen. Nachdem Dad weg war, ist es zu vielen Sachen nicht mehr gekommen.

»Morgen reist Dan an, oder? Dann hängst du doch sowieso nur noch mit ihm herum.« Autsch. Zeit mit meinem kleinen Bruder zu verbringen, stand letzten Sommer wirklich nicht besonders weit oben auf meiner Prioritätenliste. Aber jetzt sieht das anders aus.

»Er ist schon da«, sage ich, stehe auf und gebe Caleb sein Buch zurück. »Aber ich glaube, er hat andere Pläne.« Meine Stimme stockt.

»Jules?«

»Ja?«

»Was glaubst du, was dieser Bauunternehmer mit dem Grundstück machen will?«

Ich bleibe in der Tür stehen. »Das werden wir morgen sehen.« Ich knipse das Deckenlicht aus, und er dreht sich zur Nachttischlampe, um noch eine Weile zu lesen. »Gute Nacht, Cale.«

»Nacht.«

Ich tapse über den Flur zu meinem Zimmer, das mich mit seinen beruhigenden fliederfarbenen Wänden empfängt. Ich ziehe mir mein altes graues T-Shirt und Boxershorts an, mache das Licht aus und lasse mich aufs Bett fallen. Was ich Caleb von unserem Großvater erzählt habe, ist wahr. Er hat wirklich mehrmals behauptet, dass etwas Wertvolles auf dem Grundstück versteckt ist. Aber er hat alle möglichen Geschichten erzählt – wir mussten immer bei Grandma nachfragen, ob sie stimmten oder nicht. Jetzt ist keiner der beiden mehr da. Sie wären bitter enttäuscht, wenn sie wüssten, dass Mom den Campingplatz verkaufen will.

Ich drehe mich auf die Seite und schaue zur Pinnwand über dem alten Eichenschreibtisch, der meinem Großvater gehört hat. Die Wand ist voller Fotos. Es ist dunkel, aber ich kenne sie auswendig. Paige und ich auf einem Baum, mein Bruder und ich mit einem Kanu über den Köpfen, Aufnahmen verschiedener Kinder, mit denen wir über die Jahre in den Sommerferien gespielt haben. Mein Blick wandert zu dem Bild in der Mitte und ich runzle die Stirn. Es zeigt Dan und mich. Wir sitzen an einem Campingtisch, er hat den Arm um mich gelegt und wir grinsen wie verrückt. Ich gehe zur Pinnwand und reiße es ab, sodass bloß noch die Reißzwecke zurückbleibt. Wie konnte er nur seine Freundin mitbringen? Ich komme mir so bescheuert vor. Habe ich mir nur eingebildet, dass zwischen uns etwas war? Ich starre auf das Foto in meiner Hand und suche nach Hinweisen. Wir sehen aus wie ein Paar.

Ein Paar … Schuhe? Grandpas dummer Spruch kommt mir in den Sinn. Da ich es nicht über mich bringe, das Foto zu zerknüllen, werfe ich es auf den Schreibtisch. Ich lasse mich wieder aufs Bett fallen und starre die Leuchtsterne an der Decke an, die schon lange nicht mehr leuchten. Der Meteoritenschauer müsste jetzt in voller Fahrt sein. Ich frage mich, ob Nick noch am Steg ist. Mein Körper entspannt sich ein wenig. Er war wirklich nett. Mir wird heiß, als ich an seinen perfekten Körper denke, wie eins dieser Schaubilder im Biologieunterricht, bei dem jeder Muskel eingezeichnet ist. Nett und ziemlich sexy. Wie lange er wohl hierbleibt? Das ist das Dumme daran, auf einem Campingplatz zu leben. Man schließt schnell neue Freundschaften, aber irgendwann reisen alle ab. Manche sieht man wieder, die meisten nicht. Andererseits ist nicht mal dieselbe DNA eine Garantie dafür, dass die Menschen bei einem bleiben. Und das gilt auch außerhalb von Campingplätzen.

Ich habe Nick gar nicht gefragt, welchen Stellplatz er hat. Ich werde morgen mal einen Blick ins Reservierungsbuch werfen und bei ihm vorbeischauen, ob er irgendwas braucht. Sichergehen, dass genug Feuerholz da ist. Und dass Alte Klaue ihn nicht erwischt hat.

4

Am nächsten Morgen gehe ich nach einer unruhigen Nacht voller Träume über eiskalten Betrug, vergrabene Schätze und sexy Piraten zum Frühstück nach unten.

»Guten Morgen«, begrüßt mich Mom und nippt an der Tasse, die Caleb und ich ihr vor ein paar Jahren zu Weihnachten geschenkt haben. Darauf ist ein Foto von uns, als wir beide an Halloween mal als Ewoks verkleidet waren. Moms braune Locken ringeln sich um ihre Schultern und sie trägt ein geblümtes butterblumengelbes Kleid.

»Morgen.« Meine Stimme ist neutral. »Gibt's noch Chai?«

»Ich habe gerade eine frische Kanne gemacht.«

Ich schenke mir eine Tasse ein und setze mich zu ihr an den Küchentisch.

»Tut mir leid, dass ich gestern einfach abgehauen bin.« Ich gebe eine Zimtstange und ein paar Krümchen Muskat in den Tee und trinke vorsichtig einen Schluck.

»Du musst dich nicht entschuldigen, mein Schatz«, sagt Mom. »Ich weiß doch, dass es ein Schock für euch ist.«

»Ist es denn schon sicher?«, frage ich. Eigentlich will ich die Antwort gar nicht hören.

»Was ist im Leben schon sicher?«, gibt sie zurück. »Es ist eine Option. Wir werden uns erst mal anhören, was der Mann zu sagen hat. Vielleicht macht er ja auch gar kein Angebot.«

Nicht wenn ich es verhindern kann.

Mom spricht weiter: »Und wenn, können wir es immer noch ablehnen. Wir stehen ganz am Anfang.«

»Wann kommt er?«, frage ich und nehme mir noch eine Zimtstange.

»Heute Vormittag.« Sie wirft einen Blick auf die Wanduhr. »In etwa einer halben Stunde.«

»Und du führst ihn rum?«

»Ich dachte, das könnten wir vielleicht zusammen machen. Als Familie. Ich kann aber auch verstehen, wenn du nicht willst«, fügt sie schnell hinzu.

Hm. Vielleicht kriege ich den Kerl ja unter vier Augen zu sprechen und kann beiläufig die Sache mit dem Schlundloch erwähnen. Ich denke an Nick. Ich will mich nachher bei ihm für die Idee bedanken. Und für die M&M's. Und seine breiten Schultern.

»Wie hat der Typ denn überhaupt von unserem Campingplatz erfahren?«, fragt Caleb, der gähnend in die Küche kommt.

Gute Frage. Ich sehe Mom an. »Stimmt. Hast du … eine Anzeige geschaltet oder so?«

»Eigentlich ist es ganz witzig«, sagt Mom und rutscht auf ihrem Stuhl herum. »Die Schaeffers haben den Kontakt hergestellt.«

Ich pruste den ganzen Schluck Tee über den Tisch und bringe hustend ein ersticktes »Was?« hervor. Caleb kommt und klopft mir auf den Rücken.

»Er ist der Bruder von Dans Mom.«

»Dan wusste also davon?« Irgendwie ist das fast genauso schlimm, wie dass er diese Taylor mitgebracht hat. Nicht ganz, aber fast.

»Vielleicht haben seine Eltern es erwähnt«, sagt Mom. »Es ging aber alles ganz schnell.«

»Das kann man wohl sagen. Ich kann es noch gar nicht glauben.«

»Ich auch nicht.« Ihre blauen Augen sehen mich flehend an. »Ich will doch nur das Beste für uns.«

Mein Magen knurrt. Ich stehe auf, fülle ein Schälchen mit Müsli für mich und eins für Caleb, hole die Milch aus dem Kühlschrank, streue noch ein paar Bioheidelbeeren darüber und stelle eine der Schalen vor meinen Bruder.

»Danke.« Er sieht mich überrascht an, als ich ihm einen Löffel reiche.

»Und du meinst, es wäre das Beste für uns, den Campingplatz zu verkaufen?«

»Ich weiß es noch nicht«, sagt Mom seufzend. »Im Augenblick prüfe ich nur die verschiedenen Optionen.«

Schon wieder dieses Wort. Optionen. Und was ist mit meinen und Calebs Optionen? Red streckt den Kopf durch die Hintertür, gerade als es an der vorderen klopft. Er trägt sein gutes Karohemd und seine beste Jeans.

»Sie sind da«, sagt er.

Caleb und ich sehen uns an.

»Sie sind ein bisschen früh.« Mom ringt sich ein Lächeln ab, streicht sich das Kleid glatt und fegt einen unsichtbaren Krümel beiseite. »Also dann.« Sie hakt sich bei Red unter und geht mit ihm zur Tür. »Seid nett, ihr zwei«, ruft sie uns über die Schulter zu. Ich knurre unverbindlich.

Caleb hebt den Blick von seinem Müsli. »Sie?«

Wir hören Stimmen, dann fällt die Fliegengittertür zu. *Sie* müssen draußen sein. Ich lasse mein unberührtes Müsli auf dem Tresen stehen. Caleb folgt mir zur Tür.

Wir treten ins warme Sonnenlicht und gehen die Verandatreppe hinunter. Da erst fällt mir auf, dass ich noch im Schlafanzug bin, und ich will mich gerade umdrehen, als eine tiefe Stimme an mein Ohr dringt. Ich hebe den Blick und reiße den Mund auf.

»Julia«, sagt Mom. »Ich möchte dir Mr Constantine vorstellen.« Sie zeigt auf einen großen, attraktiven, dunkelhaarigen Mann, der es fertigbringt, selbst auf einem Campingplatz in Anzug und Krawatte nicht deplatziert zu wirken. Aber deshalb starre ich gar nicht.

»Und das ist sein Sohn Nick«, fährt sie fort und merkt gar nicht, dass mein Kinn quasi auf dem Kiesweg hängt.

Nick dreht sich zu mir um. Der wilde Piratenlook von gestern Abend ist völlig verschwunden. Vor mir steht ein geleckter Geschäftsmann in einem schicken Dreiteiler. »Hallo, Julia«, sagt er. Seine grauen Augen sehen mich beschwörend an, und auf seinen Lippen liegt ein ironisches Lächeln, als wäre das alles ein amüsanter Zufall.

Ich bin sprachlos.

Caleb aber nicht. »Du!« Seine Stimme klingt vorwurfsvoll. »Der Typ vom Steg.«

Mom und Red blicken zwischen uns hin und her und scheinen die seltsamen Schwingungen zu spüren.

»Tut mir leid, dass ich gestern nichts gesagt habe«, entschuldigt er sich. »Es schien mir nicht der richtige Zeitpunkt zu sein.«

»Ihr habt euch schon kennengelernt?« Mom ist unsicher.

»Lass mich raten«, sage ich, als ich endlich die Sprache wiedergefunden habe. »Stellplatz 33?« Bei Dan.

Nicks Vater räuspert sich. »Das ist wirklich ein sehr schöner Campingplatz.«

Der Schock, dass Nick mich getäuscht hat, lässt mich vergessen, dass ich nett sein soll. Nicht dass ich es jemandem versprochen hätte. »Ja, nicht wahr?« Ich kann nicht verhindern, dass meine Worte mit künstlicher Süße herauskommen, wie mit Zuckerguss überzogen. »Wirklich schade, dass Sie ihn nicht in Ihre raffgierigen Finger kriegen werden.«

»Julia!«, sagt Mom.

Aber in meinem Schlafanzug fühle ich mich doch leicht im Nachteil. Mit Tränen in den Augen drehe ich mich um und stürme zum Haus.

»Tut mir leid«, höre ich meine Mutter sagen. »Die Nachricht hat ihr sehr zugesetzt.«

Mr Constantine murmelt etwas. Sein Sohn, der Verräter, schweigt. Ich spüre seinen Blick im Rücken, während ich die Verandatreppe hochstürme und die Tür aufreiße. Ich werde ihm nicht die Freude machen, mich nach ihm umzudrehen. In Gedanken mache ich bereits Pläne. Die Nachricht hat mir zugesetzt?

Ich werde jetzt mal Mr Constantine und seinem Junior zusetzen. Aber so richtig.

Der Schock, verraten worden zu sein, weicht schnell kühlen Berechnungen. Hastig ziehe ich mir den Schlafanzug aus und schlüpfe in meine kurze Jeans und ein türkisblaues Top.

»Ich werde Nick und seinem Vater eine schöne Führung geben«, murmele ich. »Mitten durch den giftigen Efeu.« Wenn es sie richtig erwischt, kommen sie vielleicht sogar ins Krankenhaus. Oder direkt in die Hölle. Giftiger Efeu kann wirklich unangenehm werden. Nicks Kreativität ist ansteckend.

Caleb streckt den Kopf durch die Tür. »Kommst du mit?«

»Jep«, sage ich und binde mir die Haare zu einem wuscheligen Knoten. »Wo soll die Tour starten?«

»Unten am See«, erwidert er. »Der Strand scheint sie besonders zu interessieren.«

»Im Dunkeln hat er wohl nicht genug gesehen«, murmele ich.

»Hast du das gewusst?«, fragt Caleb.

»Nein«, sage ich. Sonst hätte ich *nie* seine M&M's gegessen.

Ich schnappe mir meine Sonnenbrille und folge Caleb nach draußen. Schon jetzt ist es warm, es wird ein heißer Tag werden. Mom und Red unterhalten sich mit Nick und seinem Vater. Nick sieht mich zuerst.

»Julia«, sagt er betont erfreut. »Schön, dass du mitkommst.«

»Kann ich nicht behaupten«, entgegne ich. Mom wirft mir einen warnenden Blick zu, dann eilt sie Red und Mr Constantine hinterher.

»Ich bleibe hier«, erklärt Caleb.

»Bist du sicher?«, frage ich.

Ich kann es ihm nicht verdenken. Außerdem ist das hier meine Angelegenheit. Nick und ich setzen uns ebenfalls in Bewegung.

»Na, seit wann wusstest du, wer ich bin? Schon bevor ich mich auf den Steg gelegt habe oder erst danach?«, frage ich streitlustig.

»Das gefällt mir an dir«, sagt Nick. Er zieht eine teuer aussehende Pilotenbrille aus der Jackentasche und setzt sie auf.

»Dass ich ausraste, wenn ich allen Grund dazu habe?«

»Dass du kein Blatt vor den Mund nimmst.« Die Sonne blitzt auf dem goldenen Rahmen. »Du bist ein offenes Buch. Erfrischend.«

»Dass ich dir gestern mein Herz ausgeschüttet habe, heißt noch lange nicht, dass du mich kennst«, entgegne ich scharf.

»Erst danach«, beantwortet er meine ursprüngliche Frage. »Als du erwähnt hast, dass der Campingplatz deiner Familie gehört, wollte ich es dir sagen, aber du warst so aufgewühlt, und ich hatte das Gefühl, du brauchtest jemanden zum Reden.«

»Am besten jemanden, der meiner Familie den Platz wegnehmen will.«

»Wer hat was von wegnehmen gesagt?«, erwidert er unbeeindruckt. »Falls es zum Verkauf kommen sollte, würden wir deiner Familie den regulären Marktwert zahlen.«

Ich schnaube. »Wir? Meinst du nicht deinen Dad?«

Er verzieht das Gesicht, sagt jedoch nichts.

»Was sollte das überhaupt, dein Tipp, den Platz schlechtzureden? War das für dich alles ein Spaß?«

»Nein«, sagt er und steckt die Hände in die Taschen. In dem Jackett muss ihm echt heiß sein. Er ist ja an sich schon heiß. Aber Schluss jetzt.

Mir dämmert noch etwas anderes. »Hast du gewusst, dass ich von deinem Cousin geredet habe?« Oh Gott. Er, Dan und Taylor haben sich vermutlich prächtig amüsiert, als er zurückgekommen ist. Schließlich teilen sie sich dieses Riesenwohnmobil.

»Nein.« Er schweigt kurz. »Er hat dich nicht erwähnt.« Das ist ja noch schlimmer. »Er hatte aber auch keine Gelegenheit«, fügt er schnell hinzu, als er mein Gesicht sieht. »Wir haben uns gestern zum ersten Mal gesehen seit …«

»Seit?« Mein Ton brennt wie die Sonne. »Seit ihr die letzte Familie aus ihrem Zuhause vertrieben habt?«

Er wirft mir einen Seitenblick zu. »Seit der Beerdigung meiner Mutter«, sagt er.

Ich seufze. »Das tut mir leid.« Die Worte klingen steif.

»Schon gut.« Nick räuspert sich. »Es ist schon eine Weile her.«

Es tut mir wirklich leid, doch das ändert nichts an meinem Ärger. »Ihr veranstaltet also ein Familientreffen und ruiniert nebenbei unser Zuhause? Das nenne ich Multitasking.« Kaum sind die Worte aus meinem Mund, fühle ich mich schrecklich. Ich muss meine Wut im Zaum halten.

»So ist es nicht.« Nicks Stimme ist geduldig, trotz meiner Gehässigkeit. »Deine Mom hat uns gebeten zu kommen.«

Ich schnappe nach Luft. Das hat sie nicht erwähnt.

»Ihr tut uns also einen Gefallen?«

»Anscheinend hat sie eure Lage mit meinem Onkel und meiner Tante besprochen, und die haben ihr erzählt, was mein Dad und ich machen.« Ich antworte nicht, sondern schlage einen der Wege ein, die hinunter zum See führen. »Außerdem haben wir nicht vor, euer Zuhause zu ›ruinieren‹. Wir kaufen etwas und machen es besser.«

Wir erreichen den Strand, die Sonne glitzert auf dem Wasser. Der See liegt umgeben von Bergen in einem üppigen grünen Wald. Weiße Schäfchenwolken ziehen über den Himmel, so weich und flauschig, dass man beinahe die Glücksbärchis darin herumtollen sieht. »Glaubst du wirklich, es könnte noch besser werden?« Ungläubig zeige ich auf die Landschaft um uns herum.

Nick starrt auf den See. »Vielleicht ist ›besser‹ nicht das richtige Wort.«

Ich sehe ihn an. »Was ist das richtige Wort?«

»Anders, vermutlich.«

»Und was genau habt ihr vor?«

»Das entscheidet mein Dad.« Ich kann seine Augen hinter der Sonnenbrille nicht sehen, aber ich habe das Gefühl, dass er mehr weiß, als er mir verraten will.

»Du bist mir was schuldig«, sage ich herausfordernd. »Du hättest mir nicht verschweigen dürfen, wer du bist.«

Er schiebt die Sonnenbrille hoch. »Ich habe doch schon gesagt, dass es keine Absicht war. Du sahst so traurig aus. Ich wollte dich aufmuntern und nicht alles noch schlimmer machen.« Er sieht mich an. »Ich konnte die ganze Nacht nicht schlafen.«

»Vor schlechtem Gewissen, ja?« Ich ziehe eine Augenbraue hoch und gehe zum Steg. Ein paar Boote sind daran befestigt.

»Ja«, erwidert er und folgt mir. »Julia, es tut mir leid.«

Ich steige vorsichtig um die losen Bretter herum, gehe ans Ende des Stegs und blicke aufs Wasser. Hauptsache, nicht in sein Gesicht. Komisch, vor ein paar Stunden haben wir hier gelegen, M&M's gegessen und über Geheimnisse gesprochen. Jungs sind mir echt ein Rätsel.

»Na schön«, sagt er und stellt sich neben mich. »Ich will, dass du mir vertraust, deshalb werde ich ehrlich zu dir sein.« Ich warte und lausche auf das sanfte Plätschern der Wellen. »Willst du wirklich wissen, welche Pläne er für das Gelände hat?«

»Ja.«

»Es geht um eine Hotelanlage mit Casino.« Die Worte treffen mich wie ein Tsunami.

»Was!?« Mein Aufschrei verjagt ein paar Vögel aus den Bäumen hinter uns. »Ihr wollt ein Casino bauen?« Ich zeige um mich. »An diesem wunderschönen naturbelassenen See?« Aus dem Augenwinkel sehe ich Mom und Nicks Dad. Red deutet in verschiedene Richtungen.

»Es ist eine erstklassige Lage«, sagt Nick.

»Nur über meine Leiche!«

»Für ein Grundstück wie dieses würde sich ein Mord durchaus lohnen.« Nick dreht sich zu mir, nimmt meine Hände und hält sie fest. »Stell dir doch mal vor, was ihr mit dem Geld machen könntet. Vielleicht könnten wir sogar dafür sorgen, dass ihr weiter hier wohnen und die Anlage betreiben dürft.«

Merkt der eigentlich, was er da sagt? Er will *meiner* Familie erlauben, auf *unserem* Land zu wohnen, um ein verdammtes Casino zu führen? Er hält immer noch meine Hände und schaut mich bittend an. Dunkle Punkte beginnen vor meinen Augen zu tanzen. Ich lege beide Hände auf seine makellose Anzugjacke und schubse mit aller Kraft.

5

Nick fliegt rückwärts vom Steg. Er wirft mir einen reumütigen Blick zu, bevor er im Wasser landet. Ein riesiger PLATSCH lässt alle, die am Seeufer stehen, zu uns herüberschauen. Ich höre Mom schreien: »Julia!«

Ohgottohgottohgott! Was habe ich nur getan? Ich stehe wie erstarrt da, die Hände vor den Mund geschlagen. Prustend und keuchend kommt er wieder hoch. Oh Gott. Was, wenn er nicht schwimmen kann? Natürlich kann er schwimmen. Jeder kann schwimmen. Oder? Er geht unter, kommt wieder hoch, keucht und rudert panisch mit den Armen. Dann geht er ein zweites Mal unter. Diesmal kommt er nicht mehr hoch.

Mist. Ohne nachzudenken, springe ich vom Steg.

Das Wasser ist kühl und glatt. Mit ausgestreckten Armen tauche ich abwärts und suche nach Nick.

Nichts.

Sonnenlicht dringt durch das grüne Seewasser und erleuchtet eine Million aufsteigende Bläschen, aber noch immer keine Spur von Nick. Ich tauche tiefer. Etwas packt mich von hinten und ich schreie auf, was unter Wasser keine gute Idee ist. Ich schlucke den halben See, während kräftige Hände mich an die Oberfläche ziehen. Jetzt ist es an mir, zu husten und zu keuchen.

»Du Blödmann!«, fauche ich und drehe mich Wasser tretend zu ihm um.

»Ich? Ähm, ich glaube, *du* hast mich gerade vom Steg geschubst.« Seine kräftigen Arme bewegen sich unter der Wasseroberfläche. »Im Anzug, wenn ich das noch erwähnen darf.«

»Du hattest es verdient.« Ich spritze ihm einen Schwall Wasser ins Gesicht und wende mich zum Ufer. Er folgt mir mit kräftigen Zügen, trotz seines durchweichten Jacketts.

Als meine nackten Füße den Boden berühren, laufe ich tropfnass zum Strand. Meine Mutter und sein Vater stehen ein paar Meter von uns entfernt und starren uns an. Nicks Vater hat das Kinn in die Hand gelegt und den Mund bedeckt. Versucht er, nicht zu lachen?

»Julia Meadow Skye Ducharme, was in aller Welt ist in dich gefahren?«, fragt meine Mutter.

»Meadow Skye?«, murmelt Nick, der neben mir her schlurft.

So wie Mom und Red dreinblicken, würde ich am liebsten gleich wieder im Wasser verschwinden.

»Es war meine Schuld«, erklärt Nick. Ich sehe ihn an. Seine Hand hebt sich zu seiner Sonnenbrille, die natürlich nicht mehr da ist. Meine ist auch weg. Und die Flipflops ebenfalls. Ich spüre einen Hauch Befriedigung. Seine Brille war richtig teuer.

»Das sah von hier aber anders aus.« Mom hat die Augen zusammengekniffen.

»Nein, wirklich. Ich bin über eins der losen Bretter gestolpert. Jules wollte mich nur retten.«

Jules?

»Du solltest dir was Trockenes anziehen«, sagt Nicks Vater.

Red gibt mir einen Schlüsselbund. »Julia, bring Nick bitte mit dem Golfwagen zu seinem Stellplatz.«

»Aber …«, will ich protestieren.

»Sofort.« Reds Stimme ist ungewöhnlich fest. Kleinlaut nehme ich den Schlüssel und marschiere, so gut es barfuß geht, zum Golfwagen, der unten beim Bootshaus steht. Ich höre Nick tropfend hinter mir her stapfen.

»Nettes Gefährt«, kommentiert er, als wir den Wagen erreichen.

Ich stecke den Schlüssel ins Zündschloss und setze zurück. Der Wagen piept nervtötend. Dann schalte ich in den Vorwärtsgang, den Blick eisern nach vorn gerichtet, in klebenden Kleidern, die nackten Zehen auf dem Gaspedal.

»Sind wir jetzt quitt?«, fragt er.

»Machst du Witze?«, gebe ich zurück, ehe ich mich zusammenreißen kann. »Du willst dir mein Zuhause unter den Nagel reißen, alles kaputtmachen, ein blödes Casino hier hinstellen und meinst, wir wären quitt?« Ich reiße das Lenkrad herum und der Wagen stellt sich kurz auf die Hinterräder, als wir um eine scharfe Kurve biegen.

»Ich dachte, das hätten wir schon geklärt.« Nick hält sich am Armaturenbrett fest. »Wir reißen uns überhaupt nichts unter den Nagel.« Der Wagen landet unsanft wieder auf den Vorderrädern. »Mit dem Geld könnt ihr euch ein schönes Leben machen. Ein richtig schönes.«

»Uns geht's gut, vielen Dank.«

»Das klang gestern aber anders.«

Merke: Niemals hübschen Fremden das Herz ausschütten.

Ich biege in den Weg mit den Nummern 30 bis 45 ein und erhasche in dem winzigen Rückspiegel einen Blick auf mein Spiegelbild. Einzelne Strähnen haben sich aus meinem Haarknoten gelöst, die an erdbeerfarbenes Seegras erinnern. Ich fahre vor der 33 vor. Dan und Taylor sitzen am Campingtisch und spielen Karten. Beide schauen auf und mustern uns verblüfft. Wunderbar.

Dan zieht eine Augenbraue hoch. »Wenn du eine Badehose brauchst, musst du nur fragen«, ruft er.

Taylor schaut uns verwirrt an. »Warum seid ihr so nass?«

»Ein plötzlicher Regenschauer«, sage ich. »Sehr punktuell.«

Sie legt den Kopf zurück und blickt zum Himmel.

»Jules wollte mir zeigen, was für eine gute Rettungsschwimmerin sie ist«, sagt Nick und streicht sich die nassen Locken aus den Augen. Was soll dieses Jules-Getue auf einmal?

Auf Dans Gesicht breitet sich ein Grinsen aus. »Wenn ich mich richtig erinnere, ist sie ziemlich gut in Mund-zu-Mund-Beatmung.«

Das. Hat. Er. Jetzt. Nicht. Wirklich. Gesagt.

Nick zieht die Augenbrauen hoch. Taylor hört auf, den Himmel nach Regenwolken abzusuchen, und sieht Dan stirnrunzelnd an, der jetzt erst zu merken scheint, was er da von sich gegeben hat, und schleunigst das Thema wechselt. »Wie läuft die Besichtigung?«, fragt er, während zwei rote Flecken auf seinen Wangen auftauchen.

»Die Besichtigung ist vorbei«, erkläre ich und sehe Nick an. »Würdest du bitte aussteigen?«

Er rührt sich nicht.

»Ich glaube, ich habe noch nicht alles gesehen«, sagt er und verschränkt die Arme.

»Oh doch, das glaube ich schon.« Ich werde keine weitere Minute in seiner Gesellschaft verbringen. Oder in Dans oder Taylors. »Steigst du aus oder muss ich dich noch mal schubsen?«

Vielleicht hört er das Beben in meiner Stimme, jedenfalls tut er, was ich verlange.

Ich nehme den Fuß von der Bremse und er springt zurück, als der Wagen einen Satz nach vorn macht.

»Julia …«, ruft er.

Aber ich fahre weiter und drehe mich nicht um.

Als ich den Golfwagen parke, kommt Caleb aus dem Haus.

»Was ist denn mit dir passiert?«, fragt er.

»Ich war nur mal kurz schwimmen.«

»Mit Klamotten?«

»Wenn du es unbedingt wissen willst – ich hab Nick vom Steg geschubst. Und dann bin ich hinterhergesprungen, um ihn zu retten.«

»Echt?« Er grinst begeistert und mir wird wieder klar, wie jung er noch ist. Doch es fühlt sich an, als wären wir beide in den letzten Monaten um Jahre gealtert. »Weiß Mom das?«

»Sie war dabei.« Ich schnappe mir ein Handtuch von der Wäscheleine, wickele es mir um die Schultern und setze mich auf die rostige Hollywoodschaukel im Vorgarten. »Und sie ist stinksauer.« Nicht dass ich es ihr verübeln könnte.

»Kann ich mir vorstellen.« Er nimmt neben mir Platz. Ich stoße mich vom Boden ab und die Schaukel setzt sich quietschend in Bewegung. Die Schaukel hat mich schon immer beruhigt. »Hast du ihnen alles gezeigt?«

»Nicht wirklich. Eigentlich haben sie nur den See gesehen.« Besonders Nick. »Aber ich habe was rausgefunden«, füge ich hinzu.

»Was denn?« Caleb zupft am Saum seiner Shorts.

»Wenn sie das Grundstück kaufen, wollen sie eine schreckliche Anlage mit Casino hier hinbauen.« Ich schaudere.

»Spielt das überhaupt eine Rolle?«

»Was? Natürlich spielt es eine Rolle!«

»Ich meine, der Campingplatz gehört uns dann doch sowieso nicht mehr.« Er sieht unglaublich traurig aus.

»Keine Angst, Cale. Dazu wird es nicht kommen.« Er nickt, aber ich kann sehen, wie besorgt er ist. »Vielleicht wollen sie das Grundstück ja auch gar nicht.« Ich versuche, zuversichtlich zu klingen.

»Was glaubst du, bis wann sie sich entscheiden?«

»Ich glaube nicht, dass sie länger als ein paar Tage brauchen, um den Grundstückswert zu schätzen«, sage ich. »Wahrscheinlich schauen sie sich den Platz genau an, dann die Wanderwege rundherum, vielleicht auch die Hütten, obwohl ich vermute, dass sie die sowieso abreißen würden …« Ich verziehe das Gesicht beim Gedanken an die Arbeit, die wir da hineingesteckt haben. Bei der Vorstellung, sie könnten einfach zerstört werden, wird mir richtig schlecht.

Caleb stellt die Füße auf den Boden, bringt die Schaukel abrupt zum Stehen und rennt los.

»He, wir unterhalten uns gerade!« Ich starre ihm nach. »Was machst du?«

»Muss nur was nachschauen«, ruft er zurück.

»Was denn?« Was zum Teufel hat er vor?

Er winkt. »Erklär ich dir später!«

Am liebsten würde ich ihm hinterherlaufen, aber ich halte mich zurück. Vielleicht will er sich einfach ein bisschen zurückziehen. Er hat kaum etwas allein unternommen, seit er wieder zu Hause ist. Abgesehen vom Computerspielen im Keller hat er in letzter Zeit nicht gerade viel gemacht. Als wir jünger waren, sind wir stundenlang durch den Wald gezogen, auf Bäume geklettert, haben die Wege erkundet und Hütten gebaut, auch wenn ich schon vor einer ganzen Weile damit aufgehört habe. Vielleicht hat er ja ein Auge auf ein Mädchen geworfen und spioniert ihr hinterher? Red nennt das »den Troll spielen«. Ich habe dieses Spiel ausdauernd bei Dans Stellplatz betrieben, aber Caleb ist wohl noch zu jung dafür.

Ich gehe die Verandatreppe hoch, um mir die nassen Sachen auszuziehen, und schüttele den Kopf. Alles ist so verkorkst. Dieser Sommer wird ganz anders werden, als ich ihn mir vorgestellt habe. Und dabei haben die Ferien gerade erst angefangen.

Nachdem ich mir trockene Shorts und ein schwarzes Top angezogen habe, maile ich Paige und berichte ihr alles, was in den letzten vierundzwanzig Stunden passiert ist. Dann gehe ich in die Küche, um mir einen überbackenen Käsesandwich zu machen, als Nick die Einfahrt hochspaziert kommt. Er scheint es echt darauf anzulegen, mich beim Essen zu stören – erst beim Frühstück und jetzt schon wieder. Er steht da und schaut mich an, die Hände in den Taschen einer trockenen Anzughose. Wie viele Anzüge hat dieser Kerl bitte schön mitgebracht? Irgendwie kann ich nicht anders, ich lasse das halb bestrichene Brot auf der Arbeitsplatte liegen und gehe zu ihm nach draußen.

»Hey«, sagt er.

»Hey.«

»Können wir noch mal von vorn anfangen?« Er blinzelt ins Sonnenlicht.

»Nein.«

Mom und Mr Constantine kommen aufs Haus zu. Als sie die Auffahrt erreichen, klingelt Mr Constantines Handy. Er telefoniert mit gedämpfter Stimme, während Mom aufgebracht auf mich zusteuert. Nick, der ihren Gesichtsausdruck bemerkt hat, stellt sich taktvoll neben seinen Vater. Schade, er wäre ein guter Puffer gewesen.

»Was hast du dir dabei gedacht?«, zischt sie, als sie bei mir ist. »Du kannst doch nicht Mr Constantines Sohn ins Wasser schubsen!«

Ich beschließe, mich an Nicks Version zu halten. »Er ist gestolpert, schon vergessen?«

»Ich habe dich gesehen, Julia.« Ihr missbilligender Blick trifft mich. »Wir müssen einen guten Eindruck machen, *schon vergessen*?«

»Er sieht jedenfalls nicht gerade mitgenommen aus«, murmele ich. Er sieht sogar verdammt gut aus.

Schluss damit!

»Du hast Glück, dass er so ein netter Kerl ist«, murrt sie.

»Klar, echt nett von ihm, uns das Grundstück wegzunehmen«, gebe ich zurück. *Das sollte sie wirklich nicht vergessen.* Sexy oder nicht, er ist unser Feind.

Mom seufzt. »Es ist nicht seine Schuld.«

Wessen Schuld ist es dann? Calebs, weil er krank geworden ist? Ihre, weil sie keine bessere Versicherung hat? Da gebe ich lieber den Piraten die Schuld. Nicks Vater beendet sein Telefonat und flucht leise vor sich hin. Er und Nick unterhalten sich eine Weile mit gesenkten Stimmen und ernsten Gesichtern. Dann kommen sie zu uns.

»Tut mir leid«, sagt Nicks Vater und lässt ein Grinsen aufblitzen, das nicht weniger unwiderstehlich ist als das seines Sohns. »Ein paar Probleme bei einem anderen Kunden.«

»Das tut mir leid, Tom«, sagt Mom. »Ich hoffe, nichts Ernstes?«

Tom?

»Leider doch.« Er führt es nicht weiter aus. »Ich fürchte, ich muss heute noch abreisen.« Mom wirkt bestürzt. »Ich habe mit Nick gesprochen. Er bleibt hier und sieht sich den Rest des Geländes an. In ein paar Tagen komme ich zurück.«

Ich bin entsetzt, als ich die Erleichterung in ihrem Gesicht sehe. Sie will unbedingt, dass dieser Handel zustande kommt. Mist. Dann muss die Lage wirklich ernst sein. »Aber natürlich«, sagt sie herzlich. »Wir werden ihn in einer der Hütten unterbringen.«

»Das ist wirklich nett von Ihnen, Mrs Ducharme«, sagt Nick geschäftsmäßig. »Das Wohnmobil ist super, aber eine eigene Unterkunft wäre mir tatsächlich lieber.«

Ist das zu fassen? Warum rollt sie nicht gleich den roten Teppich aus und übergibt ihnen sämtliche Schlüssel? Nick und sein Vater besprechen sich ein paar Minuten lang. »Tom« gibt ihm vermutlich noch ein paar Tipps, wie er uns am besten ausnehmen kann.

Ich spüre die Wut wieder in mir aufsteigen, gemischt mit Verzweiflung. »Ich gehe den Imbiss aufmachen.« Ich laufe über den Rasen, ich muss dringend hier weg. »Bis später.«

»Könntest du Nick bitte mitnehmen?«, ruft Mom mir nach. Ich bleibe wie angewurzelt stehen. Was? Sie verschränkt die Arme, sodass ihre Frage eher wie ein Befehl wirkt. »Du kannst ihm den restlichen Campingplatz zeigen.«

»Gute Idee«, sagt Tom und klopft seinem Sohn auf die Schulter. »Vielleicht könnte Nick Julia in den nächsten Tagen begleiten? So lernt er den Platz kennen, ohne euch allzu sehr zur Last zu fallen.« Er schaut Mom an und zieht eine Augenbraue hoch. »Scheint ganz schön viel Arbeit zu sein, alles am Laufen zu halten.«

»Aber natürlich.« Moms Blick durchbohrt mich. »Also, Nick, Julia wird sich in den nächsten Tagen hier auf dem Campingplatz um dich kümmern.«

Das darf doch nicht wahr sein.

Ich drehe mich wortlos um und gehe zum Golfwagen, ohne zu schauen, ob Nick mir folgt.

»Und pass mit den losen Brettern auf«, ruft Mr Constantine seinem Sohn hinterher.

Sehr witzig.

6

Wir fahren schweigend über den Platz. Die Vögel zwitschern und die Sonne scheint durch die Bäume. »Sorry für Dans Mund-zu-Mund-Kommentar vorhin«, murmelt Nick.

Ich schaue ihn verblüfft an. »Warum entschuldigst du dich? Du hast es doch nicht gesagt.«

»Er kann manchmal ein ganz schöner Kotzbrocken sein.«

»Das war bisher nicht mein Eindruck«, sage ich, obwohl ich selbst nicht weiß, warum ich Dan verteidige. Nick schnaubt. Aber es stimmt. Ich habe Dan immer nett und rücksichtsvoll erlebt, zumindest bis er mit seiner neuen Freundin hier angetanzt ist. Ich werde die Jungs nie verstehen. Deshalb muss ich den hier auch auf Abstand halten. Ich werfe Nick einen Seitenblick zu.

Da kommt Red uns auf dem Weg zur Rezeption entgegen.

»Hey, Red!« Ich winke und fahre langsamer. Er blickt auf, entdeckt meinen Beifahrer und sieht so aus, als gäbe er sich Mühe, ein neutrales Gesicht zu machen. Ich frage mich, was er wirklich davon hält, dass diese Makler hier herumschnüffeln. Was wird aus Red, wenn wir *Charming Pines* verkaufen? Der Platz ist genauso sein Zuhause wie unseres.

»Hey, Kleine«, sagt er, bleibt stehen und nickt Nick höflich zu. »Bist du schon dazu gekommen, den Steg zu reparieren?«

»Ich war ziemlich beschäftigt, den fiesen Makler hier herumzuführen.« Ich deute mit dem Kinn auf Nick, der lacht. Für ihn scheint das alles ein einziger Witz zu sein.

»Das ist kein Grund, die Arbeit schleifen zu lassen«, sagt Red.

»Keine Sorge«, erwidere ich. »Ich kümmere mich schon noch darum.«

»Gut. Und jetzt entschuldigt mich bitte«, sagt Red. »Das Geld sammelt sich leider nicht von selbst ein. Obwohl das viel einfacher wäre.«

Nick schweigt, als wir weiterfahren.

»Fies?«, fragt er schließlich. »Siehst du mich wirklich so?«

Wir überholen ein paar Camper, die mit Kühlboxen, Handtüchern und Luftmatratzen bepackt auf dem Weg zum See sind. »Du hast recht«, erwidere ich. »Niederträchtig passt besser.«

Er schüttelt den Kopf.

Unten am Strand parke ich neben der *Zuckertüte*, dem kleinen Kiosk, den wir ein paar Stunden am Tag öffnen, damit die Leute sich mit kalten Getränken, Eis oder anderen nährstoffarmen und kalorienreichen Snacks wie Chips, Schokoriegeln oder Süßigkeiten versorgen können. Ich muss mich hier immer sehr zusammenreißen, obwohl man meinen könnte, dass der Bikini als Arbeitsuniform mich eigentlich dazu bringen müsste, auf den zweiten Marsriegel lieber zu verzichten. Ich schließe die Tür auf und betrete das kleine Kabuff, in dem es nach Schokolade und Sägespänen riecht. Nick folgt mir auf dem Fuße. Ich hieve das Metallrollo hoch, das bis zur Verkaufstheke reicht wie eine Mini-Garagentür.

»Gemütlich hier.« Nick schaut sich um. »Wie lange habt ihr geöffnet?«

»Von eins bis drei.« Ich kontrolliere die Handkasse, um sicherzugehen, dass ich genügend Wechselgeld habe. »Normalerweise hilft mir meine Freundin Paige, aber die ist gerade auf dem Weg nach Osaka.« Warum erzähle ich ihm das? Aus irgendeinem Grund fällt es mir leicht, mit ihm zu reden. Das werde ich mir von jetzt an aber verkneifen.

»Cool. Osaka ist echt spannend.« Huch, er war schon in Osaka? »Da sind schon die ersten Kunden«, bemerkt Nick.

Dan und Taylor kommen zur Theke geschlendert. Bei ihrem Anblick spüre ich einen regelrechten Schlag in die Magengrube.

»Hey, Jules, hab ich mir doch gedacht, dass ich dich hier finde«, sagt Dan und reibt sich die Hände. »Machst du uns zwei Eis in der Waffel?« Beide tragen Badesachen, perfekte Musterstücke der menschlichen Spezies. Taylors pinkfarbener Bikini schmiegt sich an ihren gleichmäßig gebräunten Körper. Sie hat einen kleinen Diamanten im Bauchnabel und die goldblonden Haare fallen ihr in zerzausten Beach-Look-Locken über die Schultern, für die sie vermutlich ein paar Stunden und eine vierzig Dollar teure Flasche Haarspray gebraucht hat. Dan ist ebenfalls gebräunt und bestens in Form mit seinem wohlbekannten Sixpack, dem die Süßigkeiten nie Probleme zu bereiten scheinen, die ich ihm während des Sommers zustecke.

Zugesteckt habe.

Denn wenn er denkt, dass er die Eiswaffeln für sein Gesäusel gratis bekommt, hat er sich getäuscht.

»Aber gerne«, sage ich mit einem Lächeln und gebe jedem eine winzige Kugel. »Macht fünf Dollar, bitte.«

Dans Gesicht wird lang. »Im Ernst? Ich, äh, ich hab mein Portemonnaie gar nicht dabei.« Er schaut Taylor an, die mit den Schultern zuckt und ihr Eis schleckt.

»Dann müsst ihr mir das Eis wohl zurückgeben«, erwidere ich.

Dan lacht, hört jedoch auf, als er mein Gesicht sieht. »Ähm, vielleicht kannst du einfach nachher bei uns am Platz vorbeikommen und dir das Geld abholen?« Er lässt das Grinsen aufblitzen, bei dem ich früher immer Herzklopfen bekommen habe. Bekomme ich tatsächlich immer noch. Allerdings nicht aus hormonellen Gründen, sondern vor Wut. Glaubt der wirklich, er kann zu meinem Kiosk kommen, um sich und seine Freundin von mir durchfüttern zu lassen? Ich öffne den Mund, um ihm zu sagen, wohin er sich seine Eiswaffel stecken kann, doch Nick kommt mir zuvor.

»Ich bezahl das«, sagt er schnell und gibt mir einen Fünfer. Ich lege ihn in die Kasse und knalle den Deckel zu.

»He, Mann, ich hab dich gar nicht da drin gesehen.« Dan späht in den Kiosk. »Seid ihr zwei jetzt beste Kumpel, oder was?«

»Julia zeigt mir nur den Campingplatz«, erklärt Nick und verschränkt die Arme.

»Ach ja?«, entgegnet Dan. Seine Stimme klingt seltsam scharf.

»Komm, lass uns schwimmen gehen«, sagt Taylor und knabbert an ihrer Waffel. Dan rührt sich nicht, er schaut nur von Nick zu mir. Hier sind eindeutig ein paar »negative Schwingungen« in der Luft, wie Mom sagen würde. »Ich zahl es dir später zurück«, sagt Dan zu Nick und verschränkt ebenfalls die Arme, wobei seine Waffel gegen seinen linken Bizeps stößt.

»Ist schon in Ordnung«, erwidert Nick.

»Ich kann doch keine Almosen von meinem Cousin annehmen.« Dan hat immer noch nicht an seinem Eis geleckt. Es fängt schon an, auf seine Finger zu tropfen.

»Wofür sind Cousins denn da?«, kontert Nick.

»Daaaan«, nörgelt Taylor. »Mir ist heiß, ich will jetzt ins Wasser!«

»Komme schon.« Dan dreht sich um, dann bleibt er noch einmal stehen und schaut uns an. »He, wollen wir nachher zusammen eine Bootsfahrt machen?« Er schaut mich vielsagend an. »Wir könnten ihnen die Insel zeigen, Jules.«

Die Insel ist ein kleines Stück Land voller Gebüsch und Gestrüpp hinter der Biegung in der Mitte des Sees. Eigentlich darf man sie nicht betreten, weil sie wegen der Seetaucher, die dort nisten, unter Naturschutz steht. Aber das hält niemanden wirklich davon ab, sie aufzusuchen, wenn ein bisschen Privatsphäre gefragt ist. Meine Wangen werden heiß, als ich an die Stunden denke, die Dan und ich letzten Sommer dort verbracht haben. Dort haben wir uns zum ersten Mal geküsst.

»Geht leider nicht. Ich hab Caleb versprochen, dass wir eine Runde mit den Geländefahrzeugen drehen«, lüge ich. Auf ein Doppel-Date zu viert habe ich wirklich keine Lust.

»Klingt nach der perfekten Gelegenheit, um das Grundstück kennenzulernen.« Nick schaut erst mich und dann Dan an. »Außerdem wollt ihr zwei doch sicher ein bisschen unter euch sein.« Er weist mit einem Nicken auf Taylor, die mittlerweile im Wasser herumtollt, sehr zum Vergnügen der männlichen Badegäste.

»Dann vielleicht morgen.« Dan sieht mich durchdringend an. »Die Insel ist ein ganz besonderer Ort.« Ich werde rot und senke den Blick. Was sollen diese ganzen indiskreten Bemerkungen? Er wirft sein unangerührtes Eis in den Mülleimer und gesellt sich zu Taylor ins Wasser, die laut quietschend versucht, ihre Frisur zu retten, als er sie nass spritzt.

Ich atme einmal tief durch und drehe mich zu Nick. »Ich hab dich nicht auf die Tour eingeladen«, sage ich.

»Ich weiß«, sagt er. »Ich wollte dir nur eine Ausrede verschaffen. Es sah nicht so aus, als hättest du große Lust auf einen Ausflug mit Barbie und Ken.«

»Oh«, mache ich und ordne ein Tablett mit Schokoriegeln. Es ist drückend heiß in der Hütte und mir wird etwas schwindlig, wegen der Hitze, der Enge oder beidem. Ich öffne die Eistruhe und stecke den Kopf hinein.

»Was machst du da?«, fragt Nick.

»Ich glaube, wir haben kein Kirscheis mehr.« Ich richte mich wieder auf. Kleine Pünktchen flimmern vor meinen Augen.

»Alles okay?« Seine Stimme klingt komisch.

»Klar.« Ich fächle mir Luft zu. »Niedriger Blutdruck, weiter nichts.«

»Komm mal mit.« Er legt mir einen Arm um die Schultern und führt mich ins Freie. Dort setzt er mich in den Sand. »Den Kopf zwischen die Knie legen und atmen.«

Ich befolge seine Anweisungen. Langsam sehe ich wieder klar und der Schwindel lässt nach.

»Hast du heute schon was gegessen?«, fragt er besorgt.

»Zählt Chai-Tee?«

»Nein.« Er geht in den Kiosk und kommt mit einem KitKat zurück. »Hier, versuch es mal damit.«

Wenn ich es mir recht überlege, waren seine M&M's das Letzte, was ich gegessen habe.

»Danke«, sage ich, beiße in den Schokoriegel und blicke auf den See. Dan und Taylor kommen gerade aus dem Wasser. Er trägt sie huckepack, sie hat die Arme um seinen Hals geschlungen. Wieder spüre ich einen Schlag in den Magen und versuche mir einzureden, dass es der Hunger ist.

»Du hast nicht mit Taylor gerechnet, hm?«, fragt Nick.

»Ist das so offensichtlich?« Ich schlucke und starre auf das Schild mit der Aufschrift *Dieser Strand wird nicht beaufsichtigt.*

Am See wird es voller, immer mehr Leute breiten ihre Decken aus.

Der Geruch nach Kokosöl und Plastikluftmatratzen liegt in der Luft.

»Erstens das, und zweitens hast du es mir gestern gesagt.« Oh. Stimmt. »Möchtest du schwimmen gehen, um den Kopf freizukriegen?«, wechselt Nick das Thema.

»Ich war heute früh schon im Wasser, vielen Dank«, erwidere ich und muss an seinen Gesichtsausdruck denken, als er rückwärts vom

Steg geflogen ist. »Tut mir leid, übrigens«, ergänze ich leicht zerknirscht. Trotz allem war er einfach nur … nett, seit wir uns gestern kennengelernt haben. Wenn man davon absieht, dass er hier ist, um uns den Campingplatz wegzunehmen.

Er lächelt neckend. »Es geht eben nichts über ein kühles Bad, um den Staub loszuwerden.«

Ich denke an seinen seriösen Anzug. »Du wirktest nicht sehr … verstaubt.«

»Ich war noch nicht ganz wach heute Morgen«, gibt er zu. »Ich hab die ganze Nacht Sterne geguckt.«

»Du hast dir den ganzen Schauer angesehen?« Ich bin überrascht und auch neidisch, weil ich ihn verpasst habe.

»Ja. War wirklich eine coole Show. Hey, ich hab mir überlegt«, fügt er hinzu, »vielleicht könntest du mir ein bisschen Unterricht geben?«

»Astronomieunterricht?« Ich schaue ihn an, um zu sehen, ob er es ernst meint.

»Nee, Schwimmunterricht«, sagte er lachend. »Natürlich Astronomie.«

»Warum?«, frage ich misstrauisch.

»Ich dachte nur, dass es cool wäre, sich damit zu beschäftigen.« Er blickt zum Himmel und beschirmt die Augen mit der Hand.

»So viel weiß ich gar nicht«, gebe ich zu. »Ich habe selbst erst letztes Jahr damit angefangen.«

»Na ja, meine Kenntnisse beschränken sich auf den Großen Wagen.« Nick steht auf und klopft sich den Sand von den Shorts. »Ansonsten weiß ich nur noch, dass der Nordstern der hellste ist.«

»Ist er in Wahrheit gar nicht«, sage ich. »Es gibt mindestens fünfzig hellere.«

»Siehst du?« Nick reicht mir die Hand, um mir zum zweiten Mal innerhalb von vierundzwanzig Stunden aufzuhelfen. Ich zögere, dann ergreife ich sie und stehe auf. »Du weißt jedenfalls mehr als ich.«

Irgendwie bin ich skeptisch. »Interessierst du dich wirklich für Astronomie?«

»Na ja, es gibt noch einen anderen Grund«, gesteht er und schiebt die Hände in die Hosentaschen.

»Und der wäre?«

Er kommt einen Schritt näher, und seine Masse tritt in meine Umlaufbahn. »Ich fand es wirklich schön mit dir gestern Abend.« Er sieht mir in die Augen. »Bevor … alles andere passiert ist.«

Von seiner Nähe wird mir schon wieder schwindlig. »Du meinst, bevor ich die Wahrheit darüber erfahren habe, wer du bist und was du hier machst?« Ich versuche, irgendwo anders hinzusehen als in sein Gesicht, und lande auf seiner Brust, die zufällig auf Augenhöhe und nur wenige Zentimeter von meiner Nase entfernt ist.

»Es gibt viele Wahrheiten.« Er macht ein bedauerndes Gesicht. »Das ist nur eine Version, kleiner Grashüpfer.«

Was zum Teufel soll das jetzt heißen? »Ich muss gleich den Kiosk schließen«, sage ich.

»Ist das ein Ja zum Astronomieunterricht?«, fragt er.

Ich ziehe am Vorhängeschloss, um sicherzugehen, dass es zu ist. »Na schön, wenn es sein muss.« Ihn im Auge zu behalten ist sicher nicht verkehrt.

»Super.« Ein Licht tanzt in seinen dunklen Augen wie die Sonne auf dem Wasser. »Und was ist jetzt mit der Geländetour?«

»Cale?«, rufe ich die Kellertreppe hinunter. Keine Antwort.

Hm. Ich habe ihn nicht mehr gesehen, seit er heute Morgen davongestürmt ist. Ich gehe wieder nach draußen zu Nick, der auf der Hollywoodschaukel wartet.

»Er ist nicht da.«

»Ist das so ungewöhnlich?«

»Na ja, seit er aus dem Krankenhaus zurück ist, hockt er eigentlich nur noch im Keller rum.« Trotz ständiger Ermunterungen von Mom und mir. Ich gehe zum Schuppen und komme mit zwei Helmen zurück. Einen werfe ich ihm zu. »Probier den mal.«

Er setzt ihn auf. »Passt wie angegossen.«

»Die Quads stehen hinten«, sage ich und setze mir ebenfalls einen Helm auf. Nick folgt mir ums Haus. Die Geländefahrzeuge stehen unter einem roten, von vier Pfosten gestützten Blechdach. Ich bleibe wie angewurzelt stehen. Eins der beiden Fahrzeuge fehlt.

»Stimmt was nicht?«, fragt Nick.

»Alles in Ordnung«, sage ich. »Mein Bruder scheint nur mit einem der Quads unterwegs zu sein.«

»Der Kleine darf schon allein mit den Riesendingern fahren?«

»Die ist er schon gefahren, bevor er laufen konnte.« Ich schwinge mich auf den Sitz. Seit er krank war allerdings nicht mehr. Ich bin erwartungsvoll, aber auch etwas besorgt. Und außerdem ziemlich neugierig.

»Ich bin es nicht gewohnt, Beifahrer zu sein«, sagt Nick und klettert hinter mich.

Ich zünde den Motor und grinse in meinen Helm. »Du wirst es überleben.«

7

Eine halbe Stunde später haben wir den ganzen Campingplatz umrundet und am Strand und bei den Hütten nachgesehen. Von Caleb keine Spur.

»Dann müssen wir wohl in den Wald«, rufe ich über den Lärm des Motors hinweg und spüre ein Nicken. Ich schlage einen der Wanderwege ein, fahre aber nicht zu schnell, falls Urlaubsgäste unterwegs sind. Nicks Schenkel liegen dicht an meinen. Er bringt es allerdings nicht über sich, die Arme um meine Taille zu legen, sondern hält sich an den Seitengriffen fest.

»Wohin führen die Wege?«, ruft er mir ins Ohr.

»Über das ganze Grundstück.« Hohe Bäume stehen wie Wächter zu beiden Seiten des Wegs. Es sieht wild und ungepflegt aus, und ich mache mir gedanklich eine Notiz, mit einer Baumschere wieder herzukommen.

»Und wie weit geht das Grundstück?«, fragt er.

»Weit«, antworte ich. Vor uns tauchen frische Quadspuren auf. Die müssen von Caleb sein. Ich folge ihnen. Sie führen auf einen überwucherten Pfad, und ich fahre noch langsamer, als uns dicht belaubte Zweige entgegenschlagen. Plötzlich wird mir klar, wo Caleb ist. Dieser Pfad ist schon seit Langem nicht mehr benutzt worden.

»Das ist die Panoramastraße, was?«, ruft Nick und lässt die Haltegriffe los, um Zweige und Laub zur Seite zu schieben.

»Ich dachte, du würdest die ausgetretenen Pfade gerne mal verlassen«, erwidere ich vornübergebeugt. Das Quad fährt durch eine Kuhle, Nick hüpft nach oben und schlingt instinktiv die Arme um mich. »Gut festhalten!« Wir holpern einige Minuten weiter, bis ich das andere Geländefahrzeug entdecke. Ich parke daneben und schalte den Motor ab. Ein schmaler, völlig verwilderter Pfad führt von hier aus weiter. »Wir gehen zu Fuß«, erkläre ich und springe vom Quad.

»Du und dein Bruder habt euch doch keinen hinterhältigen Plan ausgedacht, um mich zu ermorden, oder?« Er nimmt den Helm ab und schüttelt seinen Kopf mit den dunklen Locken.

»Aber nein«, sage ich, setze meinen Helm ab und hänge ihn über den Lenker. Er tut es mir nach. Ich bahne mir einen Weg durch das Gestrüpp, und Nick folgt mir. »Wir sind zu dem Schluss gekommen, dass ein Bootsunfall die beste Lösung ist.«

»Darf ich fragen, wohin wir gehen?«, sagt er.

»Du wolltest doch das Grundstück sehen«, entgegne ich. »Dann schau.«

»Wohin?« Er dreht sich um. Um uns herum sind nur Bäume, Felsen und Vögel.

»Dahin.« Ich zeige mit dem Finger.

Er späht zwischen Baumstämmen so dick wie Kleinwagen hindurch und ich warte, bis er entdeckt hat, was ich meine.

»Eine morsche alte Hütte«, stellt er fest. »Muss ich jetzt Angst haben?«

Ich ignoriere ihn und forme mit den Händen einen Trichter vor dem Mund. »Cale?«, rufe ich. Keine Antwort. Wir laufen über umgestürzte Baumstämme und Felsen hinweg zu der verfallenen Hütte. »Cale?«, rufe ich wieder mit unsicherer Stimme. Ein Streifenhörnchen huscht über einen umgestürzten, mit hellgrünem Moos bewachsenen Baumstamm. Die Tür der Hütte hängt schief in den Angeln, dunkle

Astlöcher zeichnen sich vor dem helleren Holz ab. Verlassenheit liegt über dem Ort. Und wir platzen einfach so herein.

Was, wenn Caleb sich auf dem Weg hierher verletzt hat? Gruselgeschichten vom Lagerfeuer kommen mir in den Sinn und ich schaudere. Eine fand ich immer besonders unheimlich: ein Serienmörder, der sich in einer verlassenen Hütte wie dieser versteckt und ahnungslosen Wanderern auflauert …

Ein Gesicht erscheint im Fenster, und ich schreie auf und schrecke zurück.

»Julia?«, sagt Caleb, während ich rückwärts gegen Nick pralle. Er hält mich fest, und ich werfe den beiden Jungs einen düsteren Blick zu.

»Woher wusstest du, dass ich hier bin?«, fragt Caleb.

»Telepathie«, murmele ich.

»Und was macht der hier?« Caleb schaut Nick an.

»Sie muss sich heute mit mir herumschlagen«, erwidert der.

Caleb sieht mich an. »Musst du babysitten?«

»So kann man es nennen.«

»Vorsicht«, sagt Caleb. »Das letzte Mal, als sie gebabysittet hat, mussten wir die Feuerwehr holen.«

»Wenn du nicht auf den Baum geklettert und nicht mehr runtergekommen wärst, wäre das nicht nötig gewesen.«

»Solltest du nicht auf mich aufpassen?« Seine rechte Gesichtshälfte verzieht sich ganz leicht nach oben.

»Ich war gerade dabei gewesen, dir was zum Mittagessen zu machen«, protestiere ich, aber insgeheim freue ich mich über sein Lächeln.

»Stimmt, du warst in der Küche. Ein Glück, dass die Feuerwehr da war.«

Nick lacht. »Autsch.«

Ich sehe ihn streng an. »Nur zu deiner Information, ich habe noch nie im Leben was anbrennen lassen.«

»Aber nur, weil du noch nie was gekocht hast.« Caleb kichert.

»Hab ich wohl!«, widerspreche ich. »Wer hat dir heute Morgen das Frühstück gemacht?«

»Müsli mit Obst zählt nicht als Kochen«, klärt er mich auf. »Und das mit dem Anbrennen stimmt nicht.«

»Was ist bei mir denn bitte angebrannt?« Ich denke nach, aber Caleb hat recht, ich koche wirklich nicht oft. Da komme ich ganz nach Mom.

»Das alte Plumpsklo.« Caleb grinst. »Als wir das Badezimmer renoviert haben.«

Ach ja, richtig.

»Du hast ein Plumpsklo abgebrannt?«, fragt Nick und seine Augen blitzen belustigt. »Wie schafft man denn so was?«

Cale kann nicht widerstehen. »Sie hat ein Streichholz angezündet.« Nick gackert mit Caleb, den es nicht im Geringsten zu stören scheint, dass er sich auf meine Kosten amüsiert.

»Wenn du es genau wissen willst – es war mitten in der Nacht und ich habe eine Kerze umgeworfen.« Mein Gesicht wird warm.

»Konntest du sie nicht einfach auspusten?«, fragt Nick kichernd.

»Ich … war anderweitig beschäftigt«, murmele ich und betrachte meine Fingernägel. Die Kerzenflamme hat das Klopapier erwischt, und … WUSCH! Ich habe Panik bekommen und bin losgerannt – besser gesagt, losgewatschelt, so schnell es mit Schlafanzughose um die Knöchel eben geht.

Beide Jungs lachen jetzt hysterisch, Nick laufen tatsächlich Tränen übers Gesicht. Ich verdrehe die Augen. Anscheinend braucht es nur Fäkalhumor, um die Angehörigen des anderen Geschlechts miteinander zu verbrüdern. »Sehr witzig.« Ich versuche, das Thema zu wechseln. »Warum bist du hierhergekommen?«, frage ich Caleb, der immer noch gackernd über der Fensterbank hängt.

»Ich … wollte … Hinweise suchen … auf … du weißt schon …«, bringt er unter Gekicher hervor.

»Was meinst du?« Ich öffne die quietschende Tür und betrete die Hütte. Meine Augen gewöhnen sich langsam an das dämmrige Licht. Staub tanzt durch die Luft, wo die Sonne hereinscheint, und überall liegen alte Papiere herum. Ich habe es immer geliebt, hier zu spielen, in diesem abgelegenen Versteck.

»Na, was du mir gestern Abend erzählt hast«, sagt Caleb.

Was habe ich ihm gestern Abend erzählt? Oh. Grandpas Geschichte. Ich sehe ihn warnend an und deute mit dem Kopf auf Nick, der mir in die Hütte gefolgt ist.

»Cool hier«, sagt er und betrachtet die alten Bücherregale und die wacklige Treppe, die auf den Dachboden führt.

»Die Hütte hat unserem Großvater gehört«, erklärt Caleb.

»Du weißt doch, dass wir nicht hierherkommen sollen«, sage ich. »Hast du vergessen, was Paige passiert ist? Es ist zu gefährlich.« Vor allem für jemanden in deinem Zustand, will ich hinzufügen, aber ich verkneife es mir.

»Ich kann auf mich selbst aufpassen«, sagt er mit einem herausfordernden Blick auf Nick. »Ich brauche keinen Babysitter.«

Eine Weile ist es still.

»Es sieht hier doch eigentlich gar nicht so schlecht aus«, sagt Nick schließlich und löst die Spannung. »Könnte ein paar Streicheleinheiten vertragen, aber im Großen und Ganzen scheint die Hütte in Ordnung zu sein.« Er geht umher und klopft an verschiedenen Stellen ans Holz. »Das wäre ein ziemlich cooles Spielhaus«, fügt er hinzu.

»War es auch, als wir klein waren«, erkläre ich. »Aber dann ist meine Freundin in einen rostigen Nagel getreten. Er ging einmal durch ihren Fuß.« Ich schaudere. »Das war eine Menge Blut.«

»Dann müsst ihr eben gründlich durchfegen und alle rostigen Nägel entfernen«, sagt Nick.

»Glaubst du wirklich, wir könnten die Hütte wieder herrichten?« Zaghafte Aufregung durchdringt Calebs Zurückhaltung, wie das Sonnenlicht die zerschlissenen Vorhänge.

»Bauarbeiten gehören quasi zu meinem Job«, erklärt Nick und ich erstarre.

»Zufällig kenne ich mich auch ganz gut damit aus«, sage ich, während ich die Arme verschränke. Ich habe wirklich viel von Grandpa und Red gelernt.

»Dann dürften wir zwei eigentlich keine Probleme damit haben, die Hütte in den nächsten Tagen wieder aufzumöbeln«, sagt Nick leichthin.

»Das wäre echt toll.« Der letzte Hauch von Calebs Argwohn schmilzt dahin und er strahlt Nick an.

»Warum willst du die Hütte herrichten, wenn ihr hinterher sowieso alles abreißt?«, frage ich Nick leise.

Er betrachtet Caleb, der langsam durch die Hütte geht und dabei vor sich hinmurmelt: »… und meine Comics könnten hierhin …«

»Wäre doch ein nettes Projekt«, gibt er zurück. »Ganz ehrlich, du brauchst doch keine drei Tage, um mir den Campingplatz zu zeigen. Außerdem macht es mir Spaß.«

Kleine Brüder zu verhexen macht dir wohl auch Spaß, liegt mir auf der Zunge. Obwohl ich ja selbst sehen kann, was Caleb sieht. Gestern Abend habe ich es auch gesehen. Himmel, war das wirklich erst gestern? Nick ist einfach sehr liebenswert. Und freundlich. Was zur Folge hat, dass man ihm – zu Unrecht? – vertrauen will. Trotz seines Berufs.

»Geht das, Julia?« Caleb unterbricht seine Besichtigung und blickt von Nick zu mir. Sein Gesicht ist voller Hoffnung und Eifer.

So begeistert habe ich ihn lange nicht gesehen. Definitiv nicht seit seiner Krankheit. Außerdem könnte man ihn so aus dem Haus locken, an die frische Luft, raus aus dem Keller. Und ihm eine Aufgabe geben. Ich wünschte, Nick hätte mich nicht in diese Lage gebracht, aber ich merke schon, dass ich weich werde.

»Wir erledigen nur das Gröbste«, sagt Nick. »Wir machen die Hütte wieder sicher, dann hat dein Bruder einen Ort, wo er abhängen kann.« Er geht zu Caleb. »Jeder echte Kerl braucht einen Ort, um mal abzuschalten«, sagt er und hält Caleb die Faust hin, der mit seiner dagegen schlägt. Ich verstehe nicht ganz, was Nick im Schilde führt, aber ich bringe es nicht fertig, meinem kleinen Bruder den Wunsch abzuschlagen.

»Na schön.« Ich hebe kapitulierend die Hände.

»Cool!« Caleb schlägt mit der Faust in die Luft.

»Aber ich bin die Bauleiterin!«, fordere ich.

»Alles klar, Chef!« Nick grinst und verschränkt die Arme. »Mir gefällt's auf dem Beifahrersitz inzwischen sowieso besser.«

»Gut«, entgegne ich, »denn da wirst du jetzt auch wieder Platz nehmen. Wir müssen zurück.«

Nick schaut Caleb an. »Kommandiert die immer so rum?«

»Immer«, beteuert Caleb.

Verräter.

Ich beschließe, Nick auf dem Rückweg zur Rede zu stellen. Caleb ist auf dem Quad hinter uns.

»Was sollte das gerade?«, rufe ich über die Schulter. Durch den Helm und den Motorenlärm sind meine Worte vermutlich kaum zu verstehen.

Ich schalte einen Gang runter. »Diese ›Lass uns eine Hütte bauen‹-beste-Kumpel-Nummer mit meinem Bruder?«

»Nach dem, was du gestern erzählt hast, klang es so, als könnte er einen Kumpel gebrauchen.«

»Du gibst ihm damit nur einen weiteren Grund, enttäuscht zu sein, wenn du und dein Dad ihm alles wieder wegnehmt.«

»Hast du nicht gesagt, dass es nicht dazu kommen wird?«, fragt er.

»Wird es auch nicht.«

»Was ist dann dein Problem?«

»Ich verstehe nicht, warum du Caleb auf etwas heißmachst, das du kaputt machen willst.«

»Glaub es oder nicht, Julia, ich will nichts kaputt machen.« In seiner Stimme liegt ein Hauch Schärfe.

»Wie würdest du es denn nennen, wenn ihr ein Casino und eine Ferienanlage an den See baut?«

»Das hat sich mein Dad ausgedacht, nicht ich«, sagt er. »Wir sind zwei verschiedene Menschen.«

Etwas an seinem Ton bringt mich dazu, den nächsten Vorwurf hinunterzuschlucken. Wir kehren zum Haus zurück, und ich parke das Quad, nehme den Helm ab und schüttele meine Haare aus. Mom kommt mit einem Tablett voller Gläser durch die Tür.

»Eistee!«, ruft sie, während Caleb hinter uns parkt.

»Vielen Dank, Mrs Ducharme, der kommt wie gerufen.« Nick schenkt ihr ein unwiderstehliches Lächeln und nimmt sich ein Glas.

Argh. Habe ich wirklich gerade gedacht, dass sein Lächeln »unwiderstehlich« ist?

Mom dreht sich zu mir. »Julia?«

»Nein, danke.« Ich habe zwar Durst, aber ich weiß genau, wie ihr Bio-Kombucha schmeckt. Nach Essig.

Ich sehe zu, wie Nick sein Glas in einem Zug leert, ohne das Gesicht zu verziehen. Der Punkt geht an ihn.

»Lecker.« Er wischt sich den Mund mit dem Handrücken ab.

»Danke«, sagt Mom. »Der ist selbst gemacht.«

»Wirklich?«, erwidert er. »Daraus könnten Sie ein Geschäft machen.«

»Das würde ich liebend gern, aber es gibt hier einfach zu viel zu tun …« Sie schaut sich um, und zum ersten Mal frage ich mich, ob es Dinge gibt, die sie lieber tun würde, als einen Campingplatz zu führen. Ich bekomme einen Kloß im Hals und wende mich ab. Caleb kommt zu uns herüber.

»Danke, Mom«, sagt er und nimmt sich ein Glas.

»Aber nur ein paar Schluck, Caleb, da ist ziemlich viel Koffein drin.« Sie dreht sich zu mir. »Schatz, ich habe Nick eine der Hütten am See fertig gemacht. Würdest du ihn bitte runterbringen?«

Was bin ich, sein Chauffeur? Ich öffne den Mund, um zu protestieren, aber Nick kommt mir zuvor.

»Ist schon in Ordnung, Mrs Ducharme …«

»Anna«, sagt sie.

»Anna.« Er lächelt wieder. »Julia hat bestimmt schon genug zu tun.«

»Ich kann sie dir zeigen«, bietet Caleb an. Okay, das reicht jetzt!

»Entschuldigt uns bitte«, knurre ich mit zusammengebissenen Zähnen und ziehe Caleb hinter mir her. »Caleb muss mir kurz zeigen, wo er das Gas hingestellt hat.«

»Hoffentlich nicht beim Plumpsklo«, murmelt Nick, und Caleb lacht schallend. Im Weggehen höre ich, wie meine Mutter Nick zum Abendessen einlädt.

»Was soll das?«, frage ich, sobald wir hinter dem Schuppen sind. »Seit wann ist Nick dein bester Freund?«

»Hast du schon mal gehört, dass man Fliegen besser mit Honig als mit Essig fängt?« Caleb sieht mir in die Augen. Das hat Grandma immer gesagt.

»Du glaubst, wenn du nett zu ihm bist, lässt er uns in Ruhe?«

»Vielleicht. Wenn wir ihn überzeugen können, dass der Campingplatz keine gute Geldanlage ist«, erwidert Caleb.

Ich seufze. »Das war doch seine eigene Idee. Darauf fällt er nicht rein.«

Calebs Unterlippe zittert. »Aber gemein sein hilft auch nicht weiter.«

»Ich bin nicht gemein«, sage ich empört.

»Aber du bist auch nicht nett.«

»War ich nicht gerade einverstanden damit, die Hütte mit ihm zu renovieren?«

»Da fällt mir etwas ein.« Calebs Miene hellt sich auf. »Ich hab dir noch gar nicht gesagt, was ich gefunden habe, bevor ihr gekommen seid.«

»Was denn?«

»Ein paar alte Unterlagen von Grandpa.« Er senkt die Stimme. »Ich glaube, du hattest recht – er hat wirklich was auf dem Grundstück versteckt. Wenn wir es finden, können wir es vielleicht verkaufen.«

»Das ist ein ziemlich großes *Wenn*.« Abgesehen davon bin ich ziemlich sicher, dass die Geschichte Seemannsgarn war.

»Julia?«, ruft Mom. »Caleb?«

»Wir kommen!«, rufen wir gleichzeitig.

»Lass uns später darüber reden«, sage ich zu ihm. »Und dann zeigst du mir die Unterlagen.«

»Okay. Aber vielleicht kannst du versuchen, ein bisschen netter zu Nick zu sein?«

Ich erwähne nicht, dass ich gestern Abend schon ziemlich nett war. Bis ich herausgefunden habe, wer er ist und was er hier tut.

»Bitte, Julia«, bettelt Caleb. »Wenn er uns besser kennt, überredet er vielleicht seinen Vater, den Campingplatz nicht zu kaufen.«

Tja, einen besseren Plan habe ich im Moment auch nicht.

Ich gebe nach. »Ich werd's versuchen. Aber nur, weil du mich gebeten hast.«

»Du bleibst also zum Essen?«, frage ich Nick, als wir wieder bei den anderen sind.

»Ich hab deiner Mom gerade gesagt, dass ich erst mal meine Tante und meinen Onkel fragen muss, was sie geplant haben.«

»Du kannst sie sehr gern zu uns einladen«, sagt Mom. »Es gibt Gemüseburger und ich mache noch schnell einen Quinoasalat. Ich fände es wirklich schön, wenn wir den Abend alle gemeinsam verbringen.«

»Ich frage sie. Sie kommen bestimmt gern«, erwidert Nick.

Was bedeutet, dass ich die Turteltäubchen Dan und Taylor ertragen muss. Und dabei fällt es mir auch so schon schwer genug, Moms Gemüseburger herunterzubekommen, ohne zu würgen.

8

»Deine Hütte ist da drüben.« Ich deute mit einem Nicken auf die Häuschen am anderen Ende des Strands, weit entfernt von den lärmenden Booten am Steg.

Nick pfeift anerkennend. »Dreieckshäuser. Cool.«

Ich spüre Stolz in mir aufsteigen, bemühe mich aber um ein lässiges »Danke«.

»Hast du die gebaut?«, fragt er.

»Ein paar. Na ja, zumindest mitgeholfen«, gebe ich zu, parke den Golfwagen und springe heraus. »Red, mein Vater und ich haben sie gebaut.« Falls er sich fragt, wo mein Vater jetzt ist, ist er zu höflich, um diese Frage auch zu stellen. Ich zeige auf die hinteren Hütten, die direkt am Wasser stehen. »Die hat Grandpa mit Red gebaut.« Insgesamt sind es sechs.

Nick nimmt seinen Gitarrenkasten und seinen Koffer aus dem Wagen. Louis Vuitton. Echt jetzt?

Er folgt meinem Blick. »Etwas übertrieben, hm?« Ich schweige, da ich mich an das Versprechen erinnere, das ich Caleb gegeben habe. »Ein Geburtstagsgeschenk von meinem Dad.«

»Wie alt bist du?«, frage ich.

»Zwanzig.«

»Wirklich?« Ich ziehe die Augenbrauen hoch. »Du wirkst älter.« Und er sieht älter aus.

»Ich fühle mich auch älter«, sagt er. Ein Schatten huscht über sein Gesicht, doch er sagt nichts weiter.

Wir gehen zur ersten Hütte. Jede hat eine kleine Veranda mit Seeblick. Einige haben ein ausgebautes Dach, andere nur die untere Etage. Aber alle haben Solarzellen auf dem Dach und Fenster über die gesamte Vorderseite, damit man den Blick voll auskosten kann. Es sind kleine Dreiecke, die es in sich haben.

»Schönes Holz.« Nick lässt seine Sachen fallen, klopft an eine Planke, reibt mit der Hand darüber und schnuppert. »Zeder?«

»Ja. Aus regionalem Anbau von einer Familie etwa eine halbe Stunde von hier.« Er streicht beinahe liebevoll über das Holz. »Pass auf, dass du keinen Splitter bekommst.«

Er lacht, »Keine Chance!«, und zeigt mir seine schwieligen Hände. Ganz kurz stelle ich mir vor, wie sich diese Hände wohl auf meiner Haut anfühlen würden. Über meine Schultern, meine nackten Arme hinunter und … ich zittere. Ich schüttele den Kopf und wende mich ab, damit Nick meine roten Wangen nicht sehen kann. Wo kam das denn gerade her?

»Du bist in der Aquarius«, sage ich, genervt von mir und ihm und seinen schwieligen Händen.

»Aquarius?«, wiederholt Nick und schaut sich um.

Ich zeige auf die hinterste Hütte, die, von Bäumen umringt, auf einer halbmondförmigen Landzunge steht. Grandpa hat sie gebaut, aber wir haben sie vor ein paar Jahren renoviert. »Ja. Das da ist Lyra. Aquila und Cygnus sind dort drüben, und Pegasus und Sagittarius hier.« Ich deute mit dem Finger darauf.

»Sternzeichen?«, fragt er, während er seine Sachen wieder aufnimmt und mir folgt.

»Stern*bilder*.«

Er trägt den Gitarrenkasten in der einen Hand, den Koffer in der anderen, sein Bizeps ist rund und hart. Ich gehe die Stufen hoch, an den beiden Schaukelstühlen vorbei und schließe die Tür auf. »Ich hoffe, es ist dir nicht zu rustikal«, sage ich mit einem spöttischen Blick auf seinen Koffer.

Nick schaut sich mit einem breiten Grinsen um. »Es ist genau richtig!«

Ich finde selbst, dass die Hütte ziemlich cool ist. Vor dem Fenster hängen himmelblaue Vorhänge und in der Mitte liegt ein dunkelblauer Webteppich vor einem kleinen grauen Sofa. Rechts gibt es eine winzige Küche, und eine Leiter führt zum Dachboden, wo das Schlafzimmer und – mein Lieblingsdetail – ein sagenhaftes Dachfenster sind. Weiße Wolken treiben über den Himmel, der dieselbe Farbe hat wie die Vorhänge.

»Fehlt nur noch ein Kamin«, bemerkt er. »Aber ihr wollt wahrscheinlich nicht, dass die Gäste aus Versehen die Hütte abfackeln.«

»Das wäre wirklich schlecht fürs Geschäft«, stimme ich zu, und mir fällt wieder ein, warum er eigentlich hier ist. Es folgt ein unbehagliches Schweigen.

»Also.« Nick schaut mich an. »Dann sehen wir uns beim Essen?«

»Richtig«, sage ich. »Wenn du dich noch frisch machen willst, die Duschen sind direkt hinter Pegasus.« Ich gehe zum Sofa und ziehe die Schublade darunter hervor. »Hier sind Handtücher.« Ich deute mit einem Nicken zum Dachgeschoss und räuspere mich. »Auf dem Bett sind frische Laken.«

Er sieht mich immer noch an und ich schlucke.

»Danke, Julia.« Seine Stimme passt zu seinen Augen. Warm. Wie schwarzer Kaffee.

»Nichts zu danken. Ich hoffe, du fühlst dich hier wohl«, antworte ich höflich. Vielleicht ist an Calebs Honig-Fliegen-Theorie ja wirklich was dran.

»Das werde ich«, erwidert er. Ich gehe zur Tür, damit er sich einrichten kann, und spüre, dass sein Blick mir folgt. Caleb hat es sich wohl so vorgestellt, dass ich der Honig bin und Nick die Fliege. Aber als ich die Tür leise hinter mir schließe und die Verandatreppe hinunterlaufe, bin ich mir nicht mehr so sicher, wer bei diesem Spiel eigentlich was ist.

»Würdest du mir bitte die Erbsen rüberreichen, Jules?«, fragt Dan. Er und Taylor sitzen nebeneinander, beide mit frischen, strahlenden Gesichtern nach dem Tag an der Sonne.

»Bitte sehr.« Ich gebe ihm die Schüssel, wobei ich mich zusammenreißen muss, um sie ihm nicht über den Kopf zu kippen. Dieses Abendessen fängt vielleicht nicht ganz so schlimm an wie das gestern, aber viel fehlt nicht.

»Lieber ein Erbsenesser als ein Erbsenzähler«, flötet Taylor. Dan lacht, während ich mich bemühe, nicht die Augen zu verdrehen. Nick scheint es zu bemerken, denn er grinst in seinen Teller – nicht unbedingt die typische Reaktion auf Moms Gemüseburger. Die Erwachsenen sitzen am einen Ende des Gartentischs, wir am anderen, und Caleb hat den Vorsitz am Tischende.

»Julia, freust du dich, dass die Schule vorbei ist?«, ruft Mrs Schaeffer von ihrem Ende herüber. Alle scheinen sich extraviel Mühe zu geben, nett zu mir zu sein, um die Kränkung auszugleichen, dass Dan seine Freundin mitgebracht hat. Aber ich komme mir dadurch nur noch blöder vor. Es ist wie der sprichwörtliche Elefant im Raum (besser gesagt, im Garten). Ein Elefant mit blonden Haaren, einer tollen Figur und dem Gesicht einer Disneyprinzessin.

»Ja.« Ich widme mich dem Salat auf meinem Teller.

»Was hast du im Herbst vor?«, fragt sie, um noch mehr Salz in die Wunde zu reiben.

Ich muss schon sagen, Mr und Mrs Schaeffer gehen mir gerade ganz schön auf den Senkel. Erstens: Sie hätten wissen müssen, wie blöd es für mich ist, dass Dan Taylor mitbringt. Zweitens: Sie waren im Grunde diejenigen, die diese Verkaufsgeschichte ins Rollen gebracht haben. (Auch wenn sie vermutlich geglaubt haben, sie würden uns damit helfen.) Und jetzt lenkt Mrs Schaeffer die Aufmerksamkeit auch noch darauf, dass ich absolut keine Pläne habe, und lässt mich wie eine Idiotin dastehen, die nichts Besseres zu tun hat, als auf einem Campingplatz rumzuhängen.

»Julia war in den letzten Monaten ziemlich beschäftigt«, erklärt Mom. »Deshalb hat sie entschieden, erst einmal hierzubleiben und mich zu unterstützen.« Soll heißen, dass ich es vor lauter Sorge um Caleb nicht geschafft habe, meine Bewerbungen fürs College rechtzeitig fertig zu machen. Natürlich sagt Mom das nicht, weil sie Calebs Schuldgefühle nicht noch schüren will. Aber Mrs Schaeffer scheint es auch so zu verstehen.

»Das ist ja toll!«, ruft sie, als hätte Mom gerade verkündet, dass ich nach Afrika gehe, um das weiße Nashorn zu retten. »Deine Mom kann deine Hilfe sicher gut gebrauchen.«

»Was ist mit dem College?«, fragt Dan, nicht ganz so zartfühlend wie seine Mutter. »Ich dachte, du wolltest unbedingt studieren.« Ich werfe ihm einen Blick zu und deute mit einem Kopfnicken auf Caleb. Der ist zum Glück mit der Fanta beschäftigt, die Mom ihm zur Feier des Tages spendiert hat, und scheint nichts mitzubekommen.

»Hat Julia dir alles gezeigt, Nick?«, wechselt Mom das Thema.

»Ja, vielen Dank, Mrs Ducharme«, erwidert Nick. »Die Hütten sind echt toll.«

»Anna«, erinnert Mom ihn. »Vielen Dank. Hat sie dir erzählt, dass sie beim Bau der Hütten mitgeholfen hat?«

»Ja«, sagt Nick. »Super Arbeit, wirklich.« Er lächelt mich an.

»Sie hat das Tüftel-Talent von ihrem Großvater geerbt«, sagt Mom, und ihre Worte sind für mich wie Helium für einen schlaffen Ballon. Ich liebe es wirklich, Dinge zu bauen oder an ihnen herumzubasteln, um zu sehen, wie sie funktionieren, und sie dann wieder zusammenzusetzen.

»Tüftel-Talent?« Taylor lacht ihr niedliches (um nicht zu sagen albernes) Lachen.

Dem Ballon geht die Luft aus.

»So was wie Sachen bauen oder reparieren«, erklärt Caleb.

»Ein Mädchen nach meinem Geschmack«, sagt Nick. Neue Gaszufuhr für den Ballon. Nicht dass ich mir was aus seiner Anerkennung machen würde. Höchstens ein bisschen.

Taylor verliert das Interesse. »Fahren wir heute Abend noch zur Insel, Dan?« Die Erwachsenen sind wieder zu ihrem Gespräch zurückgekehrt, der Tüftel-Kommentar hat eine Diskussion ausgelöst, ob Unis oder Fachhochschulen besser sind, um heutzutage einen Job zu bekommen.

»Meinetwegen«, sagt Dan. »Wollen wir nicht alle zusammen hin? Bist du für heute genug übers Gelände gefahren, Jules?« Er zieht die Augenbrauen hoch, als wüsste er, dass es eine Ausrede war.

»Alle?« Taylor zieht einen Flunsch.

»Also, ich wäre dabei.« Nick sieht mich an. »Was sagst du, Tüftelfee?«

Ich runzle die Stirn. Was soll das jetzt wieder? Wahrscheinlich spielt er ebenfalls das Honig-Spiel mit mir, um mich davon zu überzeugen, dass der Verkauf eine gute Sache ist. Caleb verpasst mir unter dem Tisch einen Tritt gegen das Schienbein. Autsch. Na schön, dann spielen wir das Spiel eben beide.

»Klar.« Ich setze mich aufrechter hin und nehme mir ein Beispiel an Mrs Schaeffer in Sachen künstlicher Begeisterung.

»Super.« Dan grinst. Ich weiß nicht, warum er so scharf darauf ist, zu viert abzuhängen.

»Super«, wiederholt Taylor etwa so enthusiastisch, als müsste sie zu einer Zahnwurzelbehandlung.

»Super«, sagt Nick, verschränkt die Arme und schaut mich an.

»Super.« Auf was zur Hölle habe ich mich da eingelassen?

»Möchte noch jemand einen Gemüseburger?«, ruft Mom.

»Nein!« Wir antworten alle gleichzeitig und starren uns immer noch an wie bei einer Art Wettbewerb.

Sie wirkt ein bisschen beleidigt. »Gut. Dann mache ich eben den Nachtisch fertig.«

»Super!«, kräht Caleb.

Ich schiebe das Kanu über den Sand und durch den Schlamm, bis es ins Wasser gleitet. Es dämmert und die Moskitos freuen sich auf ihr Festmahl.

Nick schlägt sich auf den Nacken. »Puh! Ich glaub, der Mistkerl hat sich gerade einen Liter abgepumpt.«

»Das war ein Mädchen«, sage ich. »Nur die Weibchen stechen.«

»Typisch. Die Frauen saugen uns aus«, sagt Dan und reicht Taylor die Hand, um ihr ins Kanu zu helfen. Er hat bereits seinen Rucksack hineingeworfen, der vermutlich mit Bierdosen und Marshmallows gefüllt ist.

»Wir haben es ja auch verdient«, sagt sie geziert und lässt sich wie eine Königin nieder. Dan springt hinter ihr ins Boot und reicht ihr ein Paddel.

»Fertig?«, frage ich Nick und klettere in unser Kanu. Es schwankt leicht, als er mir folgt. »Vorsicht!«

»Keine Sorge.« Er lächelt mich an. »Ein Überraschungsbad am Tag reicht mir.« Wir nehmen unsere Paddel und gleiten hinter Dan und Taylor über den See. Der Mond geht auf und taucht alles in elfenbeinfarbenen Glanz. Ich starre an Nicks Schultern vorbei und seufze. So hatte ich mir den Mondscheinausflug mit Dan nicht vorgestellt.

»Ich würde gerne wissen, was du denkst«, sagt Nick.

»Das hab ich dir gestern schon für ein paar M&M's verraten«, sage ich. Den Fehler mache ich bestimmt kein zweites Mal.

»Ah, Schokolade ist also deine Schwäche?«

Verdammt. Themenwechsel.

»Was sagst du?« Ich zeige um uns herum. »Bis jetzt?« Von der Seemitte aus betrachtet, abseits von den wenigen Lichtern am Strand, leuchten die Sterne unglaublich hell, der tintenschwarze Himmel ist eine Schatztruhe voll glitzernder Saphire, Rubine, Diamanten und Topase. Die dunklen Bäume am Ufer ragen in den Himmel wie schweigsame Wächter. Wer wird sie beschützen, wenn wir den Campingplatz verkaufen?

»Es ist wunderschön. Du hast Glück, dass du an einem solchen Ort aufgewachsen bist.« Seine Stimme klingt … wehmütig? Mein Herz, durch die unbeschreibliche Schönheit des Abends erweicht, öffnet sich wie ein Nachtschattengewächs.

»Wo bist du denn aufgewachsen?«, frage ich und fühle mich seltsam schutzlos.

»Hier und da«, antwortet er. »Vor allem in New Jersey. Und Toronto.«

»Seid ihr so oft umgezogen?«

»Ich habe in New Jersey gelebt, bis ich zwölf war. Dann bei meinen Großeltern in Toronto.«

»Warum seid ihr umgezogen?«

»Weil meine Mom gestorben ist.« Er sagt das so nüchtern, dass ich nur nicken kann. Stimmt. Das letzte Mal, dass er Dan gesehen hat.

»Dein Dad und du, ihr seid umgezogen, um näher bei deinen Großeltern zu sein?«

»Nein.« Er räuspert sich. »Nur ich.«

Nur er? Warum ist er nach dem Tod seiner Mom nicht bei seinem Dad geblieben? Hat er seinen Vater nicht gerade in dieser Zeit gebraucht? Wir haben Calebs Krankheit nur überstanden, weil wir uns hatten. Ich muss die Fragen zurückhalten, die in mir aufsteigen.

Nick lächelt. »Du hast mir gestern das Herz ausgeschüttet, jetzt ist es wohl an mir.« Ich sehe ihn an. »Außerdem interessiert es dich doch brennend, oder?«

»Das geht mich nichts an.« Ich spiele die Gleichgültige.

»Er wollte mich nicht«, sagt er. »Vielleicht konnte er sich auch nicht um mich kümmern. Egal. Es läuft aufs Gleiche hinaus.«

Ich halte meine Stimme so ruhig wie das Kanu. »Und jetzt?«

Nick blickt übers Wasser. »Jetzt ist es anders.«

Ich zögere. »Wie ist deine Mutter gestorben?«

»Krebs«, sagt er. »Anfangs ging es ihr noch gut, sie hatte nur Schmerzen im Arm, und am nächsten Tag war sie schon im Krankenhaus, überall Schläuche. Und dann war sie weg. Es ging so schnell.«

Mein Herz wird noch weicher. »Das tut mir leid.« Dieser Satz ist völlig unzulänglich, aber ich weiß nicht, was ich sonst sagen soll.

»Danke.« Er stößt das Paddel fest ins Wasser. »Es ist lange her.«

So lange nun auch wieder nicht. Außerdem kommt man wohl nie über den Verlust eines Elternteils hinweg.

Er fährt fort: »Als du mir gestern das mit deinem Bruder erzählt hast, wollte ich dir sagen, dass ich weiß, wie es ist. Die langen Nächte im Krankenhaus. Die Angst, nach Hause zu gehen, weil es das letzte Mal sein könnte.«

Ich paddle schweigend weiter. Der Unterschied ist, dass Caleb noch lebt und auf dem besten Wege ist, wieder ganz gesund zu werden. Auch wenn ich gestern diesen blöden Spruch gemacht habe, habe ich mir von unzählig vielen Sternschnuppen etwas gewünscht. Und zwar immer dasselbe: dass Caleb wieder gesund wird.

»Wann ist dein Dad wieder aufgetaucht?«, frage ich. Dabei muss ich unwillkürlich an meinen eigenen denken.

»Als ich meinen Highschool-Abschluss gemacht habe. Ich habe ihn natürlich hin und wieder gesehen, an Weihnachten, in den Ferien und so weiter, aber wir haben erst wieder zusammen gewohnt, als ich achtzehn war.«

»Er wollte, dass du in seine Fußstapfen trittst?«

»So was in der Art.« Sein Gesicht wirkt abwesend.

Vor uns haben Taylor und Dan die Insel erreicht. Dan springt ins Wasser, zieht das Kanu hinter sich her und vertäut es an einem Baum. Ich habe das Gefühl, dass wir das Gespräch nicht an dieser Stelle beenden können, weiß aber nicht, was ich jetzt sagen soll. Ich paddle weiter, bis das Kanu auf dem Sand aufsetzt. Nick springt aus dem Boot, bevor ich es tun kann, und zieht es ans Ufer. Er reicht mir die Hand, und ich nehme sie und springe neben ihn. Gerade als sich unsere Blicke begegnen, ruft in der Ferne ein Seetaucher. Sein trauriger Ruf scheint sagen zu wollen, dass er alles versteht. Irgendetwas verschiebt sich zwischen uns. Verwirrt lasse ich Nicks Hand los und mache das Kanu fest.

»Was genau soll hier so besonders sein?«, fragt Taylor und schaut sich um.

»Ist das dein Ernst?«, erwidert Dan. »Es ist toll hier! Total abgeschieden, man ist ganz allein mit der Natur. Jules und ich haben hier echt viel zusammen erlebt.«

»In den Sommern, in denen wir herkommen durften«, sage ich und werfe ihm einen gereizten Blick zu. Letzten Sommer zum Beispiel.

»Alle paar Jahre ist die Insel Nistplatz für die Seetaucher. Dann ist sie gesperrt und niemand darf hier anlegen.«

»Das hat uns vor ein paar Jahren aber nicht davon abgehalten, weißt du noch, Jules?« Dan grinst mich an und eine vertraute Sehnsucht zieht in meiner Brust. Er dreht sich um und geht mit Taylor an der Hand den Pfad hinauf. Nick und ich folgen ihnen. Was zum Teufel hat er Taylor über mich erzählt? Seine Andeutungen scheinen sie jedenfalls nicht zu stören. Das wäre auch so, als ob sich die blonde Beach-Barbie von der tollpatschigen Camping-Skipper bedroht fühlen würde. Lachhaft. Ich bin immer noch fassungslos, dass nichts so gekommen ist, wie ich es mir vorgestellt habe.

»Ihr habt ein Brutschutzgebiet gestört?«, fragt Nick.

»Wir waren ganz vorsichtig«, versichere ich, obwohl es tatsächlich ziemlich blöd war. Es lag wohl daran, dass ich Dan beeindrucken wollte und der Kitzel des Verbotenen darin lag. Meistens halte ich mich an die Vorschriften, sehr zu Paiges Verzweiflung, aber manchmal überkommt mich der Drang, etwas Unvernünftiges zu tun. Wie unverschämte Jungs in den See zu schubsen. »Außerdem war die Paarung dann noch erfolgreich und wir hatten zwei Seetaucherküken in dem Sommer.« Ich sehe ihn an. »Ich wusste gar nicht, dass du dich so für Seetaucher interessierst. Vielleicht lässt du sie ja in deinem Casino spielen?« Beim Gedanken daran, was er mir gerade über seine Mom erzählt hat, bekomme ich ein schlechtes Gewissen. Außerdem war das ein lausiger Witz.

Aber er lacht, seine schwarzen Augen blitzen im Mondlicht. »Nur, wenn sie ihren Ausweis dabeihaben.«

»Kommt ihr?« Dan dreht sich zu uns um. Der Pfad führt durch das Gebüsch über einen kleinen Hügel. Hohes Gras weht zu beiden Seiten.

»Wohin gehen wir?«, fragt Nick.

»Auf der anderen Seite der Insel ist eine Stelle am Strand, wo man ein Lagerfeuer machen kann«, erkläre ich.

»Wenn ich das gewusst hätte, hätte ich Marshmallows mitgebracht«, erwidert er.

»Ich hab welche«, ruft Dan über die Schulter und hebt den Arm.

»Hast du gewusst, dass die aus Tierknochen sind?«, frage ich.

»Hab ich.« Nicks Grinsen leuchtet in der Dunkelheit auf. »Lecker sind sie trotzdem.«

»Was ist aus Tierknochen?«, fragt Taylor, als der Pfad wieder abwärts führt.

»Gelatine«, antworte ich. »Das Zeug, das in Gummibärchen, Wackelpudding und Marshmallows ist. Knochen oder Hufe werden dafür so lange ausgekocht, bis das Bindegewebe herauskommt.«

»Das ist ja ekelhaft.« Sie verzieht das Gesicht.

»Jep.« Deshalb versuche ich auch, nicht daran zu denken, wenn ich welche esse.

»Aber Fleisch isst du doch auch«, wendet Dan ein.

»Trotzdem ist es eklig«, wiederholt Taylor.

Der Pfad endet an einem kleinen Strand mit Blick zur anderen Seeseite, zum dichten Wald und den dahinterliegenden Bergen.

»Julia und ich besorgen Feuerholz«, erklärt Dan und schaut Taylor und Nick an. »Ihr zwei könnt so lange hier abhängen.«

»Ich kann helfen«, sagt Nick schnell.

»Wir wissen, wo welches zu finden ist. Ihr nicht.« Dan schüttelt seinen Rucksack ab. »Ihr wollt doch nicht versehentlich auf ein Seetauchernest treten.«

»Und was machen wir so lange?«, fragt Taylor und schiebt die Unterlippe vor. Puh. Sogar ich finde ihren Schmollmund niedlich.

»Ihr könnt ein paar große Steine für das Lagerfeuer suchen.« Dan schaut sich um. »Meistens liegen hier welche rum.«

»Steine?« Taylor wirkt wenig begeistert.

»Hier.« Ich werfe Nick das alte Taschenmesser zu, das ich immer bei mir habe. »Du kannst schon mal ein paar Spieße für die Marshmallows schnitzen.«

»Schnitzen?«, macht Nick Taylor nach. »Ich dachte, du findest Marshmallows eklig.«

Ich werfe ihm ein kurzes Lächeln zu und wiederhole seine eigenen Worte: »Lecker sind sie trotzdem.«

Er hält sich die Brust, als wäre er angeschossen worden. »Oh Gott«, krächzt er. »Sie hat gelächelt!« Ich drehe mich um, bevor er ein zweites Lächeln auf meinen Lippen sehen kann, und gehe los, um Holz zu suchen. »Jules«, ruft Dan und eilt mir nach. »Warte doch.«

Ich bin nicht sicher, ob ich bereit bin, mit ihm allein zu sein, aber die Neugierde siegt. Ich bleibe stehen und hole nervös Luft. Jetzt bin ich aber mal gespannt.

9

»Was ist?«, frage ich. Dann überlege ich es mir anders. Ich will es gar nicht wissen. Ich drehe mich um und tue so, als würde ich nach Feuerholz Ausschau halten.

Er greift nach meiner Hand. »Ich will mit dir reden. Es dir erklären.«

Ich schüttele seine Hand ab. Möglichst lässig sage ich: »Mach dir keine Sorgen. Wir hatten wohl eine unterschiedliche Wahrnehmung.« Ziemlich. Komplett.

Seine Stimme ist bittend. »Taylor und ich sind seit kurz nach Weihnachten zusammen. Ich wollte es dir ja sagen, aber es schien nicht der richtige Zeitpunkt zu sein, mit deinem Bruder und allem, was ihr durchmachen musstet.«

Ich sehe ihn irritiert an. »Soll ich mich jetzt bei dir bedanken, dass du so rücksichtsvoll warst?«

Er seufzt. »Ich habe das alles nicht geplant, es ist einfach passiert und wir beide haben nie wirklich über … na ja … uns geredet.«

»Ich dachte, das versteht sich von selbst.« Ich bücke mich, um ein paar Hölzer aufzuheben. Unsere Küsse haben anscheinend nur mir etwas bedeutet. Oh Gott, bin ich froh, dass wir nicht weitergegangen sind.

Dan versucht es noch einmal. »Mir war nicht klar, wie es sein würde, mit ihr hier zu sein.« Ich stehe auf und sehe ihn an. »Das hier ist unser Ort. Hier zu sein, erinnert mich an alles, was wir zusammen erlebt haben.«

Ich weiß nicht, was ich sagen soll oder was er überhaupt damit meint. Es ändert nichts daran, dass er sie mitgebracht hat. Mir wird klar, dass ich keinen Grund habe, sauer auf Taylor zu sein. Es ist nicht ihre Schuld.

»Was hast du Taylor über mich erzählt?«, frage ich. Jetzt ist er es, der sich bückt, um Holz vom Boden aufzuheben.

»Dass wir alte Freunde sind«, sagt er schließlich und sieht mich an. Wieder ertönt der Ruf eines Tauchers. »Sind wir doch auch, oder nicht?«

Nein, würde ich am liebsten sagen. Du hast mir das Herz gebrochen, als wäre nichts dabei. Aber ich schweige. Wir kennen uns jetzt seit fünf Jahren. Seit fünf Jahren kommt seine Familie auf unseren Campingplatz. Er ist für mich der Inbegriff des Sommers, und jetzt werde ich zu einer »alten Freundin« degradiert.

»Und warum haben deine Eltern uns deinen Onkel auf den Hals gehetzt? Warum hast du mich nicht vorgewarnt?«

»Meine Eltern wollten deiner Mom nur helfen. Ich dachte, du wüsstest davon.«

»Tja, wusste ich aber nicht.« Meine Kehle ist eng. »Es gab in letzter Zeit ein paar unschöne Überraschungen.«

»Das tut mir leid. Ich weiß ja, wie sehr du diesen Ort liebst.« Er lässt das Holz fallen und nimmt meine freie Hand. »Ich liebe ihn ja auch. Ich bin ein Idiot. Kannst du mir verzeihen?«

»Okay«, bringe ich hervor und ziehe die Hand aus seiner. »Freunde.« Ich laufe zurück zum Ufer, Splitter in den Händen und im Herzen. Wieder auf der Lichtung, lasse ich das Holz kurzerhand neben Taylors perfekten Steinkreis fallen.

»Sehr schön«, sage ich.

»Danke.« Sie sieht mich an. Ihre blauen Augen sind wachsam. Jungs unterschätzen die weibliche Intuition. Wir spüren, wenn etwas im Busch ist. Subtile Strömungen, Unausgesprochenes, Körpersprache. Ganz zu schweigen von seinen unmissverständlichen Kommentaren. Sie weiß bestimmt, dass mehr dahintersteckt.

»Wo ist Nick?« Ich schaue mich um.

»Schwimmen gegangen.«

»Im Ernst?« Ich blicke über das dunkle Wasser.

»Im Ernst«, ruft er und planscht. »Feuer, bitte!«

Ich knie mich auf den Boden und schichte das Holz auf, die dünnen Zweige nach unten, die größeren nach oben. Dan kommt zurück und lässt eine Riesenladung Holz neben mir fallen.

»Hier.« Er öffnet seinen Rucksack. »Ich habe Papier dabei.« Er knüllt eine Zeitung zusammen und schiebt sie unter die Zweige, zündet eine Ecke an, dann eine zweite und pustet. Die Flamme leckt am Papier und wird größer, leuchtet hell und wieder schwächer, während sie sich über das schwerer brennende Holz hermacht.

Nick kommt aus dem See und streicht sich die Haare aus den Augen, das Wasser rinnt ihm über die Brust.

»Das war erfrischend«, sagt er.

»Hast du heute Morgen noch nicht genug bekommen?«, frage ich.

Er lacht und wischt sich das Wasser von seinem durchtrainierten Körper. Wie es sich wohl anfühlen würde, ihn zu berühren? *Oh mein Gott. Habe ich das gerade wirklich gedacht?* Ich wende den Blick ab und starre ins Feuer. Taylor und Dan kuscheln. Nick kommt herüber und setzt sich neben mich, noch immer nur in Boxershorts.

»Willst du dir nicht was anziehen?«, frage ich.

»Ich warte lieber, bis ich trocken bin. Sonst werden meine Sachen nass. Schon wieder.« Er lehnt sich an einen Baumstamm. Wir sitzen schweigend ums Lagerfeuer. Die ganze Situation ist wahnsinnig unangenehm.

»Erzähl mal, Taylor.« Ich räuspere mich. Sie blickt aus ihrer Kuschelposition auf. »Was wirst du studieren?«

»Mathe.«

Na klar. Nicht nur blond und schön, sondern auch noch schlau. Ich hätte es wissen müssen.

»Jep«, sagt Dan und klopft ihr stolz auf die Schulter. »Taylor hat ein Stipendium für die Penn State University.«

»Ist ja toll«, sage ich. Das Feuer knistert und die Stimmung auch. Warum zum Teufel habe ich mich nur darauf eingelassen, Marshmallows mit meinem Ex-Sommerflirt, seiner umwerfenden hochbegabten Freundin und seinem attraktiven geschäftstüchtigen Cousin zu rösten? Was mache ich überhaupt hier?

»Und was sind eure Pläne für den Campingplatz?«, fragt Dan Nick, wobei er mich vielsagend anschaut.

Stimmt ja. Ich setze mich aufrecht hin. Ich soll Nick davon überzeugen, den Platz nicht zu kaufen.

Nick räuspert sich und spielt mit einem Stock herum. »Noch ist nichts entschieden.«

»Er schätzt nur den Grundstückswert«, füge ich hinzu.

»Wir wissen doch beide, wie schnell Onkel Tom und du seid, wenn euch was gefällt. Ihr seid skrupellos. Ich hab von dem Miller-Deal gehört.« An Nicks Kiefer zuckt ein Muskel. »Es ist echt schade, dass deine Mom übers Verkaufen nachdenkt, Jules.«

»Warum denn eigentlich?«, fragt Taylor neugierig. Darüber haben die Jungs wohl noch nicht gesprochen.

»Mein Bruder war schwer krank«, sage ich und greife nach dem Stock, der vor mir liegt. »Es haben sich ein paar ziemlich hohe Arztrechnungen angesammelt.« Der Stock ist angespitzt.

»Oh«, macht sie, während ich mit dem Stock im Sand herumstochere. »Das tut mir leid.«

»Mir auch«, sagt Dan. »Ich wusste ja ein bisschen von dem, was du mir erzählt hast, und von meinen Eltern, aber mir war nicht klar, wie schlimm es ist.«

»Gut gemacht«, sage ich zu Nick und deute auf den Stock. »Wo ist mein Messer?«

»Hier. Sag mal, kannst du uns ein paar Sternbilder zeigen?«

»Klar.« Ich werfe ihm einen dankbaren Blick zu. »Da drüben ist die Kassiopeia.«

Alle folgen meinem ausgestreckten Finger. »Sie war in der griechischen Mythologie eine eitle Königin. Und da ist der Skorpion.«

»Ich finde nie den Kleinen Wagen«, murmelt Nick. »Ich denke immer, ich hätte ihn gefunden, aber ich bilde es mir, glaube ich, nur ein.«

»Siehst du den letzten unteren und die oberen rechten Sterne vom Großen Wagen?«, frage ich.

»Ja.« Nick reckt den Hals.

»Geh vom letzten Stern hoch zum Polaris.« Ich zeige auf den hellen Stern. »Auch bekannt als Nordstern.«

»Der fünfzighellste Stern, richtig?«, sagt Nick.

»Genau.« Er hat also zugehört. »Und der Stern, um den im Sommer alle andere Sterne kreisen. Polaris ist der letzte Stern in der Deichsel des Kleinen Wagens.«

»Du kennst dich mit Astronomie aus?«, fragt Taylor.

»Ein bisschen«, erwidere ich.

»Immerhin hast du ein Teleskop«, sagt Nick. »Und das da.« Er zeigt auf das Fernglas um meinen Hals.

»Ja, aber es ist nur ein Zeitvertreib.« Irgendwie musste ich mich in den langen Nächten im Herbst und im Winter schließlich beschäftigen, wenn niemand zu Hause war. Es war jedenfalls besser, als schlaflos im Bett zu liegen.

»Was ist das da?« Taylor streckt den Finger aus.

Ich kneife die Augen zusammen. »Äh, ich glaube, das ist nichts Besonderes.«

»Oh.« Sie klingt enttäuscht. Der Mond verschwindet hinter einer Wolke und der Himmel wird dunkler.

»Hier.« Ich reiche ihr das Fernglas. »Versuch es mal damit.« Sie hält es an die Augen. »Andersrum.«

Dan lacht und sie dreht es um.

»Und jetzt?«, fragt sie.

»Willst du wissen, wie eine andere Galaxie aussieht?«

Sie schaut mich über das Fernglas hinweg an. »Echt?«

»Geh zurück zur Kassiopeia«, weise ich sie an. »Das W-förmige Sternbild. Siehst du den untersten Stern im zweiten V?«

»Ja.«

»Folge der Spitze. Sie zeigt genau auf M 31.«

»M 31?« Taylor klingt skeptisch.

»Auch bekannt als die Andromedagalaxie, wenn dir das besser gefällt«, sage ich.

»Der Name hat wohl nichts damit zu tun, wie hell ein Stern leuchtet«, murmelt Nick.

Sie folgt der unsichtbaren Linie zu dem nebligen Feld am Himmel. »Ich glaube, ich sehe es!«

»Schau am besten auf die Seite, nicht direkt in die Mitte«, rate ich. »So kann man entfernte Objekte am besten sehen.«

»Voll cool!« Sie setzt sich aufrechter hin. »Da ist ein heller Fleck, aus dem so spiralförmige Arme rauskommen.«

Die Jungs blicken in die Richtung, in die sie schaut.

»Lass mich auch mal sehen.« Dan greift nach dem Fernglas.

»Warte, bis du an der Reihe bist!« Sie schlägt seine Hand weg.

»Ihr könnt sie wahrscheinlich auch so sehen, wenn ihr euch anstrengt. Eure Augen haben sich jetzt an die Dunkelheit gewöhnt«, sage ich zu ihnen und zeige ihnen die Richtung. »Die Andromedagalaxie ist das entfernteste Objekt, das man mit bloßem Auge sehen kann. Sie ist nur 2,5 Millionen Lichtjahre entfernt.«

»Nur?«, wiederholt Nick.

»Sie ist wunderschön«, sagt Taylor schwärmerisch.

»Es ist die Nachbargalaxie unserer eigenen, mit mehr als drei Billionen Sternen«, sage ich. »Und sie kommt jeden Tag näher. Etwa siebzig Meilen pro Sekunde.«

»Wird sie größer, wenn sie näher kommt?«, fragt Taylor.

»Ich denke, schon«, sage ich, verschränke die Hände hinter dem Kopf und lehne mich an einen Baumstamm. »Schließlich ist sie auf direktem Kollisionskurs mit unserer Milchstraße.«

»Was?« Sie lässt das Fernglas sinken und starrt mich entsetzt an.

»Keine Angst, das passiert erst in fünf Milliarden Jahren«, beruhige ich sie. Sie gibt mir das Fernglas zurück.

»Na, das klingt gut.« Dan steht auf, holt seinen Rucksack und kramt darin herum.

Ich zucke die Schultern. »Bis dahin hat die Erde andere Sorgen. Die Sonne wird zu einem roten Riesen angeschwollen sein und alle Planeten verschlungen haben. Außerdem könnten wir sowieso jederzeit von einem Asteroiden oder einer Sternenexplosion ausgelöscht werden.«

Alle starren mich mit offenem Mund an. Der Mond kommt hinter den Wolken hervor und scheint auf ihre alarmierten Gesichter.

»Äh, aber kein Grund zur Panik.« Ich muss schleunigst die Stimmung wieder heben. »Vorher haben wir uns vermutlich längst durch die Folgen irgendeiner Klimakatastrophe oder eines Atomkriegs selbst ausgelöscht.«

Hm, das klang jetzt nicht ganz so optimistisch wie erhofft.

»Also, äh …« Dan bricht das millionste beklommene Schweigen des Abends. »Will jemand ein Bier?« Er zeigt auf seinen Rucksack.

»Nein, danke.« Bier rangiert geschmacklich knapp über Moms Kombucha.

»Für die Damen hab ich was anderes.« Dan hält eine Literflasche hoch, die mit Orangensaft gefüllt zu sein scheint.

»Wodka-O!« Taylor klatscht in die Hände und der bevorstehende Weltuntergang ist vergessen. »Magst du, Julia?« Es ist das erste Mal, dass sie meinen Namen ausspricht, und es klingt seltsam.

»Klar«, höre ich mich sagen.

Dan gibt mir die Flasche, unsere Finger berühren sich kurz. Ich nehme einen Schluck. Es ist stark. Ich wische mir den Mund mit dem Unterarm ab und reiche die Flasche an Taylor weiter.

Sie trinkt ebenfalls. Die Jungs öffnen ihre Bierdosen und fangen ein Gespräch über Sport an.

»Mathe ist also dein Ding, ja?«, sage ich zu Taylor.

»Jep.« Sie gibt mir die Flasche zurück.

»Cool.« Ich nehme noch einen Schluck und unterdrücke ein Husten.

»Danke.« Sie nimmt mir die Flasche wieder aus der Hand. »Ist ja echt schade, dass du dieses Jahr noch nicht aufs College kannst.«

»Stört mich nicht.« Zumindest nicht sehr. Klar, ich werde traurig sein, wenn Paige weggeht, aber allzu weit weg wird sie ja nicht sein. Nur ein paar Stunden entfernt. Und meine Familie braucht mich jetzt. »Dann gehe ich eben später.«

Nick hat den letzten Satz mitbekommen. »Die meisten meiner Kumpel waren im ersten Collegejahr sowieso nur besoffen.« Er lächelt mir kurz zu. »Sie wissen nicht, was sie tun sollen, also nutzen sie das Jahr für Trinkspiele und werden Bier-Pong-Profis.«

»Ich bin richtig gut in Bier-Pong«, teilt Taylor mit.

»Kenn ich nicht«, erwidere ich.

»Ich würde es dir beibringen, aber dafür bräuchten wir Becher«, sagt Dan. »Und eine glatte Fläche.«

»Spielen wir was anderes«, schlägt Taylor vor. »Wie wäre es mit dem Fragespiel?«

»Wie geht das?«, sage ich.

»Es ist wie Wahrheit oder Pflicht, nur ohne Pflicht«, erklärt sie. »Einer stellt dem anderen eine Frage. Man muss antworten, ohne zu zögern oder zu lachen, sonst muss man trinken. Der Älteste fängt an.«

»Das bist du, Opa.« Dan zeigt auf Nick.

»Also gut.« Nick sieht mich an. »Julia, wenn du dir eine Superkraft aussuchen könntest, welche wäre es?«

Ich denke kurz nach. Fliegen zu können wäre echt cool. Oder unsichtbar sein. Aber ich weiß, was noch besser ist. »Ich hätte gerne die Fähigkeit, Krankheiten zu heilen.«

»Wolverinemäßig.« Dan nickt.

»Okay, Julia, du bist dran«, sagt Taylor. »Aber erst musst du trinken, weil du für deine Antwort so lange gebraucht hast.« Sie gibt mir die Flasche.

»Okay.« Ich nehme einen Schluck, jetzt kommt mir der Mix nicht mehr so stark vor. Aber vielleicht sind auch nur meine Geschmacksnerven inzwischen betäubt. »Ähm, Taylor.«

Sie schaut mich an und ich zerbreche mir den Kopf, was ich sie fragen könnte. »Was war dein peinlichstes Erlebnis?«

»Als meine Eltern mich beim Sex erwischt haben«, sagt sie wie aus der Pistole geschossen.

Uff.

Dan sieht sie an. »Deine Eltern haben uns doch gar nicht …« Sein Gesicht verdüstert sich und Taylor wirft die Haare zurück.

»Das war, bevor wir zusammen waren.« Ihr herausfordernder Ton ist unüberhörbar.

»Das will ich doch hoffen«, murmelt Nick.

»Keine Kritik am Lagerfeuer«, sage ich. Wie schön, zu wissen, dass Dan und Taylor Sex haben. Ich könnte juchzen vor Freude. Und mich im Feuer herumkugeln.

Plötzlich kommt mir der Zusammenbruch unseres Sonnensystems gar nicht mehr so übel vor.

»Ich bin dran«, verkündet Taylor, bevor Dan weiter nachhaken kann. »Nick, magst du Julia?«

Dieses Spiel ist ja fürchterlich. Die Hitze des Feuers ist nichts im Vergleich zu der Hitze auf meinen Wangen.

»Natürlich«, sagt Nick.

»Ich meine, ob du dir mehr vorstellen könntest?«, präzisiert sie.

»Er hat mich doch gerade erst kennengelernt«, wende ich ein, den Blick auf die Flammen gerichtet.

»Das ist egal«, sagt Taylor. »Wenn man es weiß, weiß man es.«

»Ja, ich würde sagen, es besteht eine gewisse Anziehung«, sagt Nick. Die Hitze in meinem Gesicht hat sich bis zu meinem Bauch ausgebreitet.

»Nur schade, dass du hier bist, um ihren Campingplatz zu kaufen«, wirft Dan ein, der sich wieder halbwegs gefasst hat.

Richtig.

Ich hebe den Blick und sehe ihn an. Er wirkt immer noch mürrisch über die Erkenntnis, dass er nicht der erste Komet war, der in die Stratosphäre seiner Freundin eingedrungen ist.

»Dan, sei nicht so negativ«, zwitschert Taylor. »Das ist doch perfekt!« Sie wirkt seltsam erfreut über Nicks Geständnis. »Gönnen wir den Turteltäubchen doch ein bisschen Zeit allein.« Sie beugt sich zu mir und flüstert mir ins Ohr: »Schnapp ihn dir, er ist echt scharf!«

Bevor ich sie fragen kann, wie sie sich das vorstellt, ist sie auch schon aufgesprungen und streckt die Hand nach Dan aus. »Komm, Süßer, wir gehen schwimmen.«

»Mit oder ohne Klamotten?«, fragt Dan und gewinnt sichtlich an Zuversicht.

Taylor zieht ihr pinkfarbenes Sweatshirt über den Kopf und wirft es auf den Boden. »Was denkst du denn?« Sie kichert und verschwindet im Gebüsch. Dan rennt ihr hinterher, und Nick und ich sind plötzlich allein am Lagerfeuer.

»Julia, du kannst mich ruhig ansehen«, sagt Nick leise.

Unsere Blicke begegnen sich. Sein Gesicht liegt im Schatten.

»Du wirkst ein bisschen nervös.«

»Ach ja?«, piepse ich.

Er lacht und rückt näher. »Warum bist du so überrascht? Erzähl mir nicht, dass du gestern am Steg nichts gespürt hast.«

Ich spüre auch jetzt etwas, aber das werde ich ihm nicht sagen. »Das war, bevor ich herausgefunden habe, wer du bist und was du tust.«

»Aber was ist, wenn ich gar nicht so genau weiß, was ich tue?«

»Ach, komm.« Alles an Nick schreit danach, dass er sehr genau weiß, was er tut.

»Was, wenn ich etwas anderes will als mein Dad?«

»Zum Beispiel?«

Er seufzt. Das Lagerfeuer knistert und die Grillen zirpen sacht. »Das ist kompliziert.«

»Du hast gerade gesagt, dass du etwas anderes willst als dein Dad. Was willst du?«

»Ein Leben«, sagt er knapp. »Versteh mich nicht falsch, mein Dad ist sehr erfolgreich. Ich weiß, es klingt überheblich, aber um Geld müssen wir uns wirklich keine Sorgen machen.«

»Muss das schön sein.« Mein Ton ist bitter.

»Tut mir leid.« Er nimmt einen Stock und stochert damit im Feuer herum. »Was ich eigentlich sagen wollte: Für ihn ist die Arbeit alles. Das Einzige, was er tut und woran er denkt. Geschäfte und wie man noch mehr Geld machen kann. Das ist sein Leben.«

»Und du willst das nicht?«

»Ich weiß, dass ihr gerade dringend Geld braucht, aber überleg mal, was ihr alles habt. Ihr habt das hier, ihr könnt hier leben.« Er zeigt um sich. »Und nach dem, was ich gesehen habe, hält deine Familie fest zusammen. Was ihr habt, ist viel besser als Geld.« Aber er kennt nicht die ganze Wahrheit über meine Familie. Als er über seinen Dad geredet hat, habe ich meinen nicht erwähnt.

»Du vergisst, dass wir ›das alles hier‹ ohne Geld nicht mehr lange haben werden.« Ich imitiere seine Geste. »Tut mir leid, aber du lebst ziemlich privilegiert. Es ist leicht zu sagen, dass Geld nicht alles ist, wenn man welches hat.«

»Da hast du recht.« Er wirft mir einen langen Blick zu. »Ich habe darüber nachgedacht, das alles aufzugeben, weißt du.«

Na klar. »Wie und warum solltest du das tun?«

Er schweigt. »Ich will Musik machen«, sagt er dann.

»Die Gitarre. Spielst du gut?«, frage ich. Was er gestern auf dem Steg gespielt hat, klang echt toll.

»Ich hatte in Toronto eine Band. Wir waren so kurz vor dem Durchbruch.« Er hebt Zeigefinger und Daumen mit ein paar Millimetern Abstand. »Ich konnte es schon spüren.« Seine Stimme ist rau.

»Und dann?«

»Mein Dad ist letztes Jahr zurückgekommen. Er meinte, wenn ich meinen Anteil am Familiengeschäft haben will, muss ich ihn mir verdienen.«

»Er hat dich gezwungen, die Musik aufzugeben?«

»Ja.« Sein Lachen klingt verstörend hohl. »Eine typische Vater-Sohn-Geschichte sozusagen.«

»Also wenn du nicht in seine Fußstapfen trittst, dreht er dir den Geldhahn zu?«

»Mein Vater ist ziemlich konservativ. Ich bin sein einziger Sohn. Sein einziges Kind. Er denkt, er würde mich vor mir selbst *retten.* Verhindern, dass ich mein Leben vergeude.« Nick stochert wieder im Feuer herum und Flammen lodern auf. »Vielleicht hat er recht.«

Ich weiß nicht, was ich sagen soll. Ich räuspere mich und wechsle das Thema. »Welche Art Musik machst du?«

»Hauptsächlich Indie Rock, aber wir experimentieren auch mit anderen Richtungen. Reggae, Ska, ein bisschen Folk und Blues. Man muss es gehört haben.« Er grinst. »In Japan waren wir eine richtig große Nummer.« Aha, das erklärt den Kommentar über Osaka.

»Früher Rockstar, jetzt Immobilienhai, hm? In der Musikbranche kann man sicher mehr Mädchen abschleppen.«

Er lacht, schnappt sich das Fernglas und schaut mich damit an. »Ob du es glaubst oder nicht, die interessantesten Mädchen sind mir bei meiner Immobilientätigkeit … über den Weg gelaufen … das interessanteste Mädchen, das ich seit Langem kennengelernt habe.« Seine Stimme klingt neckisch.

Irgendetwas in meiner Brust beginnt regelrecht zu *flattern.* Braucht es dazu nicht mehr als ein paar schöne Worte?

»Muss schon hart sein, wenn sich einem ständig schöne Mädchen zu Füßen werfen.« Meine Worte sind schärfer als beabsichtigt.

»Nein, es ist sogar ziemlich toll.« Er nimmt das Fernglas wieder herunter und grinst wie ein Wolf. »Aber diese Mädchen sind anders. Sie werfen sich nicht *mir* zu Füßen, sondern nur dem Bild, das sie von mir haben. Dem Rockstar. Alle wollen ein kleines bisschen Berühmtheit …« Ich beobachte seine Hand, die auf mich zu kommt und mein

Kinn hebt, bis ich ihn ansehe. »Es ist schwer, heutzutage noch Menschen und Dinge zu finden, die echt sind, Julia.« Sein Atem ist warm auf meiner Wange. »Ich wusste, dass du mich vom Steg schubsen würdest. Ich kann deine Gedanken in deinem Gesicht lesen. Deine Direktheit ist eine seltene Gabe.«

»Und mein Temperament?«, bringe ich hervor.

»Auch das ist speziell. Es zeigt, dass du keine Angst hast, Leidenschaft zu zeigen.« Er senkt das Kinn. »Das gefällt mir«, flüstert er, kurz bevor sich sein Mund auf meinen legt. Seine Lippen sind warm, weich, aber fest, und sie öffnen meine ganz leicht. Mein Gehirn explodiert wie eine Supernova, als wäre etwas in mir freigesetzt worden. Da kommen Dans Küsse nicht mal im Entferntesten heran. Es macht mir Angst.

Ich weiche zurück, mein Atem geht schnell und unregelmäßig.

»Was machst du?«

»Ich küsse dich?« Trotz seiner amüsierten Stimme geht auch sein Atem keuchend.

»Ja, aber … warum?«

»Ich dachte, das hätten wir geklärt. Ich finde dich attraktiv, und wenn du noch so kratzbürstig bist.«

»Du versuchst nicht nur, mich zu verführen, damit ich dir unseren Campingplatz überlasse?«

Er seufzt, hebt den Kopf und fährt sich durch die Haare. »Ich dachte, ich wäre abgestumpft. Ich bin ziemlich sicher, dass ich mir und meinem Dad schade, aber das ist mir egal. Wenn deine Mom herausfindet, dass ich dich geküsst habe, ist sie vielleicht nicht mehr bereit, zu verkaufen, egal wie verzweifelt sie ist.«

»Wir sind nicht verzweifelt.« Etwas an dem Wort ärgert mich und ich blicke zum Himmel, auch wenn ich nicht weiß, was ich da oben suche. Ein Lichtstrahl leuchtet auf, als ein Meteorit in die Erdatmosphäre dringt und in einem Schweif aus Staub und Gas verglüht. Nicks überraschtes Einatmen neben mir sagt mir, dass er es auch gesehen hat.

»Und was wäre, wenn ich dir helfen würde?«, fragt er plötzlich.

»Helfen wobei?«

»Einen Weg zu finden, damit ihr nicht verkaufen müsst. Wie ich es gestern Abend versucht habe.«

»Warum solltest du? Im Ernst … warum?«

Er übergeht die Frage. »Ihr braucht Geld, richtig?« Er reibt sich nachdenklich das Kinn. »Vielleicht könnten wir eine Art Auktion machen …«

»Wenn du denkst, dass ich meine Jungfräulichkeit im Internet versteigere, hast du dich getäuscht.«

Nick schaut mich an und lacht los. »Wow, das wäre doch was.« Ich stehe wie erstarrt da und erkenne, wie schwachsinnig meine Bemerkung war. Meine einzige Ausrede ist, dass sein Kuss mein Gehirn vorübergehend lahmgelegt hat. »Ich hatte eher überlegt, was man machen könnte, um Geld für euch zu sammeln, damit ihr den Campingplatz nicht verkaufen müsst. Steht hier nicht bald ein Festival an?«

»Wakestock«, sage ich und zwinge mich, die Fäuste zu öffnen. »Es ist ein Wakeboarding-Wettbewerb mit Teilnehmern aus der Region. Der Campingplatz ist da immer voll.«

»Das habe ich gelesen, als ich mich im Vorfeld informiert habe«, sagt Nick. »Klingt ziemlich cool. Vielleicht könnten wir das Ganze etwas größer aufziehen.« Er steht auf und schlüpft in seine Hose.

»Größer?«, wiederhole ich, nicht ganz bei der Sache, und beobachte, wie er sich das Shirt über den Kopf zieht.

»Man könnte ein paar Sponsoren gewinnen, ein paar Bands engagieren. Große Namen. Und Eintritt nehmen.«

»Klingt nach einer Menge Arbeit. Aber es soll schon in einem Monat stattfinden.«

Er zuckt die Schultern. »Es gibt ein paar Leute, die mir was schuldig sind. Ich könnte sogar die Band noch mal zusammentrommeln.«

»Wer bist du eigentlich?«

Er sieht mich an. »Du weißt, wer ich bin. Ich habe dir in den letzten vierundzwanzig Stunden mehr über mich erzählt als je einem Menschen zuvor.« Er ist tatsächlich sehr offen gewesen. Da er mir von seiner Mutter und seinem Vater erzählt hat, kommt er mir fast wie eine verwandte Seele vor. Trotzdem.

»So funktioniert das nicht«, sage ich und höre das Blut in meinen Ohren rauschen. Er macht einen Schritt auf mich zu.

»Ach nein? Und wenn doch?«

10

Nick macht noch einen Schritt auf mich zu. Plötzlich knackt etwas im Gebüsch und unsere Köpfe drehen sich gleichzeitig.

»Da sind wir wieder.« Taylor kommt tropfnass und – glücklicherweise – voll bekleidet aus den Büschen. »Ich störe doch nicht, oder?« Mit listigem Blick schlängelt sie sich zum Feuer. Sie reibt sich die Hände und wärmt sie an den Flammen. Dan ist direkt hinter ihr und wirft noch ein Stück Holz ins Feuer. Es lodert jetzt richtig, die hungrigen Flammen stürzen sich gierig auf das Holz.

»Ich muss jetzt nach Hause«, sage ich, nehme mein Fernglas und hänge es mir um den Hals. Ich kann nicht klar denken. Das könnte allerdings auch am Alkohol liegen.

»Ich komme mit«, sagt Nick.

»Nein, du bleibst hier.« Mit Nick durch den Mondschein zu paddeln, wird mich bestimmt nicht auf klare Gedanken bringen.

»Doch, ich komme mit«, wiederholt er entschieden. »Dann können wir weiter über meine Idee sprechen.«

»Ciao!«, zwitschert Taylor und wackelt mit den Fingern.

»Bis dann.« Ich drehe mich um und stapfe durch das Gebüsch zur anderen Inselseite, wo wir die Kanus festgemacht haben.

»Julia, warte.« Nick greift nach meiner Hand. »Warum hast du es so eilig? Habe ich dich irgendwie vor den Kopf gestoßen?«

Ich blicke auf unsere Hände.

Er zieht mich an sich.

»Ich glaube einfach nicht, dass du …«

»Dass ich was?«

Dass so einer wie du sich für mich interessiert. Oh Mann, das muss der Wodka sein – wie Dünger für die Samen meiner Unsicherheit. Reiß dich zusammen, Julia. »… dass du uns helfen willst.«

»Warum nicht?«

»Würdest du deinen Dad damit nicht so richtig verärgern?«

Er zuckt die Schultern. »Das wäre nicht das erste Mal. Außerdem«, fügt er neckend hinzu, »bist du viel hübscher als mein Dad. Hinreißend sogar.«

Ich verziehe das Gesicht.

»Bist du wirklich.«

»Ich habe Sommersprossen«, mache ich ihn aufmerksam. »Seit wann sind Sommersprossen hinreißend?«

Er legt mir sanft den Daumen auf die Nase und streicht damit über meine Wangenknochen bis zu den Schläfen. »Deine Sommersprossen sind umwerfend.« Er beugt sich vor und küsst mich auf die Nase. Ich kann es nicht glauben. »Seit ich dich gestern zum ersten Mal gesehen habe, muss ich die ganze Zeit an dich denken. Ich habe heute Nacht einen Song geschrieben. Das habe ich wirklich lange nicht mehr gemacht.«

»Willst du damit behaupten, dass ich deine Muse bin?«

»Du inspirierst mich. Und die Gefühle, die ich nach so kurzer Zeit für dich empfinde, sind … verwirrend. Aber daran denke ich gerade gar nicht.«

»Woran denkst du dann?« Meine Stimme ist nur ein Flüstern. Etwas in meinem Inneren verändert sich. Vielleicht für immer.

»Das hier.« Er beugt sich vor und drückt seine Lippen auf meine, so intensiv, dass ich beinahe ohnmächtig werde. Ich hebe die Hände und halte mich an seinem T-Shirt fest, weil ich spüre, dass mir die Knie weich werden.

Was geschieht mit mir? Die Reaktion, die Nicks Kuss bei mir auslöst, ist überwältigend. Und unheimlich. Ich lege die Hände auf seine Brust und amte mehrmals tief ein. »Ich muss jetzt nach Hause.«

Er sieht so benommen aus, wie ich mich fühle. »Okay.«

Wir schieben das Kanu ins Wasser und steigen ein, es schaukelt heftig. Mit zitternden Beinen gelingt es mir kaum, mich hinzusetzen und uns aufs Wasser zu steuern. Wir schauen nach vorn und paddeln schweigend. Der Mond verschwindet wieder hinter den Wolken.

»Sieh mal«, sagt Nick leise. Ich blicke auf, und obwohl ich es schon tausend Mal erlebt habe, ist es immer noch herrlich. »So viele Sterne habe ich noch nie gesehen. Es ist noch schöner als gestern.«

»Auf dem See ist weniger Lichtverschmutzung.« Paddel eintauchen. »Das wird sich natürlich ändern, wenn hier ein Casino steht.« Meine Stimme klingt resigniert, selbst in meinen Ohren.

»Julia, ich werde nicht zulassen, dass ihr euer Zuhause verliert.« Nicks Stimme ist fest.

»Was?« Ich frage mich, ob ich richtig gehört habe.

»Ich habe beschlossen, dir und deiner Familie zu helfen.«

»Aber verpasst du – und dein Dad – dann nicht eine Gelegenheit, eine Menge Geld zu machen?« Ich starre seinen schön geschwungenen Rücken an.

»Es ist nur Geld. Was ihr hier habt, ist etwas ganz Besonderes. Genau wie du.«

Ich weiß nicht, ob ich ihm vertrauen soll oder nicht. »Wie willst du das machen?«

»Ich werde alles tun, was ich kann. Ich denke immer noch, dass es eine gute Idee wäre, Wakestock etwas größer aufzustellen, um ein bisschen Geld für euch aufzutreiben. Wenn man da die Öffentlichkeit mit hineinzieht, wirst du überrascht sein, wie viele Leute euch helfen werden.« Das entschlossene Auftreffen seines Paddels auf dem Wasser gibt mir Hoffnung. »Und du wirst überrascht sein, wie viele Leute große Ferienanlagen nicht ausstehen können.«

»Ich glaube eher, du wirst überrascht sein, wie schnell die Aussicht auf ein paar neue Jobs die Leute umstimmt.«

»Wenn man ein offenes Ohr für sie hat, lassen sich vielleicht andere Möglichkeiten schaffen.«

Sein Paddel hält über der Wasseroberfläche inne. »Aber erst muss ich ein paar Sachen recherchieren.« Es taucht ein.

»Danke«, sage ich. Meine Brust schmerzt, als hätte ich mir einen Muskel gezerrt. Ich rolle meine Schultern nach hinten und versuche, die Verkrampfung zu lockern. Doch die Anspannung bleibt. Wir sind beinahe am Ufer. »Was willst du hier machen, wenn du das Grundstück nicht mehr schätzen musst?«

Er lächelt. »Ich dachte, du gibst mir ein paar Astronomiestunden? Und wollten wir nicht die Hütte renovieren?«

»Falls du es noch nicht bemerkt haben solltest, wir haben ziemlich viel zu tun«, sage ich, aber die Anspannung schwindet, wie nach dem Yogaunterricht.

»Ich kann helfen.«

»Wirklich?«, sage ich zu seinen gespannten Schultermuskeln. »Du willst deine Zeit damit verbringen, mir bei der Arbeit zu helfen?«

»Klingt doch nicht schlecht.«

»Okay.« Ich bin wirklich schrecklich. Warum kann ich nicht ausgelassen und locker sein? »Dann lass uns mit den Brettern am Steg anfangen.«

Er lacht. »Abgemacht.« Er springt aus dem Kanu und schiebt es an den Strand. Ich springe heraus und helfe ihm, es neben den anderen festzubinden. Ich habe keine Ahnung, wie, aber Calebs Honig-Fliegen-

Strategie scheint – allen Erwartungen zum Trotz – funktioniert zu haben. Obwohl ich eher Essig als Honig war.

Vielleicht mag Nick Essig?

Er nimmt meine Hand und ich spüre einen kleinen Stromschlag. Mir kommt der Gedanke, dass meine Gefühle für Dan nicht so stark gewesen sein können, wie ich dachte. Ich mochte ihn, aber die Gänsehaut, die Nick mir verursacht, sind eine ganz andere Nummer.

»Ich bringe dich nach Hause«, erklärt er. »Du kannst mir ja auf dem Weg ein paar Sternbilder zeigen.«

Da der Mond wieder hinter den Wolken hervorgekommen ist und die Baumkronen uns die Sicht versperren, beschließe ich, auf die Sterne zu verzichten und stattdessen einen Abstecher in den Wald zu unternehmen.

»Wohin gehen wir?«, fragt Nick, während wir im Dunkeln einen Pfad hinuntertappen, über Steine stolpern und uns Zweige aus dem Gesicht schieben müssen.

»Wir sind schon da«, sage ich und bleibe am Rand eines kleinen Teichs stehen. Das Wasser ist ganz still. Genau in der Mitte befindet sich eine große Kuppel aus ordentlich übereinandergeschichteten Stöcken.

»Noch mal schwimmen?«, fragt er und stellt sich hinter mich. Sein Körper strahlt Wärme aus wie eine Sonneneruption.

Mit meiner Haut passiert etwas Seltsames. Sie fühlt sich an, als würden Feuerameisen darauf herumkrabbeln. »Willst du Ärger bekommen?«

»He, was habe ich denn gesagt?« Sein Lachen ist kehlig, während er mir leicht die Hände auf die Taille legt. Mein Herz springt wie ein fliegender Fisch.

»Doch nicht von mir.« Ich zeige mit einem Nicken auf den Teich. »Schau mal.« Nach einigen Sekunden taucht ein großer brauner Kopf auf und durchbricht die glasige Ruhe des Wassers.

»Was ist das?« Sein Atem ist warm an meinem Hals. »Ein haariger Fisch?«

Ich muss lachen und drehe mich zu ihm um. »Ein Biber.«

»Du hast mich den ganzen Weg hierher gebracht, um mir einen Biber zu zeigen? Das ist ja romantisch.« Er grinst mich an.

»Da drüben ist ihr Bau.« Mit plötzlicher Schüchternheit drehe ich mich wieder um. »Die ganze Kolonie lebt da zusammen.« Eine große glückliche Biberfamilie.

»Wie gemütlich«, murmelt er und legt die Arme um mich.

»Du hättest es gerne romantisch? Biber gehören zu den wenigen monogamen Tieren, die es gibt.« Noch etwas, was ich immer an ihnen bewundert habe.

Nick lacht. »Gib mir noch mehr sexy Fakten über Biber, Julia. Ich liebe es, wenn du dein Naturkundewissen auspackst. Das ist echt scharf.«

Und ich liebe es, wenn er meinen Namen sagt. »Das hatte ich mir schon gedacht«, krächze ich. »Also.« Ich räuspere mich und versuche, meinen Puls zu beruhigen. »Noch mehr sexy Fakten? Na schön. Abgesehen davon, dass sie eine Unmenge Energie haben und sich außergewöhnlich gut um ihr Zuhause kümmern, was ich übrigens wirklich sexy finde« – ich werfe ihm einen Seitenblick zu –, »produzieren sie mit ihren Drüsen eine Chemikalie, ein Sekret, das nach Vanille riecht.«

»Eben dachte ich noch, dass es nicht mehr schärfer werden könnte«, sagt Nick. »Woher, bitte, weißt du das?«

»Es wird als natürliches Aroma benutzt. Mom mag es nicht, wenn Caleb und ich künstliche Geschmacksstoffe oder Farben essen«, gestehe ich.

»Ich habe noch nie jemanden mit einer solchen Biber-Leidenschaft kennengelernt.« Die Art, wie er mich anschaut, macht mich nervös. Auf eine angenehme Weise. Bei mir ist Chaos im ganzen Körper.

Mein Hals ist trocken, meine Stimme ein Flüstern. »Habe ich schon erwähnt, dass sie durchsichtige Augenlider haben, die unter Wasser wie Taucherbrillen funktionieren?«

Seine Stimme wird ebenfalls leiser. »Ich glaube nicht«, sagt er und sein Mund legt sich auf meinen. Vergessen sind die Biber.

Ich drehe mich auf der Verandastufe um und fühle mich elektrisiert, wie ein Baum, der vom Blitz getroffen wurde. »Alles okay, jetzt bin ich zu Hause.«

»Ich warte nur, bis die Tür hinter dir zu ist.«

Wieder muss ich lachen. »Weißt du, ich habe hier siebzehn Jahre lang überlebt, ohne dass mich ein wildes Tier angefallen hat.«

»Die Zeiten sind vorbei«, witzelt er und zieht mich an sich. Sein Mund trifft auf meinen und die Spannung ist so stark, dass mir beinahe die Haare zu Berge stehen. Ich glaube nicht, dass ich mich daran je gewöhnen würde. Das Verandalicht geht an und wir springen mit einem Satz auseinander.

»Julia?«, höre ich Mom rufen.

»Ja?« Meine Stimme ist schrill und atemlos.

»Ich wollte nur wissen, ob du es bist.«

Ich kann ein Kichern nicht unterdrücken. Dann noch eins. Ich schlage die Hand vor den Mund.

»Gute Nacht«, flüstert Nick und legt eine Hand an meine Wange. Seine braunen Augen sagen mir, dass er sich noch nicht verabschieden will. Ich verscheuche ihn mit einem Winken, schließe die Tür, steige in träumerischer Benommenheit die Treppe hoch und gehe direkt in mein Zimmer, weil ich nicht will, dass Mom mich sieht.

Aus gutem Grund, denke ich Minuten später, als ich mich im Spiegel anstarre. Glänzende grüne Augen, erhitzte Wangen, geschwollene Lippen und zerzauste Haare. Ich betaste voller Staunen mein Gesicht, es fühlt sich weich und etwas wund von Nicks Bartstoppeln an.

»Julia?«

Ich zucke zusammen und drehe mich um. »Cale.«

Er mustert mich. »Hat es geklappt?«

Diesmal ist mein Lachen nicht zittrig. Es ist laut und fröhlich, mein erstes echtes Lachen seit langer Zeit. »Irgendwie schon.« Ich bin sicher, Caleb hat nicht gemeint, dass ich mich in Nick verlieben soll, aber genau das passiert gerade. Unaufhaltsam wie ein riesiger Steinklumpen, der glühend in die Mesosphäre eindringt.

Caleb kommt in mein Zimmer, halb hüpfend, halb tanzend, ohne dass ihn seine schwache Seite zu stören scheint. »Ich hab doch gewusst, dass du ihn überzeugen kannst.« Er schaut mich an, und mit einem Mal fühle ich mich so groß und stark wie die Mammutbäume im Wald. Unwillkürlich hebe ich meinen kleinen Bruder hoch und wirbele ihn herum. Er ist so leicht, und das Gefühl seiner zarten Rippen unter meinen Fingern bricht mir fast das Herz. Aber er ist stark, genau wie ich. Er wird hier sein, in der frischen Luft, unter den Sternen – und bis zum Ende des Sommers wird er wieder der Alte sein. Ich weiß es einfach.

Nachdem Caleb ins Bett gegangen ist, klappe ich den Laptop auf. Ich bin zu aufgedreht, um zu schlafen. Ich muss das alles Paige erzählen. Aber zuerst gehe ich auf Google und gebe »Nick Constantine« ein.

Da ist er. Mit seiner Band.

Wow.

Seitenweise Suchergebnisse. Ich klicke auf ein paar Artikel. Die Gruppe war ein Geheimtipp in der Indie-Szene. Ich lese weiter. Anscheinend hat Nick tiefgestapelt. Sie hatten gerade ihren Durchbruch gehabt, und nichts von wegen »kurz davor«. Wie es sich wohl anfühlt, frage ich mich, endlich etwas zu erreichen, wofür man so hart gearbeitet hat, und dann wird es einem weggenommen? Ich lese weiter. Die Fans haben sie geliebt, die Kritiker auch.

Nick ist tatsächlich berühmt.

Klar, hier in der Pampa dauert es immer etwas länger, bis wir die neuesten Bands mitbekommen. Aber wenn sie sich nicht getrennt hätten, hätte ich sicher von ihnen gehört. Ich schaue mir ein paar YouTube-Videos von ihren Auftritten an. Helle Lichter und Musik, bei der man einfach tanzen muss, selbst wenn man nicht in Stimmung ist. Kreischende Fans. Jede Menge Mädchen. Hübsche Mädchen. Meine Laune verdüstert sich. So hübsch wie Taylor. Ob sie davon weiß? Dan hat es ihr bestimmt erzählt, oder? Allerdings scheint er ein bisschen eifersüchtig auf seinen Cousin zu sein. Kein Wunder. Reich. Gut aussehend. Ein halber Rockstar. Vermutlich hat er ihr doch nichts erzählt. Das würde nicht zu ihm passen. Ein Glück, denn ich hätte nicht die geringste Chance gegen eine wie Taylor, wenn sie beschließen würde, dass sie Nick haben will. Im Grunde hätte ich gegen keines dieser Mädchen auch nur die geringste Chance. Mein Magen zieht sich zusammen. Im Vergleich zu diesen Models sehe ich aus, als wäre ich gerade von einem Allradfahrzeug gestiegen.

Da fällt mir etwas anderes ein. Was hat es mit diesem Miller-Deal auf sich, den Dan erwähnt hat? Ich tippe diese Wörter und die Namen von Nick und seinem Vater ein, und ein Artikel erscheint, dessen Inhalt mir erschreckend vertraut vorkommt: ein Grundstück neben einem neuen Einkaufszentrum. Alle in der Gegend haben verkauft, nur ein älteres Ehepaar, die Millers, weigerten sich, weil sie nicht wollten, dass die alten Bäume für einen Parkplatz abgeholzt würden. Man bot ihnen schwindelerregende Summen an, doch sie ließen sich nicht umstimmen. Bis Nick und sein Vater kamen. Irgendwie haben sie die Millers dazu gebracht, ihr Grundstück zu verkaufen, und es gegen eine aberwitzige Provision an das interessierte Bauunternehmen weiterveräußert. Der Artikel lobt ihren Einsatz, nennt sie das »abgebrühte Constantine-Duo« und zeigt Bilder des Grundstücks vorher und nachher. Dort, wo einst riesige Bäume standen, ist nur noch grauer Beton.

Ich spüre, wie sich meine gute Laune in Luft auflöst wie die Schurken in Calebs Computerspielen. Ich bin so eine Idiotin. Im besten Fall bin ich für Nick nur ein Zeitvertreib, während er hier festsitzt. Im schlimmsten Fall spielt er mit mir, weil er es auf unser Grundstück abgesehen hat.

Ich gehe zu der Bank vor dem Erkerfenster und setze mich darauf, die Arme um die Beine geschlungen, das Kinn auf den Knien. Das alles läuft nur darauf hinaus, dass ich verletzt werde. Ich blicke zum Himmel und sehe eine Sternschnuppe. Und obwohl ich weiß, dass es nutzlos ist, wünsche ich mir, ich wäre Nick Constantine nie begegnet.

11

Ich schlage den Hammer gnadenlos auf den Nagel. Schweiß läuft mir übers Gesicht und ich halte inne, um ihn mit dem Handrücken abzuwischen.

»Kann ich dir helfen?« Nicks seidenweiche Stimme weckt jede Synapse in meinem Körper.

»Schon fertig, danke.« Ich stehe auf und hebe die beiden alten Latten auf, um sie zum Feuerholz für den Kamin zu bringen.

»Soll ich das übernehmen?«

Ich zucke die Schultern und lasse die Latten auf seine ausgestreckten Arme fallen, wobei ich seinem Blick ausweiche.

»Ist alles okay?«

Wie kann er nach nur zwei Tagen schon so gut meine Gedanken lesen? Er meinte, ich wäre ein offenes Buch, doch ich scheine eher ein Neonschild zu sein.

»Alles klar.« Ich versuche zu lächeln.

»Ich war bei euch, um dich abzuholen, aber deine Mom sagte, du wärst schon weg.«

»Ich wollte es erledigen, bevor noch jemand stolpert.« Ich stecke den Hammer wieder in seine Schlaufe an dem Werkzeuggürtel, den Mom mir zu meinem letzten Geburtstag genäht hat.

»Dann fangen wir jetzt mit der Hütte an?«

»Ich, ähm …« Kreischendes Gelächter von einer fünfköpfigen Familie, die sich in ein Schlauchboot quetscht, gibt mir eine Sekunde, um mir eine Ausrede einfallen zu lassen. »Ich habe Red versprochen, ihm bei ein paar Sachen zu helfen.«

»Auch gut. Wann wollen wir anfangen?« Er sieht mich erwartungsvoll an.

Ich schaue zu der Familie hinüber. Alle tragen eine Schwimmweste. Gut. »Äh, also. Es sind eigentlich alles Dinge, für die nur eine Person gebraucht wird.«

Er zieht eine Augenbraue hoch. »Ach so?«

»Ja.« Ich schiebe die Hände in die Taschen.

»Ist alles okay?«, fragt er wieder.

»Ja. Alles super. Warum fragst du?«

»Du wirkst ein bisschen … abwesend heute Morgen«, sagt er.

»Wirklich? Ist ja komisch. Es ist alles in Ordnung.« Ich zwinge mich dazu, ihm in die Augen zu schauen, die sich argwöhnisch zusammenziehen.

»Du hast mich gegoogelt. Und die Band.« Sein Tonfall ist nüchtern.

»Na und?« Ich verschränke die Arme.

»Ich hab dir schon gesagt, das bin ich nicht.« Er legt die Bretter in eine Hand.

»Ach nein? Es sah aber ziemlich nach dir aus. Dann war es wohl ein anderer Nick Constantine, der für die Discarded Unicorns auf die Bühne gesprungen ist, als Tausende Fans seinen Namen gerufen haben.« Den anderen Artikel erwähne ich nicht.

»Na schön, das war ich, aber …«

»Hör mal zu, Mister Rockstar oder Immobilienwunderkind oder wer auch immer du bist. Ich danke dir, dass du uns helfen willst, aber wir kommen auch allein zurecht.« Die Worte rutschen mir einfach so heraus. *Nein, nein, nein. Hör auf, Julia. Hör sofort auf. Ihr braucht ihn.* Doch mein Stolz ignoriert meinen gesunden Menschenverstand, wie ein

Kind, das von seinen Eltern gewarnt wird, nicht noch einen dritten Hotdog zu essen, bevor es in die Achterbahn steigt.

»Also gut.« Er widerspricht nicht und ich schlucke die Enttäuschung hinunter, die in mir aufsteigt.

»Wenn du mich jetzt entschuldigen würdest. Ich hab heute noch viel zu tun.« Ich schiebe mich an ihm vorbei und er lässt mich ohne Widerrede gehen.

Ich versuche, mich auf meine Arbeit zu konzentrieren, was auch immer ich tue, die Wiese mähen, Toilettenpapier nachfüllen, Bäume zurückschneiden oder die Freilichtbühne fegen, wo Sammy das Eichhörnchen am Wochenende Vorträge über sicheres Camping und die Gefahr von Waldbränden hält. Aber es hilft nichts. Ich kann nicht aufhören, an Nick zu denken. Und unsere Küsse gestern Abend. Ich seufze. Ist das übertrieben von mir? Wäre ja nicht das erste Mal. Er ist also eine halbe Berühmtheit und gut in seinem Job. Wenigstens bin ich jetzt vorgewarnt und habe keine unrealistischen Erwartungen. Es ist ja ohnehin nur ein Sommerflirt. Und ich weiß besser als jeder andere, wie vergänglich die sind. Während ich die Aufschrift »Zuckertüte« am Kiosk nachstreiche, beschließe ich, mich bei Nick zu entschuldigen. Ich habe den ganzen Tag die Augen nach ihm offen gehalten, aber keine Spur von ihm gesehen. Es gibt nur einen Ort, wo ich nicht war. Seine Hütte.

Ich kann nicht anders, ich schlage die Richtung zu den Hütten ein. Als ich näher komme, dringen die Klänge einer Gitarre in mein Ohr. Allerdings nicht das melodische Klimpern von vorgestern Abend. Es ist schrill und misstönend mit abrupten Pausen und Neuanfängen, ehrlich gesagt tut es fast in den Ohren weh. Ich steige die kleine Treppe zu Aquarius hinauf.

»Gut, gut. Bald hast du es. Der D-Akkord geht so …« Nicks Stimme dringt aus dem offenen Fenster. Es folgt ein klarer Ton, gefolgt von einem zaghaften.

»Gut gemacht.«

»Wirklich?« Ein leises Stimmchen lässt mich durchs Fenster schauen. Gegenüber von Nick auf dem dunkelblauen Teppich sitzt Caleb. Beide haben Gitarren im Arm. Nicks glänzt frisch gewachst. Sie hat eine kleine Delle, doch die Macke verleiht ihr nur noch mehr Charakter. Die von Caleb ist ziemlich ramponiert und wirkt zu groß für ihn. Beide halten ihre Instrumente, als wären sie das Wertvollste auf der Welt. Meine Gedanken springen zurück zu gestern Abend, als Nick mich in den Armen hielt. Gibt er meinem Bruder etwa Gitarrenunterricht?

Als hätte er meinen Blick gespürt, blickt der Pirat auf und lächelt. Mein Herz zerfließt zu einer klebrigen Pfütze aus Gewebe und roten Blutkörperchen. Mist.

»Hey«, sagt er tonlos.

»Hey.« Ich hole gigantisch tief Luft und gehe in die Hütte. »Entschuldigt, dass ich euch störe«, sage ich.

»Nick bringt mir Gitarre spielen bei.« Caleb strahlt wie eine 300-Watt-Birne.

»Ich hab's gehört.« Sein Lächeln ist ansteckend.

»Der Kleine hat Talent und echt bewegliche Finger. Eine gute Kombi.«

»Muss vom Computerspielen kommen«, sage ich. Ich drehe mich zu Nick und mein Lächeln schwindet. »Wegen vorhin …«

»Mach dir keine Sorgen, Tüftelfee.« Er grinst, seine Zähne sind gleichmäßig und weiß, die Schneidezähne laufen ganz leicht spitz zu, wodurch er noch gefährlicher aussieht, obwohl er nur im Schneidersitz auf dem Teppich sitzt und meinem kleinen Bruder Akkorde beibringt. Aber die eigentliche Gefahr ist, wie ich auf ihn reagiere. »Alles erledigt?«

»Ja, ich …«

»Tut mir leid, Jules.« Caleb sieht schuldbewusst aus. »Ich hätte dir helfen sollen.«

»Schon in Ordnung, Cale. Wie oft bekommt man schon Gitarrenunterricht von einem Rockstar?«

»Rockstar?«

Nick verdreht die Augen. »Möchtegern-Rockstar.« Er boxt Caleb spielerisch gegen den Arm. Ich zucke zusammen, aber Caleb gefällt es, er wird ein ganzes Stück größer vor männlichem Stolz. »Hast du jetzt Zeit, an der Hütte zu arbeiten?«, wechselt er das Thema.

»Au ja!« Caleb springt auf und die Gitarre scheppert.

»Julia?«

»Okay, dann mal los.« Der Kerl macht es einem wirklich viel zu leicht, ihn zu mögen.

Nick legt seine Gitarre in den Kasten zurück, Caleb lehnt seine in die Ecke. »Hast du keinen Kasten, Kumpel?«

»Nee«, sagt Caleb.

»Woher hast du die Gitarre überhaupt?«, frage ich.

»Die hab ich in Grandpas Hütte gefunden.«

»Wirklich? Wo?« Eine Erinnerung an meinen Großvater, am Lagerfeuer sitzend und spielend, huscht vorbei und verfliegt wie Rauch.

»In ein paar alte Decken gewickelt unter dem Klappbett.«

»Eine Gibson.« Nick nimmt sie hoch und mustert sie. Er zupft an einer Seite. »Noch ziemlich gut in Schuss. Mit ein bisschen Sorgfalt bekommt die einen tollen Klang. Das ist bei guten Vintage-Gitarren immer so.«

»Warum?«, fragt Caleb.

»Siehst du das Deckholz?« Nick klopft sacht gegen die Vorderseite der Gitarre.

»Ja?«

»Früher waren die Leute besser darin, das richtige Holz für Instrumente auszuwählen – Holz, das immer schwerer zu finden ist. Außerdem ist altes Holz trockener und stabiler. Das Alter macht es fester und leichter und das gibt einen sensationellen Klang.« Nick streicht sanft über die Saiten. »Du brauchst einen Kasten, um sie zu schützen.«

Caleb sieht mich mit glänzenden Augen an. »Jules, kannst du Mom sagen, dass ich mir den zum Geburtstag wünsche?«

»Klar.« Ich hoffe, Gitarrenkästen sind nicht allzu teuer. Aber er braucht ja auch keinen von Louis Vuitton.

»Wann hast du Geburtstag?«

»Am 20. Juli.«

»Cool. Na, erst mal kannst du dir meinen leihen.« Nick nimmt seine Gitarre wieder aus dem Kasten und legt Calebs hinein. Dieser Kasten hat vermutlich mehr gekostet als unser Auto. Nick dreht sich um und zwinkert mir zu. »Ich brauche sowieso einen neuen.« Er öffnet die Tür. »Wollen wir?«

Ich folge ihm nach draußen ins Sonnenlicht, Caleb dicht hinter mir. Ein weiterer herrlicher Tag. Die Sonne scheint uns warm ins Gesicht, spiegelt sich im See, und mein kleiner Bruder strömt Freude aus wie Blütenduft. Ich sauge Nicks Geruch ein und die Luft, die so frisch ist, dass sie meine Lungen umkrempelt. Einer von Moms vielen Yoga-Sprüchen kommt mir trotz meines klopfenden Herzens in den Sinn. *In jedem Augenblick voll in der Gegenwart zu sein, öffnet den Weg zum Glück.*

Ich beschließe, zur Abwechslung mal darauf zu hören. »Gehen wir!«

»Passt auf die Nägel auf«, sage ich. Einige Balken in der Hütte sind verfault und auseinandergefallen, und ich schüttele die Erinnerung daran ab, wie ein Acht-Zentimeter-Nagel Paiges Flipflop durchbohrt hat wie weiche Butter.

»Hier ist einer«, sagt Nick und lässt ihn in den Eimer neben mich fallen. »Wie viel willst du machen?« Die Sonne steht mittlerweile tief über den Bäumen und er beschattet die Augen. Wir sind seit zwei Stunden an der Arbeit und bereits mit den gröberen Aufräumarbeiten fertig. Ich richte mich auf und streiche mir die Strähnen, die sich aus meinem Haarknoten gelöst haben, aus dem Gesicht. »Nur so viel, dass alles wieder sicher ist«, sage ich leise.

Nick kommt auf mich zu. »Du hast da was … genau da.« Mit den groben Arbeitshandschuhen, die wir von Red geliehen haben, streicht er mir vorsichtig etwas von der Stirn.

»Danke«, sage ich mit trockenem Mund. Das Wasser, das wir mitgenommen haben, ist schon leer. Ich stemme die Hände in den unteren Rücken und biege mich zurück, steif nach dem arbeitsreichen Tag.

»Massage gefällig?« Nick zieht die Handschuhe aus und geht um mich herum. Ich stehe da, während er meine Schultern knetet und die Anspannung in meinem Körper von einer anderen Spannung verdrängt wird.

»Danke.« Seine Hände fühlen sich so gut an. »Cale«, rufe ich. »Wollen wir es für heute gut sein lassen?« Sein Kopf erscheint im Fenster.

»Na gut.« Er klingt zögerlich und ich muss lächeln. In den letzten zwei Tagen hat er mehr Zeit im Freien verbracht als in den Monaten davor zusammen. Er kommt nach draußen und ich löse mich von Nicks magischen Händen.

»Sollen wir das Zeug einfach hierlassen?« Nick hebt seine Handschuhe vom Boden auf.

»Ja. Ich bring nur alles in die Hütte.« Ich sammle die Werkzeuge auf und gehe hinein, während Caleb und Nick die nächste Gitarrenstunde verabreden.

»Unterm Bett also«, murmele ich vor mich hin und denke, dass der Platz sicher auch nicht schlecht ist, um das Werkzeug zu verstauen.

Nicht dass ich mir Sorgen machen müsste, dass sich jemand hierher verirrt. Trotzdem, es sind ein paar teure Geräte dabei. Ich lege das Werkzeug auf den Boden und hebe den knarrenden Bettkasten an. Die muffige Matratze wiegt schwer. Ich stütze den Lattenrost mit dem Pfosten ab, der dafür bereitliegt, schiebe die Decken beiseite, in denen die Gitarre eingewickelt gewesen sein muss, und deponiere das Werkzeug unter dem Bett. Als ich das Stützholz wieder entferne, fällt mein Blick auf etwas, das zwischen dem Lattenrost eingeklemmt ist – ein verblichenes, zerfleddertes Tagebuch mit Lederhülle.

Ich beuge mich weit über den Bettkasten, wobei meine Füße sich vom Boden heben. Wenn jetzt jemand in die Hütte käme, würde es so aussehen, als würde das Bett mich mit seinem Maul aus Matratze und Lattenrost verschlingen. Ich bekomme eine Ecke zu fassen und ziehe daran.

Mit dem Buch in der Hand komme ich wieder unter der Matratze hervor und rümpfe die Nase. Schimmel. Das braune Buch ist vollgestopft mit Papieren, zerfleddert und halb zerfallen, so wie alles andere in der Hütte. Ich wickle die Schnur ab, die den Ledereinband zusammenhält, schlage ihn auf und sehe die Schrift meines Großvaters. Ganz plötzlich schießen mir Tränen in die Augen. Blinzelnd gehe ich an die frische Luft.

»… vielleicht einen neuen Steg, neue Saiten, ein paar Ersatzwirbel und etwas Politur, aber …« Nicks Blick fällt auf mich. »Alles in Ordnung?«

»Ja.« Wehmut und Staub lassen meine Augen tränen. »Ich hab nur gerade etwas von meinem Großvater gefunden.«

Caleb blickt auf. »Was ist das?«

Ich halte es hoch. »Ein altes Tagebuch, glaube ich.«

»Cool.« Caleb hüpft wacklig von einem Bein aufs andere. »Vielleicht steht da was über den Schatz drin.«

»Schatz?« Nick sieht uns mit hochgezogenen Augenbrauen an. Caleb bemerkt meinen Gesichtsausdruck und hört jäh auf zu hüpfen, dann entspannt er sich.

»Es ist okay, Jules, wir können ihm vertrauen.«

Können wir das?

Ich habe ja gesehen, wie das bei dem letzten Typen funktioniert hat, den ich mochte.

Ich habe gesehen, wie das bei meiner Mom funktioniert hat.

»Nichts von Bedeutung«, sage ich und das stimmt ja auch. Nur ein paar Fäden einer Geschichte, die ich in erster Linie ausgegraben habe, um Caleb abzulenken. »Unser Großvater hat behauptet, auf dem Grundstück sei etwas Wertvolles versteckt.«

»Wirklich?«, fragt Nick. »Das ist ja spannend. Habt ihr irgendeine Ahnung, was er damit gemeint hat?«

»Er ist gestorben, als ich noch klein war«, erklärt Caleb. »Jules kann sich besser an ihn erinnern.«

Ich erinnere mich an den Geruch von Pfefferminzbonbons, an einen fröhlichen, knurrigen Mann, der viel geflucht hat und gern mit seinem Hund Hoss durch den Wald gestrichen ist. An den schwarzen Labrador habe ich seit Jahren nicht mehr gedacht. Aber jetzt fällt mir ein, dass er irgendwo in der Nähe der Hütte begraben sein muss. Nick folgt meinem Blick.

»Was suchst du?«

»Ein Grab.«

Er macht ein verblüfftes Gesicht. »Dein Großvater?«

Caleb entweicht ein spitzes »Häh?«.

»Doch nicht er.« Ich muss lachen. »Sein Hund, Hoss.« Nick entspannt sich wieder. »Die Asche meines Großvaters haben wir in den See gestreut.«

»Oh.« Das scheint ihm nicht viel besser zu gefallen.

Calebs Magen beginnt eindringlich zu knurren. »Was Mom wohl zum Abendessen macht?«, murmelt er und reibt sich hoffnungsvoll den Bauch, wie es nur ein Junge tun kann, der den ganzen Tag draußen gespielt hat.

»Vermutlich ein paar Sellerie- und Möhrensticks mit Hummus und Pitabrot«, sage ich. »Sie gibt heute Abend einen Kurs und muss Red vorher an der Rezeption helfen.«

»Aber ich hab so einen Hunger!«, jammert er.

»Die frische Luft macht Appetit«, stimmt Nick zu. »Ich könnte auch etwas Gehaltvolleres vertragen.« Die Jungs sehen mich an.

»Was wollt ihr? Ich koche nicht, schon vergessen?«

»Och, komm schon, Julia«, bettelt Caleb.

Nick kramt einen Müsliriegel aus der Hosentasche und wirft ihn Caleb zu. Hat er immer etwas zu essen dabei? »Ich würde ja was kochen, aber dazu müsstet ihr mich eure Küche benutzen lassen.«

»Nur zu«, sage ich. »Ich bin sicher, sie freut sich, dass sie endlich mal zum Zug kommt.«

Caleb läuft vor uns her und summt die Melodie, die er und Nick vorhin gespielt haben. Besser gesagt, die Nick gespielt hat. Caleb hat sie eher gerupft wie ein Hühnchen.

»Du bist handwerklich begabt, du bist ein Rockstar und du kannst kochen? Gibt es irgendetwas, was du nicht kannst?«, sage ich.

»Dich dazu bringen, mir zu vertrauen?«, gibt er leise zurück. Das Sonnenlicht dringt durch die Bäume und verleiht ihnen einen ätherischen Glanz.

»Cale, warte!«, rufe ich und tue so, als hätte ich den letzten Satz nicht gehört. Ich will Nick nicht verraten, dass er auf dem besten Wege ist, auch in diesem Punkt zu gewinnen.

12

»Noch mehr Chiliflocken?«, fragt Nick.

»Mom mag es nicht so scharf«, erwidere ich. In dem Moment kommt sie selbst in die Küche.

»Einem geschenkten Gaul schaut man nicht ins Maul«, sagt sie.

Nick stellt die Chiliflocken wieder ab. »Es geht auch ohne.« Er wendet die Auberginenscheiben in der Pfanne. »Aber ich muss euch vorwarnen, das wird eine ziemlich schwache Moussaka.« Wir hatten keine Zeit mehr zum Einkaufen, er musste mit dem vorliebnehmen, was noch im Kühlschrank war.

»Einem geschenkten Gaul …«, stöhne ich. Mein Rücken tut höllisch weh.

»War ein langer Tag, hm?«, fragt Mom. Ich weiß, dass die viele Arbeit ihr Sorgen macht. Aber ganz ehrlich, mich stört sie nicht. Ich liebe den Campingplatz. Ich fühle mich hier richtig fest verwurzelt, und meine Wurzeln reichen so tief in die Erde wie die der riesigen Bäume im Wald. Der Gedanke, im Herbst noch nicht ans College zu gehen, hat mich gar nicht gestört, weil ich davon ausging, dass ich hier sein würde. Diese Gewissheit nun nicht mehr zu haben, fühlt sich etwa so an, wie ohne Fallschirm aus einem Flugzeug zu springen. »Komm doch heute Abend zum Yoga, Julia. Es wird dir guttun.«

Mich gründlich durchzudehnen wäre jetzt tatsächlich genau das Richtige. »Ja«, sage ich und schaue Nick an. »Kommst du mit?«

»Willst du dich etwa mit mir verabreden?« Er wirft mir einen kurzen Blick zu, während er die Auberginenscheiben in die Auflaufform schichtet.

»Vor meiner Mutter? Wo denkst du hin! Ich will nur wissen, ob es irgendetwas gibt, was du nicht kannst.«

»Und da versuchst du es mit Yoga?«, fragt er in einem Ton, der mir wohl klarmachen soll, dass ich mich gewaltig irre. »Glaub mir, mein herabschauender Hund ist berühmt.« Er streut veganen Mozzarella auf die Auberginen. »Zumindest unter den Roadies.«

»Nicht Yoga. *Hot* Yoga. Das ist was ganz anderes.« Ich mache eine dramatische Pause. »Da gibt es keinen Hund, weder einen herabschauenden noch sonst einen.«

Er mustert mich, die Hände jetzt in Topfhandschuhen, was seinem Sexappeal keinen Abbruch tut. »Schwitzen kann ich wie kein anderer!«

»Super!«, ruft Mom begeistert. Sie öffnet die Ofentür, damit Nick die Moussaka hineinstellen kann. »Ihr habt also ein Date.« Meine Augen huschen panisch zu ihr. »Äh, ich meine natürlich, eine Verabredung.« Ich ziehe die Augenbrauen zusammen. »Ich meine, ähm …« Sie hebt den Gemüseteller. »Möchte noch jemand eine Möhre?«

Mom beginnt: »Wenn es deine erste Stunde ist, musst du zunächst nur lernen, im Raum zu bleiben. Wir beginnen mit einer Atemübung, Pranayama. Sie mag etwas ungewohnt sein, also alle Neulinge, schaut mir erst zu.« Ich drehe mich zu Nick, der neben mir auf seiner Matte steht, und gebe ihm mit einem Blick zu verstehen, dass er gemeint ist. Ich beginne mit der Übung, die Hände unterm Kinn gefaltet, hebe die Ellbogen bei sechs und senke sie bei sechs, während ich den Kopf zurücklehne und ein leichter Summton aus meiner Kehle kommt. Beim nächsten Mal macht Nick mit. Die folgenden Übungen führt er vorbildlich aus und ich gebe mir Mühe, mich auf Moms Anweisungen zu konzentrieren und nicht daran zu denken, dass wir halb nackt nebeneinander schwitzen.

Ist doch nicht anders, als wären wir in Badesachen, rede ich mir zu. Aber ein Yogakurs bei Kerzenschein ist eben doch deutlich intimer.

»Als Nächstes kommt der stehende Krieger«, verkündet Mom. »Nehmt den rechten Fuß mit der rechten Hand und umschließt ihn an der Innenseite des Knöchels mit allen fünf Fingern. Schiebt das Bein nach hinten und oben, ganz langsam und gleichmäßig. Senkt euren Oberkörper, streckt die Fingerspitzen eurer rechten Hand nach vorn und versucht, den Punkt zwischen euren Augenbrauen zu berühren.« Ich höre Nick neben mir keuchen und verspüre ein nicht sehr yogamäßiges Verlangen, ihn bei dieser Übung mit meiner Beweglichkeit und Anmut zu beeindrucken. Ich lehne mich tiefer denn je in die Dehnung. Ich bin voll dabei. Es herrschen vierzig Grad im Raum und eine Luftfeuchtigkeit von vierzig Prozent, und der Schweiß läuft mir in Rinnsalen über den ganzen Körper, als wäre ich gerade aus dem See gestiegen. Ich richte die Augen auf mein Spiegelbild. Neben mir bewegt sich etwas und mein Blick wandert zu Nick, der auf den Fersen hockt, die schwierige Position aussitzt und mich nicht aus den Augen lässt. Ich verliere das Gleichgewicht, stolpere nach vorn und kann mich gerade noch abfangen.

Verlegen und mit finsterer Miene gehe ich zurück auf meine Matte. »Hör auf, mich anzustarren«, raune ich ihm zu. Sein Blick macht mich ganz kribbelig.

»Ich versuch's ja«, flüstert er zurück. Ich ignoriere ihn und mache mit der Übung weiter.

»Psst«, flüstert er. »Ich glaube, ich muss mich gleich übergeben. Oder ich werde ohnmächtig.«

»Das ist ganz normal«, flüstere ich zurück. Mom schaut missbilligend in unsere Richtung. Kein Geflüster im Yogakurs. »Leg dich einfach auf den Rücken in Savasana.«

Er legt sich gehorsam in die Totenstellung. Nur wenig später, als die Übung beendet ist, tun wir anderen das Gleiche. Meine Brust hebt und senkt sich vor Anstrengung, die Füße liegen geöffnet, die Arme mit den Handflächen nach oben neben dem Körper. Ich konzentriere mich darauf, langsamer zu atmen. Ein ruhiger Atem beruhigt auch Körper und Geist. Die Kerzen flackern und im Hintergrund spielt leise Musik. In meinem Magen flattert es kurz, als Nick seine Hand vorsichtig auf meine legt und sie drückt.

»Legt eure Arme über den Kopf, verschränkt nur eure Daumen und setzt euch. Atmet zwei Mal aus«, weist Mom uns an und wir folgen ihr. Der Rest der Stunde vergeht wie im Traum, während die sich wiederholenden Positionen mich in einen leicht meditativen Zustand versetzen, wenn auch nicht so tief wie sonst – wegen Nick.

»Wir beenden die Stunde mit einer Atemübung, die besonders gut für die Bauchmuskeln und die inneren Organe ist und uns hilft, unseren Körper von den Giften zu befreien, die wir gerade freigesetzt haben. Setzt euch auf die Knie, lasst den Bauch ganz locker und legt die Hände in den Schoß. Konzentriert euch auf das Ausatmen. Das Einatmen geht ganz von selbst. Wir fangen an.« Sie klatscht den Rhythmus vor und zählt bis sechs. »Sehr gut. Und jetzt noch einmal schneller, als würdet ihr eine Kerze auspusten.« Wir schnaufen unsere verbliebenen negativen Energien aus, und dann dankt Mom allen für ihr Kommen und verbeugt sich. »Namaste.«

»Namaste«, antworten wir. Ein paar Leute stehen sofort auf und gehen, andere bleiben noch auf der Matte liegen und atmen in Savasana weiter. Normalerweise ist das mein Lieblingsteil der Stunde. Manchmal folgt der körperlichen dann auch eine geistige Ermüdung, und ein sonderbares Gefühl des Friedens überkommt mich, während mein Körper auf meinen Knochen ruht. Wenn das Sinn macht. Aber heute Abend bin ich überdreht und unruhig. Nicks Hand schließt sich wieder um meine und mein Atem geht schneller. Wir sind die Einzigen, die noch im Raum sind.

»Gar nicht schlecht fürs erste Mal«, sage ich und trinke einen Schluck aus meiner Wasserflasche.

»Du warst toll«, erwidert er mit gesenkter Stimme. »Ich wusste ja, dass du eine Kriegerin bist, aber …«

»Aber was?«

Er schüttelt den Kopf. »Erzähl ich dir später.«

Ich springe auf die Füße, hänge mir mein feuchtes Handtuch um den Hals und hebe mein Yogamatte auf. Nick tut es mir gleich und wir gehen aus dem dunklen Yogastudio ins Helle.

»Willst du duschen?« Ich kann nicht anders, ich muss seinen makellosen, noch immer vor Schweiß glänzenden Körper anstarren.

»Ist das eine Einladung?«, fragt er neckend.

»Nein! Ich meine, ich dachte nur, weil du so viel geschwitzt hast … Das ist ganz normal, ich schwitze auch viel. Beim Yoga, meine ich. Es war ja auch echt heiß. Also, die Temperatur meine ich …« Ich fächle mir Luft zu und halte endlich die Klappe. »Die Duschen sind jedenfalls da drüben.« Ich zeige mit dem Finger.

»Gut gemacht.« Mom taucht hinter uns auf. »Wie hat dir der Kurs gefallen?«

»Ganz ehrlich? Ich hätte nie gedacht, dass mein intensivstes Workout was mit Yoga zu tun hat«, sagt Nick und nimmt einen tiefen Zug aus seiner Wasserflasche. Dass er nicht versucht, seine Anstrengung herunterzuspielen, macht ihn noch sympathischer. Verdammt.

»Die Hitze in Kombination mit der Yogatechnik macht es zu einer ziemlichen Herausforderung für das Herz-Kreislauf-System«, stimmt Mom ihm zu.

»Und wie.« Nick wischt sich das Gesicht mit dem Handtuch ab. »Läuft jede Stunde gleich ab?«

»Die Positionen sind immer dieselben. So kannst du deine Fortschritte erkennen und deinen Geist befreien, statt dich zu fragen, was als Nächstes kommt. Es kann ziemlich therapeutisch sein.« Mom sieht mich an und lächelt. »Du würdest überrascht sein, was ein paar Hot Yoga-Stunden in der Woche für Geist und Körper bewirken können.«

»Okay, Mom, Schluss mit dem Gelaber.«

Sie lacht. »Tut mir leid, ich werde manchmal ein bisschen missionarisch, aber nur, weil ich sehe, welchen Unterschied es im Leben der Menschen macht. Ich könnte ohne gar nicht überleben.« Sie bemerkt eine Kursteilnehmerin an der Tür, die anscheinend mit ihr sprechen will. »Bitte entschuldigt mich. Wir sehen uns zu Hause, Julia.« Sie sieht Nick an. »Vergiss nicht, heute Abend und morgen viel Wasser zu trinken. Bleibt gut hydriert.« Dann dreht sie sich um und geht zu der Kursteilnehmerin.

»Also …« Ich räuspere mich. »Du gehst jetzt duschen …?«

»Ich dachte gerade, es wäre richtig toll, jetzt eine Runde schwimmen zu gehen. Deine Mom hat doch gesagt, wir sollen hydriert bleiben.«

»Was hast du immer mit dem See? Außerdem meinte sie innerlich hydriert.«

»Meine Großeltern hatten eine Hütte an einem See, ein paar Stunden von Toronto entfernt. Wir haben jeden Sommer dort verbracht. Dieser Ort hier erinnert mich daran.« Wir nehmen unsere Sachen und verlassen das Studio. Ich winke Mom zu. Sie hebt eine fragende Augenbraue, die ich ignoriere. Eine kühle Brise lässt die Baumkronen rascheln und fühlt sich nach der Feuchtigkeit des Yogaraums unglaublich erfrischend an.

»Puh, war das heiß da drin!« Nick blickt zum Himmel. Der Mond wird voller.

»Daran gewöhnt man sich«, sage ich.

»Ich hab gezappelt wie ein Fisch auf dem Trockenen.«

Ich lache. »Du warst gar nicht so schlecht.«

Wir erreichen seine Hütte. Die Grillen zirpen und das Wasser plätschert sanft ans Ufer. Er schüttelt den Kopf. »Ich wäre am liebsten aus diesem Raum gerannt. Und dann sehe ich dich und du bist so ruhig wie …« Er blickt sich um. »Wie das hier.« Er zeigt um sich. »Du hast richtig geglüht.«

»Geglüht?«

»Geleuchtet.« Er scheint nach dem richtigen Wort zu suchen, dann lächelt er, als etwas vorüberfliegt. »Wie das Glühwürmchen da.«

Ich versuche, den Kommentar zu ignorieren, aber ich kann selbst das Glühen fühlen, und ich bin ziemlich sicher, dass er der Grund dafür ist.

»Das ist es«, sagt er zufrieden. »So wie Tinkerbell.«

»Die ist aber eine Fee und kein Glühwürmchen.«

Er zuckt die Schultern. »Passt doch zur Tüftelfee.«

Ich sehe ihn an. »Pfff.«

Er geht die Stufen hinauf, lässt seine Tasche auf die Veranda fallen und bedeutet mir, ihm zu folgen. »Ich glaube, du schuldest mir noch eine Astronomiestunde.«

Ich sollte es lassen. Ich sollte nach Hause gehen. Ich muss damit aufhören. Was auch immer das zwischen uns ist. Aber sein Blick zieht mich an wie der Mond die Wellen.

»Ich dachte, du wolltest schwimmen gehen.« Meine Stimme ist nur ein Flüstern.

»Will ich ja auch«, sagt er, streckt den Arm aus, zieht mich an sich und hebt mit einem Finger mein Kinn. »Aber erst will ich etwas anderes.«

»Und was?«, höre ich mich fragen. Nur dass es nicht nach mir klingt. Meine Stimme ist leise und kehlig und, stimmt das wirklich?, verführerisch.

»Das.« Seine Lippen legen sich auf meine. Die Gefühle überwältigen mich, alle höchst angenehm, aber es liegt Angst darunter.

Er spielt nur mit dir. Er sieht gut aus. Er ist reich. Er kann jede haben. Du bist so naiv. Warum lässt er sich mit einem sommersprossigen Rotschopf mit blauen Flecken am Knie und Zweigen in den Haaren ein? Weil er etwas von dir haben will.

Doch das ist mir längst egal.

Um der Stimme in meinem Kopf zu entkommen, mache ich mich los. »Der Letzte im See ist ein faules Ei!« Ich renne zum Wasser, ziehe mir das T-Shirt über den Kopf, Hauptsache, diese Stimme ausschalten. Ich springe kopfüber in den kühlen See, noch immer in Sport-BH und meinen kurzen Shorts, schwimme mit kraftvollen Zügen, tauche, bis meine Lungen schmerzen. Als ich wieder hochkomme, suche ich nach Nick. Da ist er, ich erkenne seinen Umriss am Strand, vom Mond erleuchtet. Er zieht seine Shorts runter und ich schnappe nach Luft, er will doch nicht ernsthaft …? Ich atme aus. Boxershorts. Uff. Er watet ins Wasser und taucht unter. Wow, er kann aber wirklich lange die Luft anhalten, wo ist er? Ich lasse den Blick über das dunkle Wasser gleiten. Noch mal falle ich nicht auf den Trick herein. Aber er taucht direkt vor mir auf und grinst mich an.

»Dann bin ich also das faule Ei?« Er hebt den Arm und schnuppert unter seiner Achsel. »Überrascht mich nicht nach der Yogastunde. Und du bist wohl nicht älter als zwölf.«

Ich spritze ihm Wasser ins Gesicht und schwimme weg. Er packt meinen Fuß und ich quietsche laut.

»Nicht so schnell, Glühwürmchen«, knurrt er und zieht mich durchs Wasser. »Immer schwirrst du mir weg.«

Ich lache, spritze in seine Richtung und winde mich strampelnd aus seinem Griff. »Du musst dich entscheiden. Bin ich eine Fee oder ein Käfer?«

Nick mustert mich Wasser tretend. »Du kannst es dir aussuchen. Jedenfalls glühst du.«

Meine Wangen werden rot. Ha, es braucht nur eine Yogastunde, und schon beschreibt er meine Aura. Aber trotzdem. Mir hat noch nie jemand gesagt, dass ich glühen würde.

»Vielleicht ist der See radioaktiv«, sage ich und schaue ins Wasser. »Meinst du, dein Dad nimmt uns das ab?«

»Nur so lange, bis er das Wasser getestet hat.«

Das Spielerische in meiner Stimme schlägt in Verzweiflung um. »Wir könnten die Ergebnisse fälschen.«

Er zieht mich im Wasser an sich, unsere Beine treten einträchtig unter uns. »Lass uns jetzt nicht über meinen Dad reden. Beginnen wir lieber mit dem Astronomieunterricht.«

»Wo soll ich anfangen?«

»Wie kam es, dass du dich dafür interessiert hast?«

»Das lag tatsächlich an einem Buch.«

»Star Wars?«

Ich lache. »*Unser Kosmos* von Carl Sagan. Irgendjemand hat eine alte Ausgabe bei uns liegen lassen.«

»Davon habe ich schon gehört.«

Ich ziehe die Augenbrauen zusammen. »Ich dachte, du wüsstest nichts über Astronomie.«

Er hebt verteidigend die Hände, und Wassertropfen spritzen durch die Luft. »Es gibt eine Serie dazu bei Netflix.«

»Oh.« Ich lege mich aufs Wasser und wende das Gesicht zum Himmel. »Also, ich habe es jedenfalls vor ein paar Jahren gelesen und fand es spannend. Ich hab manchmal schwermütige Gedanken, und was er zu sagen hatte, ich weiß auch nicht, hat mich irgendwie getröstet.« Ich sehe ihn wieder an. »Als Caleb krank geworden ist und Mom so viel im Krankenhaus war, habe ich angefangen, nachts rauszugehen und die Sterne anzuschauen. Kennst du das, wenn etwas so schlimm ist, dass du nur noch daran denken kannst?«

»Ja«, sagt er leise. Bestimmt denkt er an seine Mom. »Das kenne ich.«

»Ich war die ganze Zeit wütend und ängstlich und wollte diese Energie nicht mit zu Caleb bringen.« Ich bin froh, dass es dunkel ist und er nicht sehen kann, dass ich rot werde. »Sorry, daran ist meine Yoga-Mutter schuld.« Nick lacht. Ich lege mir meine nassen Haare über die Schulter. »Es hat mich auch nachdenklich gemacht. Die Menschheit ist ein so unbedeutender Punkt in Raum und Zeit. Es gibt uns erst seit etwa 0,004 Prozent der Lebensspanne der Erde. Wenn ich zu den Sternen hochschaue, relativiert das alles. Es erinnert mich daran, dass ich dankbar sein sollte für jeden Augenblick, den ich hier bin. Und für jeden Augenblick, den mein Bruder hier ist.« Ich merke, dass mir kalt wird, und beginne Richtung Ufer zu schwimmen.

»Die Menschen sollten wirklich das Beste aus jedem Moment machen«, sagt Nick. »Aber ich finde nicht, dass unser Leben bedeutungslos ist.« Er schwimmt neben mir her. »Ich glaube eher, dass genau das der Punkt ist. Es geht im Leben darum, dafür zu sorgen, dass unsere Zeit hier etwas bedeutet.«

»Und wie? Selbst wenn du etwas wirklich Großartiges tust, bleiben die wenigsten Menschen in Erinnerung, wenn sie tot sind. Für die meisten von uns ist es nach spätestens hundert Jahren so, als wären wir nie dagewesen.« Unsere Füße berühren den sandigen Grund. Die Nachtluft ist kälter als der See und ich lasse mich schnell wieder bis ans Kinn ins Wasser gleiten.

Nick tut das auch, sein markanter Kiefer ist an der Oberfläche. »Vielleicht geht es nicht darum, dass sich jemand an dich erinnert, sondern dass du für jemand anderen etwas veränderst. Die Dinge etwas besser hinterlässt, als du sie vorgefunden hast.«

»Wie wenn man einen heruntergekommenen Campingplatz durch ein schickes neues Casino ersetzt?« Ich kann mir die Bemerkung nicht verkneifen.

Er ignoriert sie. »Es klingt so, als hättest du eine kleine Existenzkrise.« Wir lassen uns ein paar Minuten treiben und blicken zu den Sternen. Es sind Billiarden.

»Wusstest du, dass auf jedes Sandkorn auf der Erde zehntausend Sterne kommen?«, frage ich.

»Echt?«

»Jep. Es ist Wahnsinn, wie groß das Universum ist.«

»Glaubst du an den Himmel?«, fragt Nick plötzlich.

»Was?« Meine Zähne beginnen zu klappern. Die Frage kam unerwartet.

»Der Himmel. Glaubst du, dass es ihn gibt?«

Ich überlege, wie ich meine Antwort formulieren soll, ich weiß ja nicht, woran er glaubt. »Früher schon. Jetzt bin ich mir nicht mehr so sicher. Wenn ich daran glaube, dann auf eine andere Art.«

»Wie meinst du das?« Seine Stimme klingt neugierig, nicht gekränkt.

»Na ja, die Sterne helfen mir. Weil ich nicht weiß, ob es einen Himmel gibt, wie er in der Bibel steht. Aber es gibt einen wirklichen Himmel über uns. Wir sind alle aus Sternenstaub.« Ich denke an Grandpas Asche. »Unsere Körper sind alle aus denselben Elementen – Stickstoff, Kohlenstoff und Sauerstoff –, in die wir wieder zurückgehen, wenn wir sterben. Das ist vielleicht ein bisschen wie nach Hause kommen.«

»Tiefsinnige Gedanken, Tink.«

Verlegen blicke ich ins Wasser. So viel zum Gelaber.

»Noch was, was ich an dir mag.« Er reibt mir die Arme, um mich zu wärmen, und nimmt meine Hände. »Na komm, du zitterst ja.«

Er zieht mich zum Strand und nimmt seine Hose. »Wer zuletzt in der Hütte ist, ist ein faules Ei!«

Ich lache laut auf und renne zähneklappernd hinter ihm über den Sand und die Treppe hoch.

Er dreht sich um und lächelt. »Gewonnen.«

»Und was willst du als Preis?« Ich sehe ihn mit halb gesenkten Lidern an. Paige wäre beeindruckt.

»Dich aufwärmen. Du hast blaue Lippen.« Er öffnet die Tür und winkt mich herein. Ich zögere, unsicher, ob ich es wagen kann, mit Nick Constantine allein zu sein. Andererseits weiß ich nicht, ob es mich überhaupt noch stört.

13

Die Nachtluft duftet nach Erde und in der Ferne ruft ein Käuzchen. Ich will wirklich hineingehen. Außerdem sind wir beide tropfnass, ein kuscheliges Handtuch würde sich jetzt unglaublich gut anfühlen. Ich sehe sie vor mir, ordentlich im Schrank zusammengelegt, nach Lavendel duftend. Mit trockenem Mund gehe ich auf die Schwelle zu. »Nick …«

»Julia?«, ertönt ein feines Stimmchen.

Nick und ich zucken zusammen. »Caleb?«

Er tritt in den Lichtschein unter der Lampe über der Tür, die von Motten umschwärmt wird.

»Was machst du denn hier?«, frage ich.

»Ich wollte dir was sagen.« Er reckt das Kinn in die Höhe und ich unterdrücke ein Seufzen. Dann bekomme ich ein schlechtes Gewissen. Habe ich mir nicht erst vor Kurzem geschworen, mich mehr um meinen kleinen Bruder zu kümmern?

»Was gibt's?«, frage ich.

»Ich, ähm, ich hab was gefunden.«

Nick hält mit einem resignierten Lächeln die Tür auf. »Kommt rein. Ich mache uns eine heiße Schokolade.«

»Echt? Cool.« Caleb stürmt die Treppe hoch und an mir vorbei in die Hütte.

»Du hast heiße Schokolade?«, murmele ich und folge Caleb. Er macht es sich gleich auf dem Sofa bequem und lässt auf dem Weg dorthin die Sandalen fallen. Nick schließt die Tür hinter uns.

»Ich hab ein paar Päckchen von meiner Tante geklaut.« Er öffnet den Schrank neben der Spüle und holt den kleinen roten Kessel heraus, den es in jeder Hütte gibt. »Ich dachte, ich sollte was da haben, falls mich mal jemand besuchen kommt.«

»Rechnest du mit so vielen Gästen?« Ich stehe vor dem Schrank und nehme mir ein Handtuch. Eins wickle ich mir wie einen Turban um den Kopf, weil ich den Boden nicht volltropfen will, den ich erst neulich gewischt habe. Ein weiteres Handtuch wickle ich mir um die Schultern und werfe auch Nick eins zu, der es geschickt auffängt.

»Eins reicht.« Sein Lächeln ist so lässig wie seine Bewegungen, als er es sich um die Taille wickelt. Ich muss wieder an Piraten denken. Nur ohne Goldzahn.

Ich räuspere mich, deute mit dem Kinn auf seine nassen Boxershorts und dann auf Caleb, der gerade Nicks Gitarre streichelt.

»Stimmt. Behalt den Kessel im Auge.« Er steigt auf die Leiter zur oberen Ebene.

Ich setze mich auf den Teppich, das Handtuch um mich gewickelt, und frage meinen Bruder: »Und, was hast du gefunden?«

Caleb beugt sich aufgeregt vor. »Eine Karte. In Grandpas Tagebuch.«

»Was für eine Karte?«

»Eine Karte vom Grundstück. Es geht bis in die Berge.«

»Cool. Wahrscheinlich hat Grandpa ganz am Anfang einen Lageplan gemacht. Hast du mit Mom darüber gesprochen?«

»Noch nicht. Sie wird sowieso nichts davon halten.«

»Du aber schon?« Eindeutig. Er schwebt förmlich über dem Sofa.

»Vielleicht führt die Karte ja zu dem Schatz, von dem Grandpa erzählt hat? Ich glaube, es ist vielleicht irgendein Hinweis drauf oder so. Da sind so komische Pfeile.« Ich bin nicht sicher, wie ich weiter vorgehen soll. Cale ist Feuer und Flamme, und ich will seinen Traum vom großen Schatz nicht zerstören.

»Meinst du nicht, dass jemand ihn mittlerweile gefunden haben müsste?«, wage ich einen Versuch.

»Was gefunden?« Nick kommt die Leiter herunter, das T-Shirt, das er sich übergezogen hat, klebt an seinem noch etwas nassen Oberkörper. Er hat ein grünes Hemd in der Hand, das er mir zuwirft. »Das ist für dich.« Ich ziehe es mir über den Kopf. Es ist groß, reicht mir bis über die Oberschenkel und riecht nach ihm. Ich ziehe die Knie unter dem Hemd an den Körper und lege das Kinn darauf.

»Den Schatz«, verkündet Caleb triumphierend. Ich warte darauf, dass Nick lacht.

»Wo?«, fragt er ernst.

»Na ja, ich weiß es noch nicht«, gibt Caleb zu. »Aber wenn im Tagebuch von meinem Grandpa irgendwelche Hinweise sind … und wir der Karte folgen … dann finden wir ihn bestimmt.«

»Das wäre toll«, sagt Nick und setzt sich neben Caleb aufs Sofa. »Gibt es jemanden, der vielleicht etwas genauer darüber Bescheid weiß und mit dem du darüber sprechen könntest? Deine Mom zum Beispiel?«

»Ja, vielleicht«, sagt Caleb nachdenklich. »Oder Red!«

»Super Idee.« Nick verstrubbelt ihm die Haare. Caleb blickt zu ihm auf wie ein Hündchen mit wedelndem Schwanz. Mein Herz ist nicht das einzige, das brechen wird, wenn Nick abreist. Ich schlucke. Nick reist wieder ab. Stimmt. Aber wann?

»Wie lange bleibst du eigentlich?«, frage ich.

»Ich habe heute mit meinem Dad gesprochen«, erwidert er. »Ich habe ihm gesagt, dass ich hier noch ein paar Tage brauche. Und dass ich danach eine Woche Urlaub haben möchte.«

Ich schaue ihn überrascht an. »Wirklich?«

»Cool!«, ruft Caleb.

»Ich hatte schon lange keinen mehr, ich hab mir ein paar freie Tage verdient.« Er grinst. »Ist die Hütte noch zu haben?«

»Da muss ich mal beim Empfang nachschauen.« Ich versuche, mir die Freude nicht anmerken zu lassen. »Warum willst du ausgerechnet hier Urlaub machen? Wärst du nicht lieber, keine Ahnung, auf einer Jacht in Südfrankreich oder so?«

»Ach, hab ich alles schon gemacht.« Seine Stimme ist neckend. Ich verdrehe die Augen. »Außerdem scheint das hier echt ein super Urlaub zu werden. Strand, See, Hütten bauen.« Er stößt Caleb an. »Einen Schatz finden!«

Caleb springt vom Sofa. »Wann fangen wir an?«, fragt er.

»Am besten liest du heute Abend noch einmal gründlich das Tagebuch, ob da irgendwelche nützlichen Hinweise drin sind. Dann können wir mit Red reden«, sage ich und stehe auf.

»Ich hab es zu Hause gelassen. Ich geh es schnell holen.«

Ich unterbreche ihn. »Es ist schon spät, Cale. Mom will sicher, dass du bald ins Bett gehst.«

»Na kommt, ich bringe euch nach Hause«, sagt Nick. Diesmal lehnen wir sein Angebot nicht ab.

»Na dann«, ich drehe mich zu Nick, »vielen Dank.«

Caleb ist schon die Einfahrt hochgelaufen, fest entschlossen, jede Seite des Tagebuchs genauestens zu studieren.

Nick schaut mich an. Sein Gesicht ist mal geheimnisvoll und grüblerisch, mal unbeschwert und fröhlich. Im Augenblick ist sein Blick brodelnd.

»Weißt du, was das Beste an diesem Campingplatz ist?«

»Die Zuckertüte?« Nervosität macht schlechte Witze. Und davon mache ich gerade viele.

»Du.« Er zieht mich an sich und schlingt die Arme um meine Taille. »Freust du dich, dass ich noch bleibe?«

»Klar. Dann haben wir mehr Zeit, zu überlegen, wie wir es hinkriegen, dass wir nicht verkaufen müssen.«

»Und sonst?«, hakt er nach.

»Und ...« Ich lehne mich zurück und blicke zu ihm auf. »Dann habe ich mehr Zeit mit dir.« Mehr Zeit, mir den Kopf verdrehen zu lassen. Genau das, was ich brauche.

»Ich hoffe, du findest das gut?«

»Du bist jedenfalls eine nette Abwechslung vom Holzhacken und Kloputzen.«

»Ich rieche also besser als Kacke und verursache nicht so viele Splitter? Ich glaube, das ist das größte Kompliment, das ich je bekommen habe!«

»Pass auf, dass es dir nicht zu Kopf steigt.«

»Zu spät.« Er senkt den Mund, und diesmal erwidere ich seinen Kuss gierig.

Das Licht auf der Veranda geht an und wir lösen uns voneinander. »Julia?«, ruft Mom.

»Ja«, antworte ich.

Nick lässt mich los und seufzt. »Kommt mir irgendwie bekannt vor.«

»Ich glaube, Mütter haben übernatürliche Fähigkeiten, wenn ihre Kinder nichts Gutes im Sinn haben.«

»Wer sagt, dass ich nicht gut bin?«, fragt Nick.

»Oh, nein, du bist gut.« Zu gut. »Aber das sollte dir auch nicht zu Kopf steigen.«

Er lächelt und hebt die Hand. »Versprochen. Sag mal, wo hat man hier den besten Handyempfang? Ich muss ein paar Telefongespräche führen.«

»Wenn du zur Hauptstraße beim Eingang gehst, müsste es klappen. Wir wollten letztes Jahr eigentlich auf dem ganzen Platz WLAN einrichten, aber dann, du weißt schon …« Ich zucke die Schultern. Das Geld wurde für anderes gebraucht.

»Danke.« Er streicht mir mit dem Finger über den Arm. »Sehen wir uns morgen?«

»Ich bin die ganze Woche da«, sage ich kichernd. Lass das, Julia.

»Gute Nacht, Tink.«

»Gute Nacht«, sage ich und gehe zur Haustür. Im Fenster kann ich Moms Umrisse erkennen.

»Hattest du einen schönen Tag?«, fragt sie und mustert mich.

»Ja, warum?«

»Deine Augen leuchten wie Sterne.«

»Wir haben uns ja auch Sternbilder angeguckt.« Ich schenke ihr ein Grinsen. Es scheint etwas zu breit auszufallen, denn sie verdreht die Augen. »Julia, du bist ja richtig benebelt. Und das ist bestimmt nicht mehr das Yoga-High.« Eher ein Nick-High. »Du magst ihn.« Ihr Ton ist sachlich.

»Er ist nett.« Hoffe ich.

»Ist er. Aber er ist älter als du …«

»Nur ein paar Jahre. Mädchen sind doch sowieso reifer als Jungs …«

»Außerdem hat er mehr Erfahrung. Und hast du vergessen, warum er hier ist?« Das holt mich von meiner Wolke.

»Er sagt, dass er uns helfen will, einen Weg zu finden, dass wir nicht verkaufen müssen.«

Mom seufzt. »Glaubst du nicht, dass Red und ich das nicht längst versucht hätten? Wir wollen nicht verkaufen.«

»Nicht?«, frage ich herausfordernd. Mom ist normalerweise ziemlich entspannt, und es braucht schon einiges, um sie wütend zu machen, aber wenn es so weit ist, muss man aufpassen. Typisch Stier.

»Glaubst du, wir hätten nicht jede Möglichkeit durchgespielt?«

»Was ist mit dem Schatz?« Caleb lugt um die Ecke.

Mom wirft die Hände in die Luft. »Wovon um alles in der Welt redest du?«

»Ich hab eine Karte gefunden«, sagt er. »Und eins von Grandpas alten Tagebüchern.«

»Dein Sohn ist der Meinung, dass dein Vater auf dem Grundstück einen Schatz vergraben hat«, informiere ich sie.

»Vielleicht nicht vergraben«, sagt Caleb nachdenklich. »Er könnte auch in einem hohlen Baum versteckt sein oder so.«

Mom holt tief Luft. »Könnte mir jemand diesen Unfug erklären?«

Caleb schaut mich Hilfe suchend an. Ich seufze. »Grandpa hat mir früher immer erzählt, dass etwas Wertvolles auf dem Grundstück versteckt ist.«

»Der Platz war sein Leben«, sagt Mom. »Natürlich war er für ihn sehr wertvoll. Das waren nur Geschichten, Julia. Es hat ihm Spaß gemacht, dich damit zu unterhalten.« Das weiß ich ja selbst. Ich habe es Caleb nur erzählt, um ihn auf andere Gedanken zu bringen. Und jetzt fliegt mir diese Geschichte um die Ohren …

»Aber was, wenn es nicht nur Geschichten waren?«, bohrt Caleb nach. »Was, wenn er die Wahrheit gesagt hat?« Mom schaut mich an. Sie sieht, dass Caleb von der Vorstellung begeistert ist, und ich weiß, dass sie dasselbe denkt wie ich. Ob nun etwas Wertvolles hier versteckt ist oder nicht, es ist eine harmlose Ablenkung. Sie will ihn genauso wenig in die Realität zurückholen wie ich. Neunjährige Jungs sollten diese Art von Abenteuern erleben. Vor allem neunjährige Jungs, die ein halbes Jahr im Krankenhaus verbracht haben.

»Na schön«, sagt Mom seufzend, »vielleicht sollten wir uns das mal ansehen. Ich kann mich erinnern, dass Dad immer von ›den Reichtümern dieses Bodens‹ gesprochen hat.«

»Ich hab's gewusst!«, ruft Caleb.

»Ich glaube, wir haben irgendwo noch einen Metalldetektor rumliegen. Vielleicht in der Scheune? Oh, da fällt mir ein«, sagt Mom zu mir, »die McGregors wollen die Scheune für ihren Hochzeitstag am Wochenende buchen.«

»Nächstes Wochenende?«, frage ich. »Warum so kurzfristig?«

»Sie wollten eigentlich im Pedro's feiern, aber da hat es in der Küche gebrannt.«

»Und wie sollen wir die Scheune in einer Woche herrichten?«, frage ich.

»Sie kümmern sich drum. Sie haben jemanden für die Dekoration und das Essen engagiert und so weiter.« Mom seufzt wieder. »Mr McGregor war ein guter Freund von Grandpa, ich konnte nicht Nein sagen. Außerdem ist es ihr sechzigster. Sie wollen ihr Ehegelübde noch einmal auffrischen. Das ist wirklich etwas Besonderes.« Ich frage mich, ob sie gerade an meinen Vater denkt. Ich wünschte, sie würde einen netten Mann finden. Aber sie hat so viel zu tun, dass ich nicht mal weiß, ob sie überhaupt Zeit für eine Beziehung hätte.

»Wenn wir gut lüften und fegen, sieht sie gleich ganz anders aus«, sage ich.

»Ähm.« Caleb räuspert sich. »Und was ist mit dem Metalldetektor?«

»Den suchen wir morgen. Mach dich bettfertig, dann komme ich und sag dir Gute Nacht.«

»Okay«, sagt er und hüpft buchstäblich die Treppe hoch.

»Dein Bruder wirkt viel glücklicher«, sagt Mom leise. Sie legt den Arm um mich und wir gehen nach oben.

»Ja.« Ich sehe sie an und warte ab, was sie noch zu sagen hat.

»Du hast dich wirklich toll um ihn gekümmert. Er scheint sehr gern mit dir und Nick zusammen zu sein.« Aha, jetzt kommt's.

»Ja, er war wirklich ständig um uns herum.« Ich sehe sie scharf an. »Aber damit hast du doch nichts zu tun, oder?«

»Ich weiß nicht, wovon du sprichst.« Mom ist eine schreckliche Lügnerin.

»Hast du ihn etwa gebeten, mich auszuspionieren?«, frage ich verächtlich.

»He! Nicht spionieren. Er sollte dich nur im Auge behalten.« Das erklärt das Timing heute Abend.

»Also doch spionieren.«

»So fühlt er sich wichtig. Außerdem, was soll ich denn machen, wenn sich ein junger Mann hier herumtreibt, der meine Tochter offensichtlich attraktiv findet?«

»Du glaubst, er findet mich attraktiv?« Das hat er zwar selbst gesagt, aber es von jemand anderem zu hören, ist etwas anderes. Selbst wenn es meine Mutter ist.

»Du bist attraktiv, mein Schatz, aber darauf kommt es gar nicht an …«

»Ich weiß, ich weiß. Es ist viel wichtiger, dass man schlau ist, blablabla.« Ich zitiere, was sie mir mein Leben lang eingetrichtert hat. »Aber im Ernst, wie kommst du darauf?«

Sie seufzt. »Wenn ihr zusammen seid, summt förmlich die Energie zwischen euch.«

»Wirklich?« Summen ist ein gutes Zeichen. »Bist du sicher, dass sie nicht nur in eine Richtung fließt?«

»Ich konnte es heute Abend im Kurs sehen.« Wir kommen an meine Tür. »Hör zu, Süße, Nick scheint wirklich ein toller Kerl zu sein. Aber ältere Jungs haben bestimmte … Erwartungen.«

»Jüngere auch, Mom.« Ich erwähne nicht, dass Dan mich die letzten zwei Sommer ganz schön unter Druck gesetzt hat. Okay, nicht besonders stark. Aber er hat alles getan, um mich davon zu überzeugen, dass *Sex on the Beach* nicht nur ein Cocktail ist. Ich bin froh, dass es nicht dazu gekommen ist. Vermutlich ist das der Grund, warum er diesen Sommer seine Freundin mitgebracht hat. Aber das juckt mich eigentlich kaum noch.

Mom dreht sich in der Tür zu mir. »Es tut mir leid, dass du im Herbst nicht aufs College gehen kannst.«

»Was?« Die Bemerkung kommt aus heiterem Himmel.

Sie streicht sich eine Strähne hinters Ohr. »Wir hatten so viel um die Ohren, ich hatte keine Zeit, dir zu helfen.« Ihre Augen sind feucht. »Und ich weiß, dass du dir Sorgen ums Geld gemacht hast.« Sie holt tief Luft. »Es tut mir wirklich leid, mein Schatz.«

»Ist schon okay, Mom.« Ich umarme sie und sie drückt mich fest. »Es gibt immer ein nächstes Jahr.«

Sie schluchzt erstickt in meine Haare, was nicht die beabsichtigte Wirkung ist, und klopft mir auf den Rücken. »Ich hab dich so lieb.«

»Ich weiß.« Unbeholfen tätschele nun ich ihr den Rücken. »Ich dich auch.«

Sie schnieft. »Ich will doch nur das Richtige tun. Für dich und Caleb.«

»Aber was willst *du*?«, frage ich, obwohl die Antwort mir Angst macht.

»Ich will, dass meine Kinder gesund und glücklich sind.« Sie schaut mich an. »Ich will nicht verkaufen, Julia. Das ist unser Zuhause. Außerdem wirkt Caleb seit ein paar Tagen endlich wieder wie er selbst, und ich glaube, dass dieser Ort ihm hilft, wieder der Alte zu werden.«

Ich lächle. »Er wünscht sich einen Gitarrenkasten zum Geburtstag.«

Sie schaut mich verwirrt an. »Nicht lieber eine Gitarre?«

»Er hat Grandpas alte Gitarre gefunden. Nick hat gesagt, dass sie noch ziemlich gut ist. Er bringt es ihm bei.«

»Nick spielt Gitarre?«

»Er hat eine Band.«

Sie verdreht die Augen. »Das war ja klar.«

»Du musst dir keine Sorgen um mich machen, Mom.«

Sie seufzt. »Das ist, als würdest du der Sonne sagen, dass sie nicht scheinen soll.«

Ihre Worte wecken eine Erinnerung. »So hat Grandpa mich genannt. Sonnenschein.«

»Das stimmt.« Sie lächelt. »Er hat dir immer diesen alten Song vorgesungen. Er hat dich und Caleb sehr geliebt.«

»Ich vermisse ihn.«

»Ich auch.«

»Glaubst du, es gibt wirklich einen Schatz?« Ich sehe sie an.

»Ich denke, wenn es einen gäbe, hätten wir ihn längst gefunden.«

Meine Enttäuschung kommt mir albern vor, ich bin schließlich nicht mehr neun. Trotzdem. Der Gedanke, etwas im Wald zu finden, hatte einen gewissen Reiz. »Aber was, wenn er es uns sagen wollte und nicht mehr dazu gekommen ist?« Mein Großvater ist an einem Herzinfarkt gestorben, genau der Abgang, den er sich immer gewünscht hat. Kein Hin und Her, kein langes Leiden. Einfach PENG und weg. Der Nachteil ist, dass es für die, die zurückbleiben, ziemlich schrecklich ist.

Sie drückt mich noch einmal. »Nichts ist unmöglich.« Ich spüre ihr Lächeln an meinem Kopf und weiß, dass sie es mir zuliebe sagt, so wie wir Caleb auch nicht die Hoffnung genommen haben. »Es schadet nichts, zu suchen. Ach ja«, fügt sie hinzu. »Erinnere mich daran, dass wir Red nach dem alten Metalldetektor fragen.«

Wir sagen Gute Nacht. Allein in meinem Zimmer schaue ich auf mein Handy, ob eine Nachricht von Nick es geschafft hat, über die holprigen Wellen zu sausen. Oder worauf Textnachrichten auch immer fliegen.

Träum schön, Tink.

Meine Brust fühlt sich ganz voll an, als ich unter die Decke krieche, das Handy auf dem Nachttisch, mit einer beruhigenden Melodie im Kopf, die mich in den Schlaf lullt. *You are my Sunshine, my only Sunshine …*

14

»Ich habe das verdammte Ding doch hier irgendwo gesehen.« Red durchforstet die kleine Kammer in der Scheune. Caleb steht gespannt vor der Tür und ringt vor Aufregung die Hände. Meine Augen tränen von dem ganzen Staub hier drin und ich muss niesen. »Aha! Da ist er ja.« Red hebt einen Stapel Bretter an und zieht eine angelaufene Metallstange mit einem langen Kabel heraus. Sie ist etwa so lang, wie Caleb groß ist, und sieht aus wie ein Werkzeug zum Geisterjagen aus einem alten Film.

»Dann wollen wir mal sehen, ob das alte Ding noch funktioniert.« Red drückt auf den Schalter und wir halten die Luft an. Nichts. Caleb macht ein langes Gesicht. »Ach, das habe ich mir fast gedacht. Ich werde versuchen, es wieder zum Laufen zu bringen.«

»Guten Morgen«, sagt eine Stimme hinter uns und wir drehen die Köpfe. »Hübsche Scheune.« Nick blickt zu den Dachbalken hoch, staubige Lichtstrahlen fallen durch die hohen Fenster auf ihn herab. Er ist in Sonnenlicht gebadet, und eine lächerliche Sekunde lang kommt er mir wie ein griechischer Gott vor, der auf die Erde herabgestiegen ist.

»Danke«, durchbricht Red meine Benommenheit. »Wir nutzen sie eigentlich nur als Lagerraum und ab und zu für eine Feier. Ich habe Julias und Calebs Großvater geholfen, sie zu bauen.« Seine Stimme ist wehmütig.

»He, Nick, schau mal.« Caleb hebt stolz den Metalldetektor.

»Cool.« Nick schlendert zu uns herüber. In dem Augenblick raschelt es oben bei den Dachbalken und Nick duckt sich. »Was …?« Eine Eule landet auf einem Balken und plustert ihr goldenes Gefieder. Sie legt das weiße, herzförmige Gesicht zur Seite und mustert unseren Gast.

»Das ist Henry«, erkläre ich. »Henry, das ist Nick. Du bist aber lang auf. Viel zu tun letzte Nacht?«

Henry antwortet mit seinem üblichen Ruf, dann steckt er den Kopf unter die Federn, was wohl Gute Nacht heißen soll.

»Ihr habt eine Eule?«

»Na ja, es ist nicht unsere. Sie hängt einfach gern in der Scheune ab.«

»Sie zahlt ihre Miete, indem sie die Mäuse fernhält«, sagt Red. »Wie ich höre, bleibst du noch eine Weile bei uns?«

»Ja. Ich bin wirklich froh, dass die Hütte noch frei war.«

»Können wir jetzt den Metalldetektor reparieren?«, fragt Caleb mit Blick auf sein neues Spielzeug.

»Na, dann wollen wir mal. Bis später, ihr zwei.« Red hebt grüßend die Hand und nimmt das sperrige Gerät, Caleb folgt ihm auf dem Fuß. Nick und ich bleiben allein in der Scheune zurück. Ich versuche, meine Gefühle zu zügeln, aber sie schäumen schon wieder über wie Cola aus einer geschüttelten Dose.

»Hör zu«, sagt Nick und seine Augen bohren sich in meine, »ich muss dir etwas sagen.«

Mein Magen schlägt einen regelrechten Flickflack. »Was gibt's?«

»Weißt du noch, dass ich gesagt habe, wir könnten euer Wakestock-Festival ein bisschen größer aufziehen?«

»Klar«, erwidere ich.

»Ich hab gute Nachrichten.«

»Und zwar?«

»Ich habe ein paar Freunde gefragt, und sie haben alle Lust zu kommen und zu spielen.«

»Spielen? Wo?«

»Na, hier.« Nick zeigt auf die Scheune. »Der Ort ist perfekt. Wir öffnen einfach die Türen ganz weit und bauen eine Bühne auf. Hängen ein paar bunte Lampions auf oder was auch immer. Das ist eine ziemlich geile Location.«

»Wie bitte?« Ich habe seine Worte gehört, aber ich verstehe nicht wirklich, was er da sagt. »Du hast ein paar Bands gebeten, bei Wakestock zu spielen?«

»Ja.« Plötzlich sieht er unsicher aus. »Ist das okay? Wir haben doch überlegt, wie wir das Geld zusammenbekommen. Ich hoffe, du fühlst dich nicht übergangen. Ich dachte nur …« Ich stürze mich auf ihn und er fängt mich lachend auf. »Du bist also nicht sauer?«

»Danke!«, sage ich, schlinge die Arme um seinen Hals und blicke zu ihm auf. Er will uns wirklich helfen. Es ist ihm tatsächlich wichtig.

»Gern geschehen.« Er gibt mir einen Kuss auf die Nasenspitze. »Wart mal ab, bis du erfährst, wer spielen wird.«

»Wer denn?«

»Na ja, zum Beispiel meine Wenigkeit. Das alles ist eigentlich nur ein großer Vorwand, um die Band wieder zusammenzubringen.« Er zwinkert mir zu.

»Wenn wir so den Campingplatz retten können, ist mir das egal.« Mir läuft ein Kribbeln über die Wirbelsäule, als mir bewusst wird, dass ich Nick live auf der Bühne sehen werde. Stopp mal, bin ich dann etwa ein Groupie?

»Und einer meiner Kumpel, der zufällig in der Band ist, die du neulich erwähnt hast, hat versprochen, auch ein paar Lieder zu spielen.«

Ich starre ihn verblüfft an. »Discarded Unicorns? Die kommen hierher? Im Ernst?«

»Na ja, ich hatte sie ohnehin schon gebeten, an meinem einundzwanzigsten Geburtstag zu spielen. Ich wollte Caleb nicht die Show stehlen, als er seinen Geburtstag erwähnt hat, aber meiner ist zufällig am selben Wochenende.«

»Du bist Krebs?« Ich verziehe das Gesicht, kaum dass mir die Frage rausgerutscht ist, aber ihn scheint sie nicht zu stören.

»Krebs an der Schwelle zum Löwen«, stellt er klar.

»Hm. Und ich war sicher, du wärst Skorpion.«

»Ich weiß zu wenig über Astrologie, um beurteilen zu können, ob ich jetzt beleidigt sein sollte.«

»Ich kann nicht glauben, dass Discarded Unicorns kommen!«, quietsche ich. »Jedes ihrer Konzerte dieses Jahr ist ausverkauft. Wenn ich das Paige erzähle, wird sie sterben. Und ich sterbe auch.« Vielleicht bin ich schon gestorben, vielleicht ist das alles ein Traum – dass die Discarded Unicorns den Campingplatz retten und wir unser Zuhause behalten können. Dass es Caleb besser geht. Dass es Nick gibt.

»Bitte nicht«, sagt Nick und seine Lachfältchen kräuseln sich. »Ich will doch, dass du unser Konzert miterlebst.«

»Glaubst du, dass es reicht? Dass wir genug Geld einnehmen, meine ich?«

»Kommt drauf an. Weißt du, wie viel ihr mindestens braucht, um euch über Wasser zu halten?«

»Nein«, gestehe ich und leichte Verzweiflung wird wieder spürbar. »Ich frage Mom. Was, wenn es zu viel ist?«

»Wir können bestimmt hundert Mäuse pro Ticket nehmen.«

»Hundert Dollar?« Das ist doch verrückt.

»Wie du gesagt hast, alle ihre Konzerte sind ausverkauft. Außerdem musst du die coole Location mitrechnen. Und vielleicht können wir eine Auktion veranstalten, bei der ein Backstage-Treffen mit den Jungs an den Höchstbietenden geht oder so. Dazu noch ein paar Sponsoren, die überall ihr Logo hinpflastern dürfen, und *voilà!*« Er zuckt die Schultern. »Wir machen bestimmt eine schöne Stange Geld.«

»Aber das ist doch garantiert ein Riesenaufwand.« Ich massiere mir die Schläfen. Außerdem bin ich nicht sicher, wie Mom und Red es finden werden, wenn wir eine Riesenparty auf dem Campingplatz schmeißen.

»Tja, du hast Glück, dass du die richtigen Personen kennst. Besser gesagt, die richtige.«

»Was ist mit dem ganzen anderen Kram wie … Sicherheitsleuten oder … Parkplätzen?«

»Lass mich das übernehmen«, sagt er und nimmt meine Hände. »Meine Mutter war Veranstaltungsmanagerin. Und zwar eine richtig gute. Von ihr hab ich das Auge fürs Detail geerbt.«

Ich seufze. »Gibt es eigentlich irgendwas, was du nicht kannst?« Ich werde es schon noch herausfinden.

»Tanzen.«

»Tanzen?«

»Jep. Ich kann einfach nicht tanzen. Nur ein bisschen zur Musik nicken.« Er macht es vor. »Vielleicht mal einen Arm heben, wenn ich richtig gut drauf bin. Mir wurde schon gesagt, dass ich aussehe wie eine Wackelfigur von einem Tyrannosaurus Rex.« Ich kichere. »Das war sogar Alex, der das gesagt hat.«

»Alex … *der* Alex von den Unicorns?«

»Ich hab doch gesagt, wir sind Kumpel. Du wirst doch jetzt nicht vor ihm dahinschmelzen und mich vergessen?« Seine Stimme ist heiser, als er mich an sich zieht.

»Ich schmelze generell nicht dahin«, informiere ich ihn, obwohl genau das gerade passiert. Wenn man meine Füße in die eine Richtung und meine Arme in die andere ziehen würde, würde ich mich dehnen wie ein weiches Stück Karamell.

»Nicht das kleinste bisschen?«

»Nö.« Meine Stimme ist nur ein Flüstern und meine Knie werden weich. Nick hebt mich hoch, schlingt meine karamellbiegsamen Beine um sich und trägt mich in den hinteren Teil der Scheune, wo es dunkler ist.

»Und wenn ich das hier mache?« Er küsst meinen Hals federleicht bis hinunter zum Schlüsselbein. Die völlig entgegengesetzten Empfindungen, die seine weichen Lippen und seine raue Gesichtsbehaarung auslösen, lassen mich den Kopf zurückwerfen. Seine Küsse wandern tiefer. »Oder das …?« Er drückt meinen Rücken an die Wand, seine Hände wandern höher und ich keuche, als die Gefühle übermächtig werden.

Ein lautes Kreischen ertönt, das so viel bedeutet wie »He, habt ihr kein Zuhause?« und mit dem Henry uns mitteilt, dass er über unsere Gesellschaft alles andere als begeistert ist. Nick hebt den Kopf, als erwarte er, dass sich gleich scharfe Krallen auf ihn stürzen. Ich atme tief durch.

»Tut mir leid«, sagt er und stellt meine Füße wieder auf den Boden. »Ich weiß, es ist lächerlich, aber es überkommt mich einfach. Du gibst mir das Gefühl …« Er sucht nach Worten. »Dass ich überhaupt keine Kontrolle mehr über mich habe.« Er fährt sich durch die Haare und tritt einen Schritt zurück. »Deine Mutter … ich mag sie, aber sie würde mich umbringen, wenn sie wüsste, dass ich kurz davor war … über ihre Tochter herzufallen.«

»Herfallen?« Ich ziehe eine Augenbraue hoch. »Das klingt ja, als wärst du Alte Klaue.« Wie schön, dass die Chemie zwischen uns nicht nur mich fertigmacht. Ich fühle mich stark. Er ist nicht der Einzige, der Macht hat. »Übertreibst du nicht ein bisschen?«

»Doch. Ich meine, nein.« Seine Augen sind wie die Sonne und ich bin ganz in Schwarz gekleidet. »Ich habe so etwas noch nie gefühlt. Dabei habe ich schon einige Mädchen kennengelernt.«

Er scheint eine Regung in meinem Gesicht zu sehen, denn er fügt schnell hinzu: »Also, ich meine, wirklich nur kennengelernt.« Er stößt ein frustriertes Geräusch aus. »Komm her«, sagt er und zieht mich zu sich. Ich weiß, wie sich sein an mich gepresster Körper anfühlen wird, und zittere. Ich wünschte, ich könnte ihn ohne die Stoffschichten zwischen uns spüren. *Haut. Zu wenig Haut.*

»Julia?«, ruft eine Stimme. Himmel, warum kann man auf diesem verdammten Campingplatz nicht mal einen Moment allein sein!

»Ja?« Meine Stimme ist heiser. Vage ordne ich die Stimme Dan zu.

»Wir haben ein kleines Problem.«

»Was?« Wenn nicht zufällig gerade jemand ertrinkt, interessiert es mich wirklich nicht.

»Eine der Toiletten ist verstopft und überflutet das Waschhaus.«

Macht der Witze? Das Fieber in meinem Körper schwindet innerhalb einer Sekunde und ich könnte heulen. Plötzlich bin ich stinksauer. Auf Dan, der mich wie eine Leiharbeiterin behandelt. Auf Mom, weil sie nicht genug Geld hat, um Personal einzustellen. Auf Nick, denn wenn er nicht hier wäre, würde ich bei der Aussicht, eine verstopfte Toilette reparieren zu müssen, nicht mit der Wimper zucken. Also, natürlich schon, weil es eklig und nervig ist, aber ich würde mich nicht dafür schämen.

»Wir kommen gleich«, ruft Nick über die Schulter. Er schaut mich an und streicht mir eine Strähne hinters Ohr. »Ich kümmere mich darum.«

Ich sehe ihn verwirrt an. »Du weißt doch gar nicht, wo die Gummiglocke ist.«

»Ich werd sie schon finden.« Er lässt mich stehen, mit weicheren Knien, als ich es je für möglich gehalten hätte, und stapft davon, um sich um den Scheiß zu kümmern, der gerade im Bad abgeht (oder besser gesagt, *nicht* abgeht).

»Ist das widerlich.« Ich beuge mich über Nicks Schulter und ziehe mir das T-Shirt über die Nase, während er mit der Gummiglocke hantiert. Irgendjemand hat beschlossen, eine ganze Rolle Klopapier für seinen mutmaßlich nicht gerade sauberen Hintern zu benutzen.

»Hab schon Schlimmeres gesehen«, knurrt Nick und drückt ein letztes Mal kräftig zu. Der Schmodder löst sich mit einem lauten Plopp. »Ein paar der schlechteren Locations, an denen wir gespielt haben, waren am Ende des Abends ziemlich ekelhaft.«

»Genügend Toiletten«, sage ich, während ich an Wakestock denke. »Noch was, woran wir denken müssen.«

»Wir mieten einfach ein paar Dixi-Klos.«

»Lass mich mal raten. Du kennst da wen?«

»Is' nich mein erstes Rodeo, Baby«, sagt er mit einem breiten Akzent.

»Was soll das sein? Australisch?«

Er blickt überrascht auf. »Nein, Texanisch. Nicht gut?«

»Ich kann weitermachen«, brummt eine raue Stimme hinter uns. Ich drehe mich um und sehe Red mit Eimer, Wischlappen und einem gelben VORSICHT-NASSER-BODEN!-Schild.

»Danke, Red«, sage ich, erleichtert, dem Gestank zu entkommen.

Nick richtet sich auf und streckt die Gummiglocke von sich. »Was soll ich damit machen?«

»Lass sie draußen stehen. Ich nehme sie dann mit«, erwidert Red.

Ich gehe hinüber zum Waschbecken und wasche mir die Hände. »Hast du Calebs Metalldetektor reparieren können?«

»Aber natürlich. Dabei hättest du noch was lernen können.« Er mustert mich forschend.

Ich weiche seinem Blick aus. »Ich habe Nick ein paar Sachen gezeigt.«

Er macht Mhm-mhm, tief in der Kehle. Nick wäscht sich die Hände und mit nur leichten Gewissensbissen überlassen wir Red den Rest.

»Danke«, sage ich.

»Stets zu Diensten, Tink.«

Dan liegt mit Taylor auf einem Handtuch am Strand. Er sieht uns und winkt uns zu sich. »Hey, ihr zwei!« Wir gehen zu ihnen.

»Was gibt's?«, fragt Nick.

»Taylor und ich wollen heute Abend in die Stadt, kommt ihr mit? Könnte lustig werden. Ein Doppel-Date.«

»Wie kommt ihr denn hin?« Ich bezweifle, dass Mr und Mrs Schaeffer sie mit dem Riesenwohnmobil durch die winzigen Straßen fahren lassen.

»Wir dachten, vielleicht könntest du fahren?« Er schenkt mir ein Lächeln, von dem er anscheinend annimmt, es würde seine wahren Motive verschleiern.

»Äh …« Ich weiß nicht, was ich sagen soll. Nick springt mir bei.

»Wir haben schon was vor.«

»Ach ja?« Dan zieht eine Augenbraue hoch. »Bei euch hat es ja wohl richtig gefunkt.«

»Mein Vater kommt heute Abend«, erklärt Nick.

»Was?«, fragen Dan und ich gleichzeitig.

»Ich gehe mit ihm essen. Würdest du uns begleiten?« Nick schaut mich an. Er will mich seinem Vater vorstellen? Na ja, nicht direkt vorstellen, ich habe ihn ja schon kennengelernt, ganz zu schweigen davon, dass ich seinen Sohn direkt vor seinen Augen ins Wasser geschubst habe, aber trotzdem, gemeinsam ins Restaurant zu gehen, erscheint mir ein bisschen … offiziell. Nick beobachtet mich, und ich merke, dass er auf meine Antwort wartet.

Ich schlucke. »Ähm. Klar.«

»Cool. Dann grüßt ihn von mir.« Dan und Taylor gehen Händchen haltend davon.

Nick schaut mich an. »Du musst nicht, wenn du nicht willst.« Halt, jetzt will er also doch nicht, dass ich mitkomme? »Ich dachte nur, vielleicht könnten wir mit ihm reden.«

»Ihm sagen, dass wir nicht verkaufen wollen?«, frage ich mit aufkeimender Hoffnung.

»Ja. Er ist ja kein Unmensch. Vielleicht versteht er es.«

»Vielleicht?« Etwas an Nicks Gesichtsausdruck lässt meine Hoffnung verpuffen.

Er zuckt die Schultern. »Einen Versuch ist es wert.«

»Alles ist einen Versuch wert.«

»Auch, deinem Bruder bei seiner Schatzsuche zu helfen?« Er zieht eine Augenbraue hoch und nun zucke ich die Schultern.

»In den letzten Tagen war er wie ausgewechselt oder besser gesagt, endlich wieder der Alte. Er geht nach draußen und spielt und ist aufgeregt und denkt an andere Dinge als ans Kranksein.« Ich sehe zu ihm hoch. »Und dafür hast du viel getan. Vielleicht findest du es blöd, ihm falsche Hoffnungen zu machen, aber ich habe ihn lange nicht mehr so fröhlich gesehen. Es fühlt sich gut an, meinen kleinen Bruder wiederzuhaben.«

»Das freut mich.«

»Du willst also wirklich, dass ich mit euch essen gehe?« Mir kommt ein Gedanke. »Wo denn überhaupt?«

»Das fragst du mich? Ich dachte, du hättest ein paar Empfehlungen.«

»Hm. Das *Indelicato* ist nicht schlecht. Die Pizza ist der Hammer.«

»Dann haben wir eine Verabredung.« Er lächelt.

»Mit deinem Dad.«

Das Lächeln verblasst. »Mit meinem Dad.«

15

Der rote Fleck wird immer größer, ich tupfe daran herum und verfluche mich insgeheim, dass ich ein weißes Kleid angezogen habe.

»Nun, Julia.« Der tiefe Bariton von Nicks Vater lässt mich von meinem Schoß aufblicken, die Serviette über meinem Wasserglas.

»Ja?«

»Wie läuft es denn so auf dem Campingplatz?« Er nimmt sich noch ein Stück Salamipizza. »Gab es weitere Stegunfälle?«

»Wir haben alle losen Bretter befestigt«, sage ich, tauche die Serviette ins Eiswasser und tupfe unauffällig am Soßenfleck herum. Eiskaltes Wasser tropft auf mein Bein.

»Nick hat erzählt, dass du überaus … kompetent bist.«

»Ja.« Ich weiß nicht, ob ich das weiter ausführen soll. »Mein Großvater hat mir ein paar Sachen beigebracht.«

»Ich habe viel über ihn gehört. Er scheint ein richtiger Charakterkopf gewesen zu sein.«

Ich hebe den Blick. »Von wem haben Sie das gehört?«

»Dans Eltern haben mir von ihm erzählt.« Er deutet mit einem Nicken auf seinen Neffen, der mit Taylor auf der anderen Seite des Raums sitzt und sich begeistert Knoblauchbrot reinschaufelt. Ich hätte mir denken können, dass er mit ihr hierherkommt. Es ist sein Lieblingslokal. Früher waren wir ständig hier. Wie sie wohl hergefahren sind? Ich rutsche auf meinem Stuhl hin und her und sehe Nick an, der den Verkauf noch nicht angesprochen hat. Die Hitze der Pizzaöfen ist erstickend. Und so langsam frage ich mich, ob das kalte Wasser, mit dem ich herumhantiere, den Fleck nicht noch größer macht.

»Ich bin gleich wieder da.« Mit der Handtasche, die ich mir von Mom geliehen habe, den Fleck verbergend, stehe ich auf. Nick lächelt mir aufmunternd zu, und ich wanke in dem einzigen Paar Keilsandaletten, das ich besitze, zu den Toiletten. Bis jetzt war die Stimmung überwiegend angespannt, um es positiv auszudrücken. Seufzend stoße ich die Tür auf. Sie schwingt fest zurück, weil zur gleichen Zeit jemand von innen daran zieht. Ich stolpere und murmele »Verzeihung«.

»Julia?« Beim Klang der vertrauten Stimme blicke ich auf. Es ist Paiges große Schwester Hannah.

»Hallo, Hannah! Wie geht's dir?« Beim Anblick des vertrauten dunklen Haarschopfs und des Gesichts meiner besten Freundin – mehr oder weniger – vermisse ich Paige plötzlich schmerzlich. »Ich wusste gar nicht, dass du diesen Sommer zu Hause bist.« Meine letzte Information war, dass sie mit ihrem Freund in die Stadt gezogen ist. Hannah spricht nach wie vor nicht mit ihrem Dad. Die Scheidung ihrer Eltern war ziemlich unschön. Aber immerhin wollte *ihr* Dad die Beziehung zu seinen Kindern aufrechterhalten.

»Hatte ich auch nicht vor, aber mein Prof hatte andere Pläne.« Sie verdreht die Augen. Hannah macht einen Master in Vogelschutz oder so ähnlich. »Er wollte unbedingt, dass ich bei einem Projekt mitarbeite, das angeblich ›wie für mich gemacht‹ ist.«

»Hast du schon was von Paige gehört?«, frage ich.

»Sie ist doch erst seit ein paar Tagen weg.« Sie lacht. Nick schaut zu uns rüber, fängt meinen Blick auf und zwinkert mir zu.

»Meinte der dich oder mich?«, murmelt Hannah und wendet ihr makelloses Gesicht ab, sodass er sie nicht sehen kann.

»Mich, glaube ich.« Wenn ich ihn allerdings in einem Umfeld wie diesem sehe, bin ich mir da nicht mehr so sicher. Die hübsche Hannah würde viel besser zu ihm passen.

»Ah. Das dachte ich mir.« Sie sieht mich anerkennend an. »Dann schnapp ihn dir.«

»Ich versuch's.« Mein Gesicht ist warm. »Grüß deine Mom von mir.«

»Mach ich.« Ich schaue ihr nach, ihrem ausgeprägten Hüftschwung, der alle männlichen Blicke auf sich zieht, nur nicht Nicks. Ich gehe in die Damentoilette, halte ein Papiertaschentuch unter heißes Wasser und tupfe an meinem Kleid herum. Die orangerote Farbe verblasst, dafür breitet sich ein Wasserfleck aus. Seufzend stelle ich mich unter den Händetrockner, drücke auf den Knopf und ärgere mich, dass ich überhaupt ein Kleid angezogen habe. Das alles ist absolut schräg. Ich will einfach wieder zurück auf den Campingplatz. Als ich es schließlich aufgebe und zu den Constantines zurückgehe, unterhalten sie sich konzentriert. Mr Constantine blickt auf, sieht mich und schenkt mir ein Lächeln. Es soll wohl freundlich wirken, erinnert mich aber irgendwie an einen Fuchs. Ich setze mich.

»Julia, Nick hat gerade erzählt, dass du sehr froh wärst, wenn ihr nicht verkaufen würdet.« Erleichterung durchströmt mich. Endlich.

»Der Campingplatz ist mein Zuhause.«

»Ich verstehe.« Er räuspert sich und sieht mich mitfühlend an. »Aber hast du darüber nachgedacht, was passiert, wenn deine Mutter nicht verkauft?« Ich schaue zwischen den beiden Männern hin und her. Nicks Gesicht verdüstert sich, als sein Vater die Stimme senkt. »Ich habe mir einen Überblick über ihre Finanzen verschafft. Die Lage ist nicht besonders rosig.« Er hält inne. »Ich weiß nicht, was sie dir erzählt hat. Es wird ihr vielleicht nicht gefallen, wenn ich diese Informationen an dich weitergebe, aber ich denke, du solltest es wissen, damit dir das

Ausmaß des Problems deutlich wird.« Nick greift nach meiner Hand, während sein Vater die Stimme noch weiter senkt. »Sie hat Schulden in Höhe von einer Viertelmillion Dollar und steht kurz vor der Insolvenz. Das würde ihre Kreditfähigkeit für die nächsten zehn Jahre zerstören. Mindestens. Sie hätte kein Anrecht auf Dinge wie Kreditkarten, könnte keine Hypotheken aufnehmen und sogar für eine Weile lang keinen Job bekommen. Das wäre wie ein schwarzes Kreuz über eurer finanziellen Zukunft.« Diese kleine Granate wirft er mir in den Schoß, und jegliche Sorge um den Fleck auf meinem Kleid ist wie weggeblasen. Das ist wie ein Fleck auf unserem Leben. Auch auf meiner Zukunft, wenn ich einen Kredit aufnehmen muss, um zu studieren. Ich schlucke und spüre, wie mir das Blut aus den Wangen weicht. »Und dann würden nicht wir das Grundstück kaufen, sondern jemand anders.« Das »wir« tut weh. Ich warte, doch Nick schweigt. Ich muss hier raus, bevor ich mit Knoblauchbrot um mich werfe oder ohnmächtig werde. Ich ziehe meine Hand weg und stehe auf.

»Wir lassen uns etwas einfallen.« Ich drehe mich zu Nick. »Dachte ich zumindest.« Ohne auf eine Antwort zu warten, marschiere ich nach draußen.

»Julia, warte!« Nick läuft mir nach. »Wo willst du denn hin?« Er greift wieder nach meiner Hand und bringt mich sanft zum Stehen.

»Nach Hause.« Mir kommen die Tränen und ich japse nach Luft. »Ich dachte, wir wollten deinen Dad überzeugen!« Ich fühle mich wie eine Idiotin.

»Er war bloß offen zu dir.«

»Und du hast schön die Klappe gehalten!«

»Ich wollte ihn nur seinen Teil sagen lassen. Du hast mir gar keine Gelegenheit gegeben.« Er seufzt. »Ich weiß, wie mein Dad tickt. Wenn er meint, dass man ihn zu irgendwas drängen will, macht er dicht. Wir müssen ihn davon überzeugen, dass es seine eigene Idee ist. Dass er das Grundstück gar nicht haben will.«

Eine Welle der Angst überkommt mich. »Aber was, wenn er recht hat? Mit der Insolvenz und so weiter? Zweihundertfünfzigtausend sind eine Menge Geld.« Ich kann die Tränen nicht mehr zurückhalten und Nick zieht mich an seine Brust. Er legt mir eine Hand auf den Hinterkopf.

»Schhhh«, sagt er und streichelt mir über die Haare. »Alles wird gut.«

Ich weiß, dass das nicht stimmt, aber das ändert nichts daran, dass ich ihm glauben will.

»Dein Dad meint also, unsere Situation sei hoffnungslos«, sage ich, während wir die von Blumen gesäumte Hauptstraße des Städtchens hinunterschlendern. Da wir ein schlechtes Gewissen hatten, einfach vom Tisch aufgestanden zu sein, sind wir wieder zurückgegangen, doch Nicks Vater telefonierte am Handy. Er gab uns ein Zeichen, dass wir gehen könnten. Jetzt sind wir frei.

»Gib nicht zu viel auf ihn«, sagt Nick. »Er ist einfach ein bisschen erschöpft.«

Wer ist das nicht? »Wie meinst du das?«

»Der Tod meiner Mom hat ihn aus der Bahn geworfen. Er hatte so viel Geld, und am Ende konnte es sie doch nicht retten. Ich glaube, er hat das Gefühl, dass er sie im Stich gelassen hat.« Nicks Arm liegt warm und fest um meine Schultern. »Und jetzt geht es ihm nur noch darum, möglichst viel Geld zu machen. Das ist zumindest meine Theorie. Wir reden nicht wirklich darüber.«

»Wie traurig.«

Er zuckt die Schultern. »Ich kenne es nicht anders.«

»Worüber redest du dann mit ihm?«

»Sport. Das Geschäft. Dass ich mein Leben ruinieren werde, wenn ich Musiker werde. Über hübsche Mädchen, die mich vom Steg schubsen.«

»Also nicht nur Oberflächliches.«

»Wir haben ein paar Fortschritte gemacht. Bei diesem Projekt und dem davor sind wir ganz gut klargekommen.« Er muss den Miller-Deal meinen. Ich glaube nicht, dass er sich der Wehmut in seiner Stimme bewusst ist.

»Und jetzt ruinierst du meinetwegen die Beziehung zu deinem Vater.« Ich weiß, wie es ist, seinem Vater nahe sein zu wollen.

»Es ist nicht deine Schuld. Die war schon vorher kaputt.«

»Aber ihr wart dabei, sie zu reparieren.«

Er seufzt und ich schweige.

Er stößt mich an. »Und, wie fühlt es sich an, einen Multimillionär im Restaurant sitzen zu lassen?«

Ich bleibe stehen. »Sollen wir zurückgehen?«

»Nein, er ist schon groß. Er fährt gleich mit dem Mietwagen zum Flughafen.« Mr Constantine hat uns abgeholt, nachdem er kurz mit Mom gesprochen hat. Er hatte noch einige Fragen zum Grundstück – und anscheinend auch zu ihrer Finanzlage.

»Er fährt schon wieder?«

»Er bekommt die volle Berichterstattung nach meinem Urlaub.«

»Ab jetzt hast du also frei?«

»Jep. Bist du sicher, dass ich noch in der Hütte bleiben kann?«

»Ich hab nachgesehen, sie ist nicht reserviert. Du kannst sie morgen an der Rezeption bezahlen.«

»Du weißt, dass ihr dafür viel mehr nehmen könntet, ja?«

»Glaubst du?«

»Ich weiß es.«

Ich blicke die Hauptstraße entlang. Der Weg bis zum Campingplatz ist noch weit. »Wollen wir ein Taxi rufen?« Kaum habe ich die Worte ausgesprochen, halten Taylor und Dan in Reds Truck neben uns am Straßenrand. Ich reiße den Mund auf.

»Hey, Leute, sollen wir euch mitnehmen?«, fragt Dan. Dann sieht er mein Gesicht. »Red hat uns den Wagen von sich aus angeboten, Jules. Er hat gehört, dass ich meine Eltern gefragt habe.« Ich weiß nicht, was ich sagen soll. So dreist muss man erst mal sein.

Nick legt mir beruhigend eine Hand auf den steifen Rücken. »Danke«, sagt er. Dann beugt er sich vor und flüstert mir ins Ohr: »Mach die Atemübung vom Yoga neulich.«

Ich hole tief Luft, gehe ums Auto herum und öffne die hintere Tür auf der Beifahrerseite. Zu Fuß würden wir noch ewig brauchen.

»Wie war euer Essen?«, zwitschert Taylor. »Unseres war ziemlich gut, aber jetzt stinke ich nach Knoblauch.« Sie wedelt mit der Hand vor dem Mund.

»Gut, danke«, sage ich, obwohl ich nur ein paar Bissen Pizza hinuntergebracht habe, bevor alles schiefgegangen ist.

Die Neigung, immer gleich in die Luft zu gehen, ist wirklich nicht förderlich, um eine Mahlzeit zu genießen. Vielleicht ist das alles ein Teufelskreis: Ich bin hungrig, also tue oder sage ich etwas Blödes. Vielleicht könnte ich mein Temperament leichter kontrollieren, wenn ich immer ein paar Müsliriegel mit mir herumtragen würde. So wie Nick.

»Was wollt ihr hören?« Dan fummelt am Radio herum. Mir liegt auf der Zunge: »Dein Gelaber jedenfalls nicht«, aber ich kann mich zurückhalten. Gerade noch.

Ein eingängiger Song kommt aus dem Radio und Nick singt mit. Seine Stimme passt genau zu der des Sängers. Dann geht mir auf: Es ist sein eigener Song! Dan merkt es auch und ich sehe ihn im Rückspiegel eine Grimasse schneiden. Taylor dreht sich zu uns um.

»Echt jetzt? Du bist der Con Man?«, kreischt sie so laut, dass Dan beinahe in den Graben fährt. Ich halte mich am Sitz fest. »Oh mein Gott. Ich wusste doch, dass du mir bekannt vorkommst, aber ich dachte, es läge daran, dass du Dans Cousin bist.« Sie gibt Dan einen Klaps auf den Arm. »Warum hast du mir das nicht gesagt?«

»Überraschung!« Dans Stimme klingt zynisch. »Mein Cousin ist nicht nur der Erbe eines Immobilien-Tycoons, sondern auch noch ein Rockstar.«

»Con Man? Heißt das nicht Betrüger?« Ich sehe Nick an. Er wirkt belustigt.

»Es ist nur ein Spitzname.« Ich denke an das »abgebrühte Constantine-Duo«. Wie viele Spitznamen hat er noch?

»Weil er so eine sanfte Stimme hat.« Taylor schaut über die Schulter. »Er kann einen zu allem überreden.«

Meine Gesichtszüge erstarren. Ist es das, was er mit mir macht?

»Es ist nur ein Wortspiel mit meinem Nachnamen. Meine Freunde haben damit angefangen.« Nick dreht sich zu mir und greift über den Sitz nach meiner Hand. »Ich weiß, was du jetzt denkst«, fügt er leise hinzu. »Aber so ist es nicht.«

Ich schaue aus dem Fenster auf die vorübergleitenden Bäume. Taylor schwatzt weiter und bombardiert Nick mit Fragen zur Band und wie es ist, ein Rockstar zu sein. Nick spielt alles mit seiner bescheidenen Art herunter, und es klingt, als ob er es selbst nicht so richtig glauben kann. Taylor sitzt plötzlich ganz aufrecht da, das Flirt-o-meter steigt sichtlich. Ich tue so, als würde ich nicht zuhören, dabei verschlingen meine Ohren jedes Wort.

»Sag das noch mal. Die Band … kommt hierher?« Taylors Stimme schraubt sich einige Oktaven höher.

»Ja. Ich dachte, es wäre cool, die Jungs zusammenzutrommeln und Julia bei ihrem Problem zu helfen.« Mein Problem? Das klingt so, als hätte ich es selbst verursacht. Taylor flippt weiter aus, während wir in die Einfahrt zum Campingplatz einbiegen.

Sie unterbricht sich. »Ich dachte, du und dein Dad wollt den Platz kaufen? Warum versuchst du dann, ihr zu helfen?«

»Weil er weiß, dass sie ihn so oder so bekommen und er den Helden spielen will, um sie rumzukriegen.« Dan, der bei Taylors Gequietsche stumm geblieben ist, meldet sich endlich zu Wort.

»Was hast du da gerade gesagt?« Nicks Stimme ist ungläubig. Seine Miene verdüstert sich in Sekundenschnelle, ein Tornado aus heiterem Himmel. »Es ist mir egal, dass du mein Cousin bist.« Seine Stimme ist tief und drohend. »Wenn du ein Problem hast, dann sag es.«

»Entspann dich, Kumpel. War doch nur ein Scherz.« Dan verzieht das Gesicht zu einem Lächeln, das eher wie ein verächtliches Grinsen wirkt.

»Ich finde ihn aber nicht witzig.«

»Macht euch locker, Jungs. Dan ist nur ein bisschen eifersüchtig«, sagt Taylor. Wodurch sie die Anspannung im Auto nicht gerade reduziert. Dan verlangsamt vor einer Bremsschwelle und ich schnalle mich ab, öffne die Tür und springe raus.

»Julia.« Ich höre Nicks Stimme, als er mir folgt. Dan fährt weiter, vermutlich um Red den Wagen zurückzubringen. Dem werde ich was erzählen. Ich gehe in Richtung See. Nick ruft wieder nach mir. »Warte.« Etwas in seiner Stimme lässt mich tatsächlich stehen bleiben. »Dan ist ein Blödmann. Das weißt du, oder?« Ich sage nichts. Der Tornado tobt immer noch und ich stehe ihm direkt im Weg. »Du bist also bereit, bei mir vom Schlechtesten auszugehen. Hast du denn gar kein Vertrauen?«

»Schau dir doch Dan an«, platzt es aus mir heraus. »Ich dachte, er wäre … Ich weiß nicht … Aber es war alles eine verdammte Lüge.«

»Dan ist ein Arschloch.«

Ich will ihm von meinem Vater erzählen. Aber ich kann nicht. »Dein Dad will unser Grundstück.«

»Das ist nichts Persönliches. Weißt du, wie selten eine solche Gelegenheit ist? Jeder, der ein bisschen Geschäftssinn hat, würde es haben wollen. Wir sind nur zufällig die Ersten.«

»Und du bist Musiker.«

»Ich *war.*« Seine Stimme ist bitter. »Jetzt nicht mehr. Na und?«

»Du könntest immer noch jede haben, die du willst.«

»Offenbar nicht.« Er sieht mich an. »Hör zu. Ich bin für ein paar Wochen hier. Ich kann dir nichts versprechen. Aber ich mag dich wirklich sehr. Und ich glaube, dass es dir auch so geht. Ich weiß nicht, warum du dich weigerst, das einzusehen, und warum du es mir so schwer machst. Obwohl ich Musik mache und mein Vater Grundstücksmakler ist, bin ich kein schlechter Mensch. Aber ich werde dich zu nichts zwingen. Du weißt, wo du mich finden kannst.« Diesmal ist er es, der sich umdreht und geht.

Ich sehe ihm nach, aber ich folge ihm nicht.

16

Völlig ausgelaugt lege ich mich aufs Trampolin im Garten und starre zu den Wolken empor. Ein Monarchfalter flattert vorbei, vermutlich auf dem Weg nach Süden. Er treibt träge auf der Brise dahin, seine feinen orangefarbenen Flügel sind schwarz geädert und mit schneeweißen Punkten besetzt. Die leuchtenden Farben sind schön, aber eigentlich warnen sie Raubtiere davor, dass er giftig ist. Wirklich schade, dass schlechte Menschen nicht mit ähnlichen Warnsignalen herumlaufen.

Ich seufze. Hat Nick recht? Habe ich ihn unfair behandelt? Wenn er den wahren Grund wüsste, würde er mich vielleicht verstehen. *Warum sagst du es ihm dann nicht?* Ich verdränge die Stimme in meinem Kopf. Was er sagt, ergibt ja Sinn. Und habe ich nicht sowieso längst beschlossen, dass er nur ein Sommerflirt ist? Ich werde ihn schließlich nicht heiraten. Paige würde sagen, ich soll einfach meinen Spaß haben und nicht an morgen denken. Morgen kann sowieso alles den Bach runtergehen. Da muss man nur an meinen Vater und Mom denken. Oder an Caleb. Es hätte alles auch ganz anders kommen können. Er hat Glück gehabt. Wir alle haben Glück gehabt, dass wir hier sind, zufällige Paarungen aus Ei und Samenzelle. Ich blicke dem Schmetterling nach. Obwohl auch er Glück hat, hier zu sein, wird seine Spezies gerade durch Pestizide auf den Pflanzen dezimiert, von denen er sich ernährt. Ich mache mir gedanklich eine Notiz, etwas mehr Seidenpflanzgewächse für die Monarchfalter zu pflanzen, als mein Körper plötzlich zehn Zentimeter in die Luft fliegt. Ich jaule auf.

»Jules.« Caleb kommt in die Mitte des Trampolins gehüpft, wo ich liege.

»Was ist?« Ich stütze mich auf die Ellbogen.

»Rate mal, was ich gefunden habe.«

»Eine Schatztruhe mit Gold, Juwelen und einer mumifizierten Hand?«

Er hockt sich auf die Fersen und schaut mich groß an. »Wieso denn eine Hand?«

Ich zucke die Schultern. »Keine Ahnung. Vielleicht wurde sie dazugelegt, um den Schatz zu bewachen, irgendein alter Fluch oder so.«

»Oh. Das leuchtet ein. Aber du liegst falsch.«

»Verdammt.« Ich lege mich wieder hin und blicke auf, einen Arm vor dem Gesicht, um es vor den letzten Sonnenstrahlen zu schützen. Der Himmel hat sich in verschiedene Purpurschattierungen verfärbt, die Wolken sind pinkfarbene Marshmallows. Caleb beginnt zu springen.

»In Grandpas Tagebuch steht eine Menge über den Reichtum des Bodens.« Er macht Gänsefüßchen in die Luft bei »Reichtum«.

»Klar, die Fische im Wasser, die Rehe im Wald und so weiter und so fort«, sage ich.

»Ich glaube, er hat etwas anderes gemeint.« Er springt höher.

»Was denn?«

»Wusstest du, dass es hier eine alte Mine gibt?«

Ich setze mich auf. Jeder von Calebs Sprüngen hebt mich Millimeter von dem straffen schwarzen Stoff. »Was?« Aber dann kommt es mir irgendwie bekannt vor. Stopp. Wusste ich das?

»Ja«, sagt Caleb begeistert.

»Wo?«

»Ich weiß es nicht genau, aber es steht auf der Karte.«

»Welche Karte?«

»Grandpas Karte. Hab ich dir doch erzählt.«

»Ach ja. Wo ist sie?«

»Ich weiß es nicht. Ein paar Meilen im Wald. Sieht so aus, als wäre sie am Fuß der Berge.«

»Nicht die Mine, die Karte.« Ich stehe auf und fange neben ihm an zu hüpfen.

»Oh. Oben in meinem Zimmer.« Er dreht sich springend zum Haus.

»Hast du sie Mom oder Red gezeigt?«

Er macht einen Überschlag. »Ich dachte, vielleicht könnten wir allein danach suchen.« Sein Vertrauen bricht mir das Herz. »Mit Nick«, fügt er hinzu.

»Du magst ihn sehr, hm?«, frage ich und springe höher.

»Du ja wohl auch.« Er fixiert mich argwöhnisch. »Er ist cool.«

»Ich war mit ihm und seinem Dad essen.«

»Ja, hat Mom erzählt. Wie war's?«

Meine Worte werden durch meine Sprünge unterbrochen. »Ich bin. Nach der halben Pizza. Aufgestanden. Und gegangen.«

»Ein Wunder, dass du die Vorspeise durchgehalten hast.« Sein Grinsen ist ansteckend.

»Der gegrillte Tintenfisch ist einfach zu gut.« Ich mache ebenfalls einen Überschlag und lande auf der Nase. Hab schon länger keinen mehr gemacht.

Caleb lacht. »Wenigstens hast du keine Gläser geworfen.«

Ich rappele mich auf die Knie, was nicht ganz einfach ist, weil Caleb so hoch springt. »Ich hab mich extrem beherrscht.«

Caleb kichert wieder. »Irgendwie passt das Wort nicht zu dir.«

Ich springe weiter mit meinem Bruder und fühle mich zunehmend leichter.

Ich stehe vor Nicks Tür, lausche auf die Klänge der Gitarre und zögere zu klopfen. Die Luft ist feucht und schwer wie kurz vor einem Gewitter. Die Musik lullt mich ein, und ohne weiteres Nachdenken hebe ich die Hand und klopfe leise an, mein Magen flattert und meine Nerven spielen verrückt. Halb hoffe ich, dass er das Klopfen nicht hört, halb brenne ich vor Erwartung. Ich höre, wie die Gitarre abgelegt wird und Schritte näher kommen. Ein Regentropfen landet auf meiner Stirn.

Die Tür öffnet sich.

»Hey.« Nicks Haare sind zerzaust, sie werden allmählich lang und umrahmen dunkle Augen und ein stoppeliges Gesicht.

»Hey.« Ich atme tief ein. Weitere Tropfen fallen. »Darf ich reinkommen?«

Er öffnet die Tür weit. »Klar.« Die Luftfeuchtigkeit trägt den Duft der Zedern herüber. Ich atme noch einmal tief ein und betrete die gemütliche Hütte.

»Es tut mir leid.« Ich drehe mich zu ihm. »Dass ich mich verhalten habe wie …«

»Du musst dich nicht entschuldigen.« Er steht mit den Händen in den Hosentaschen da.

»Doch. Ich war nicht gerade nett zu dir.«

»Das würde ich so nicht sagen«, erwidert er mit einem kleinen zweideutigen Grinsen. Ich werde rot. »Außerdem, wer hat gesagt, dass du nett zu mir sein musst?«

»Meine Mom und Red«, sage ich automatisch. »Sie meinen, das gebietet die Höflichkeit.«

»Na ja, ich finde, es ist dein gutes Recht, ein bisschen … hin- und hergerissen zu sein.« Er kommt auf mich zu, seine Nähe nimmt mir den Atem. »Ich würde einer Löwin auch nicht vorwerfen, dass sie ihr Revier verteidigt, so wie du versuchst, deines zu schützen.«

»Ach, jetzt bin ich also eine Raubkatze?« Meine Stimme klingt heiser, beinahe schnurrend.

Er streicht mir eine Strähne hinters Ohr, wie in der Scheune. »Würde zu deiner herrlichen Mähne passen.« Seine Stimme ist rau. »Kupfer, Erdbeeren und Zimt.«

Meine Knie weigern sich wieder einmal, fest zu bleiben. »Haben nicht nur die Männchen Mähnen?«

»Ach, das sind doch Kleinigkeiten.« Er senkt den Mund auf meinen, dann hält er inne, kurz bevor sich unsere Lippen berühren. »Bist du nur hergekommen, um dich zu entschuldigen?«

»Nein. Ich bin hergekommen … um dich zu sehen.« Meine Stimme zittert über die Regentropfen hinweg, die mittlerweile aufs Dach und gegen die Fenster prasseln.

»Warum?«

»Weil ich dir sagen will, dass du recht hattest. Ich habe dich falsch eingeschätzt. Und ich will dir etwas erzählen. Über meinen Vater.« Er hebt den Kopf, sein Gesicht ist ernst, aber offen, und er wartet, bis ich die Worte gesammelt habe. Ich hole tief Luft und beginne. »Er ist weggegangen, kurz nachdem Caleb geboren wurde. Ich war acht. Meine letzte Erinnerung an ihn ist, dass er in mein Zimmer kam und mir einen Abschiedskuss gegeben hat. Er sagte, er habe mich lieb und werde zurückkommen. Ich weiß nicht, wohin er gegangen ist und was er gemacht hat. Ich habe erst später verstanden, dass er uns verlassen hat. Vielleicht lag es am Stress mit zwei kleinen Kindern und an der Arbeit rund um die Uhr. Vielleicht wollte er nur eine kurze Zeit wegbleiben. Oder vielleicht brauchte er nur eine Pause und wollte irgendwann zu uns zurück.« Meine Stimme schwankt bei »zurück«. Nick sagt nichts, er nimmt nur meine Hand in seine. »Tja, er ist nie zurückgekommen.« Meine Kehle ist eng. »Er hat eine andere kennengelernt. Sie haben ein Baby bekommen. Er ist irgendwo mit seiner neuen Familie. In Toledo, als ich das letzte Mal nach ihm gesucht habe. Wir waren ihm nicht genug. Ich habe es irgendwie verarbeitet, trotzdem denke ich, wenn Menschen gehen, immer noch, dass sie nicht zurückkommen. Dass sie da draußen etwas Besseres finden.«

Nick legt die Arme um mich und drückt mich an seine Brust. »Das tut mir leid, Julia.« Ich weiß, dass er es ernst meint. Gerade er weiß, wie es ist, ein Elternteil zu verlieren. Aber seine Mom hat ihn nicht freiwillig verlassen. Mein Dad uns dagegen schon. »Ich kann mir vorstellen, wie schwer das gewesen sein muss.«

Ich hole noch einmal zitternd Luft und sehe ihm in die Augen. »Außerdem wollte ich dir sagen, dass ich dir vertraue.« Hinter dem Fenster zuckt ein Blitz. Der Regen wird stärker, in der Ferne grollt Donner.

»Da bin ich froh«, sagt er. »Weil ich dir niemals absichtlich wehtun würde.«

»Ich glaube dir.« Ich nehme seine Hand und drehe mich zu der Leiter zur oberen Ebene. Er folgt mir schweigend, als ich wie benommen die Sprossen hinaufklettere. Ich lege mich auf die weiche blaue Decke auf der breiten Matratze, als ein weiterer Blitz Nicks Gesicht durch das Dachfenster erhellt. Ich bin so daran gewöhnt, ein Funkeln in seinen Augen oder den Ansatz eines Grinsens bei ihm zu sehen, dass sein Gesichtsausdruck mich innehalten lässt, als ich die Hände nach ihm ausstrecke. Er nimmt eine und küsst sie sanfter, als ich es erwartet hätte, bevor er sich neben mich legt.

Ich atme aus. »Küss mich.«

»Aber gern.« Er senkt den Kopf und legt seine Lippen auf meine. Er strömt eine solche Hitze aus, dass ich das Gefühl habe, zu verbrennen. Und ich genieße es.

Er löst sich aus unserer Umarmung, sein Atem geht stoßweise. Ich bin froh, dass es nicht nur mir so geht. »Seit dem Abend am Steg gehst du mir nicht mehr aus dem Kopf«, sagt er. »Eigentlich habe ich es ganz gut hingekriegt. Mein Leben zu akzeptieren. Meinen Dad. Und dann kommst du und …«

»Fällst auf die Nase.« Ein Lächeln hebt meine Mundwinkel.

»Fällst auf die Nase.« Er gluckst. »Und stehst wieder auf. Es ist, als würdest du jedes Mal, wenn dich etwas umwirft – das mit dem Campingplatz, Dan und Taylor, dass ich sozusagen im feindlichen Lager bin –, einfach wieder aufstehen. Du kämpfst. Du bist ganz schön mutig, weißt du das?«

Seine Worte sind wie Balsam für mein schmerzendes Herz. »Mutiger als ich.« Ich blicke zu ihm auf. Der Mond kommt hinter den Wolken hervor. »Mutig und schön.« Und obwohl ich nicht gedacht hätte, dass ich Komplimente nötig habe, beruhigt mich auch das.

Er beugt sich vor, seine Lippen streichen über meine und mein Körper biegt sich ihm entgegen, als würde mich eine unsichtbare Schnur an meinem Bauchnabel nach oben ziehen. Der Kuss vibriert in mir und setzt eine Art inneren Gong in Schwung, wie in einem von Moms Kursen. Sie behauptet, der Gong würde unsere Zellen beeinflussen und selbst die kleinsten Partikel unseres Körpers zum Schwingen bringen.

Nicks Küsse bringen meine Moleküle definitiv durcheinander.

Mittlerweile hat der Regen aufgehört und der Mond steht voll am Himmel. »Du hast deine Astronomiestunde immer noch nicht bekommen«, flüstere ich.

»Du bist heller als die Sterne.« Er lässt die Fingerspitze über meine Schulter gleiten, über meinen Oberkörper bis zum Hüftknochen, quer hinüber zur anderen Hüfte und wieder hoch zum Schlüsselbein. »Außerdem«, er rollt sich auf mich und küsst mich auf die Stirn, »war das nur ein Vorwand, damit du mehr Zeit mit mir verbringst.«

»Es interessiert dich also gar nicht, ob du Ursa Major oder Ursa

Minor siehst?« Meine Hände streichen über seine Wirbelsäule, durch das Tal zwischen den harten, glatten Rippenbögen.

Er lacht leise in mein Ohr. »Wagen ist Wagen, oder?«

Ich will ihn korrigieren, doch als seine Küsse über meinen Hals und weiter nach unten wandern, lasse ich es bleiben.

Ich liege neben Nick, den Kopf auf seine starke Brust gebettet, kraule seine weichen dunklen Härchen und blicke wie er durchs Dachfenster. Mein Körper fühlt sich schwerelos an, losgelöst von der Erde, als wäre die Schwerkraft vorübergehend ausgeschaltet worden. Mit ihm zusammen zu sein fühlt sich so perfekt und richtig an. Meine Lippen verziehen sich langsam zu einem Lächeln, das wie das einer zufriedenen Katze aussehen muss. Ein Gefühl der Trunkenheit überkommt mich und ich fühle mich gleichzeitig stark, frei und leicht überwältigt. Paige wird ausflippen. Es ist Mitternacht, die Wolken sind weitergezogen. Bald werde ich gehen müssen, sonst macht Mom sich Sorgen. Doch ich schiebe den Gedanken beiseite und gebe Nick endlich seine Astronomiestunde.

»Der Große Wagen ist eigentlich gar kein Sternbild«, eröffne ich ihm.

Er legt die Hand auf meine und verhakt unsere Finger. »Willst du in dieser Nacht wirklich meine ganze Welt auf den Kopf stellen?«, murmelt er in mein Ohr.

Ich lache. »Es ist eine Sterngruppe. Eine gut erkennbare Sternenkonstellation.«

»Ich dachte, genau das wäre die Bedeutung eines Sternbilds?«

»Nicht ganz. Eine Sterngruppe ist ein auffälliges Muster, das meistens zu einem größeren Sternbild gehört. Der Große Wagen ist Teil von Ursa Major, dem Großen Bären.«

»Ein Kumpel von Alte Klaue, was?«

Ich lächle.

»Was ist mit dem Kleinen Wagen? Ist der auch kein Sternbild?«

»Leider nicht. Er gehört zu Ursa Minor.«

»Dem Kleinen Bären?«

Ich nicke, hebe unsere Hände und zeichne ein Muster. »Du kannst deine eigene Sterngruppe machen. Du musst nur ein Muster am Himmel finden, dessen Form dich an etwas erinnert.«

Er setzt sich auf. »Dann los!«

Ich starre ihn an. »Wo willst du hin?«

»Wir brauchen mehr Himmel.« Er klettert die Leiter hinunter und ich folge ihm. Ich fühle mich aufgekratzt und berauschend glücklich. Wir rennen lachend nach draußen in die Dunkelheit. Nick nimmt meine Hand und wir rennen zum Strand. Der kurze Regen hat die Nachtluft erfrischt, es riecht nach feuchter Erde und die tropfenden Blätter und Pflanzen verströmen einen betörenden Duft. Der Mond ist beinahe voll und rund. Sein Licht schimmert auf dem Wasser in milchigem Weiß.

Nick streift seine Boxershorts ab, rennt ins Wasser und taucht unter. Ich schaue vom Strand aus zu, wie er wieder hochkommt und sich die Haare aus dem Gesicht streicht. Im Mondlicht sieht sein Körper aus wie aus Marmor. »Fühlt sich toll an. Komm rein.«

Ich weiß, dass sich das Wasser warm anfühlen wird, da der Regen die Luft abgekühlt hat. Ich ziehe mir mein Kleid über den Kopf, mutig gemacht vom Mond und der Nacht. Langsam wate ich ins Wasser, Gänsehaut überzieht meine Arme. Ich weiß nicht, was sie verursacht hat, das Wasser oder Nick, der schweigend dasteht und mich ansieht, meinen Anblick in sich aufsaugt.

Ich hole tief Luft und tauche unter. Das Wasser ist himmlisch. Neben Nick tauche ich auf, er greift nach mir und zieht mich in seine Arme. Sein Körper gibt Hitze an meinen ab. Ich hebe den Blick.

»Ist das jetzt genug Himmel?« Ich habe noch nie hellere Sterne gesehen. So viele Milliarden, so weit weg. Ich kann nicht glauben, dass sie jede Nacht da sind und manche Menschen sie wegen der Lichtverschmutzung oder der allgemeinen Geschäftigkeit kaum zu Gesicht bekommen.

»Du hast hier wirklich einen herrlichen Ausblick, Tink«, sagt Nick und blickt auf, die Arme noch immer fest um mich geschlungen. Das Wasser ist nicht tief und ich sitze auf seinen Beinen.

»Ich weiß. Verstehst du jetzt, dass ein Casino das alles ruinieren würde?« Es macht mich traurig, an stumpfsinnige Zombies vor Spielautomaten zu denken, an die all die Schönheit verschwendet wäre.

»Das verstehe ich. Aber was, wenn es kein Casino wäre?« Nick dreht mich zu sich um, sodass ich in Richtung Strand schaue. Ich mustere sein Gesicht.

»Wie meinst du das?«

»Was, wenn wir was anderes mit dem Grundstück machen würden?« Das Mondlicht spiegelt sich in seiner Iris.

»Zum Beispiel?«

»Mein Vater und ich sind Landentwickler. Wir arbeiten nicht für die Leute vom Casino. Wir fungieren nur als Vermittler.«

»Was soll das heißen?« Mein Gehirn fühlt sich benebelt an.

»Das soll heißen, dass wir mitreden können, an wen wir verkaufen.«

»Verkauft ihr nicht an den Höchstbietenden?«

»Normalerweise schon.«

»Und die Leute, die das Casino bauen wollen, sind vermutlich die, die das meiste Geld haben.«

»Im Moment sind sie die Einzigen, die überhaupt von dem Grundstück wissen. Wir suchen schon seit einer Weile nach einem guten Ort für sie und haben ihnen davon erzählt, weil wir dachten, es könnte eine Option für sie sein.«

»Was willst du damit sagen? Wenn noch andere Käufer interessiert wären, hätten sie Konkurrenz?«

»Die Sache mit dem Casino scheint dich ja besonders zu stören. Wenn du deine Mom davon überzeugen könntest, eine Klausel in den Vertrag zu setzen, dass sie nur unter bestimmten Bedingungen verkauft, könnten wir vielleicht eine Möglichkeit finden, die besser zu dem Grundstück passt.«

Ich schaue ihn an, die Beine noch immer um seine Taille geschlungen, knapp unter der Wasseroberfläche. »Ich finde, ein familiengeführter Campingplatz passt am besten.«

»Das finde ich ja auch«, sagt er. »Ich suche nur nach kreativen Alternativen, falls das nicht möglich ist.« Seine Worte machen mich traurig und ich senke die Beine, bis meine Füße den sandigen Grund berühren. Ich weiß, dass das alles nicht seine Schuld ist und dass er sich wirklich Mühe gibt. Aber der Gedanke, mein Zuhause zu verlieren, deprimiert mich. Wo sollten wir dann hin? Was würde ich tun? Eine dicke Träne fällt ins Wasser und bildet kleine konzentrische Kreise. »Sei nicht traurig, Tink. Wir können immer noch an Plan A festhalten und gar nicht verkaufen.«

»Sag mir noch mal, wie genau das funktionieren soll?« Ich wate ans Ufer. Nick folgt mir, eine Hand auf meinem Rücken, über meinem Po. Unbekleidet ernste Gespräche zu führen ist irgendwie verwirrend. Ich schnappe mir meine Klamotten, während der Mond hinter den Wolken verschwindet, und mit ihm meine euphorische Stimmung.

»Das legendäre Wakestock Festival, schon vergessen?« Nick schlüpft in seine Shorts und grinst mich an, weil ich mich sichtlich zusammenreißen muss, um ihn nicht anzustarren. »Mit etwas klugem Social Media Marketing könnten wir genug Geld reinholen, um die Kreditgeber eine Weile ruhigzustellen.«

Ich nicke mit roten Wangen. »Dann lass uns das versuchen.«

»Abgemacht«, verspricht er. »Stell dich auf das verrückteste Wakestock Festival ein, das dieser Campingplatz je gesehen hat.« Wir müssen dringend mit Mom und Red reden – ich hoffe, sie lassen sich darauf ein. Aber wenn Mom nichts dagegen hat, Teile des Campingplatzes für Hochzeiten und Ähnliches zu vermieten, was spricht dann gegen ein kleines Benefizkonzert?

»Und wie lautet noch mal Plan B?« Ich sprinte auf die warme Hütte zu und werfe die Frage über die Schulter. Nicks Schritte knirschen hinter mir im Sand.

»Dein Bruder findet den vergrabenen Schatz?«

»Ach ja.« Ich stoße langsam die Luft aus. »Dann wohl doch lieber Plan A.«

17

In den nächsten Tagen habe ich das Gefühl, dass irgendeine Art thermonukleare Reaktion in mir stattfindet. Wie beim Entstehen eines neuen Sterns passiert es leise, Atome binden sich aneinander, während die Zeit in einem Wirbel elektrisierender Küsse und heimlicher Momente vorbeirauscht. Wir arbeiten an Calebs Spielhaus und selbst die banalsten Tätigkeiten nehmen einen rosigen Glanz an, weil wir zusammen sind. Verrückte Handynachrichten fliegen zwischen den Bandmitgliedern hin und her und machen alles noch aufregender, auch wenn ich nur am Rande beteiligt bin. Nicks Social-Media-Kampagne ist einfach brillant. Am Freitag zeigt die Eventseite bereits, dass mehr als tausend Leute kommen werden. Mir wird ein bisschen schwindlig, als ich die Zahl sehe.

»Glaubst du wirklich, dass wir so viele Leute hier unterbringen können?«, frage ich, während ich über seine Schulter auf das Tablet in seinen Händen schaue.

»Machst du Witze? Hier ist so viel Platz wie bei jedem anderen großen Musikfestival. Guck dir mal das Video an, das die Unicorns gerade gemacht haben, um Wakestock zu promoten. Wenn das online ist, wird sich die Zahl der Zuschauer verdreifachen.« Nick ist voll im Eventmarketing-Modus. Mom und Red könnten ein oder zwei Dinge von ihm lernen. Unser Campingplatz hat nicht mal eine anständige Website.

Mom wirkt vorsichtig optimistisch, wenn auch leicht besorgt über die Größe des Events, aber ich habe ihr und Red erklärt, dass es auch nicht anders sein wird als die diamantene Hochzeit, die wir morgen für die McGregors ausrichten – sozusagen zum Aufwärmen für das große Ereignis.

Nick spielt mir das Video vor. Ich kann nicht glauben, dass die Jungs da über *unseren* Campingplatz sprechen. Sie bewerben das Ganze als Pop-up-Benefizkonzert. Ich frage mich, was Nicks Dad dazu sagen wird, wenn er sieht, dass sein Sohn eine Kampagne führt, um den Platz zu retten, den er kaufen will.

»Euch erwarten Songs von uns und The Con Man, die sich extra für dieses Event noch einmal zusammentun. Mit anderen Worten, es wird legendär. Gibt es was Besseres, als zu guter Musik bei Sonnenuntergang barfuß am Strand zu tanzen?« Das Video endet mit einer Aufnahme von Nick und seiner Band von einem ihrer letzten Konzerte. Es ist schick und professionell gemacht, und ich bin beeindruckt, wie schnell es fertig wurde. Als ich das sage, zuckt Nick nur die Schultern.

»Das hat mein Kumpel Peter gemacht. Er hat die meisten unserer Videos gedreht. Er hat es echt drauf.«

»Du kennst so viele interessante Leute.«

Er hält meinen Blick. »Stimmt. Und die Interessanteste von ihnen ist dieses Mädchen mit Augen wie abgeschliffene grüne Glasscherben und mit Haaren wie goldene Flammen.« Ich werde rot und er lacht, er weiß ganz genau, wie verlegen ich bei seinen albernen Komplimenten werde. Er liebt es, mich aufzuziehen. Trotz der intensiven Funken zwischen uns verleiht er den Dingen eine Leichtigkeit, die mir hilft, meine Sorgen zu vergessen. Caleb scheint es genauso zu gehen. Er hat die letzten Tage damit verbracht, die Nase in Grandpas Tagebuch zu stecken oder undefinierbare Melodien auf der Gitarre zu spielen. Er hatte noch ein paarmal Unterricht bei Nick, der ihn zum nächsten Jimmy Hendrix ernannte. Caleb hat ihn gegoogelt und ist Feuer und Flamme.

»Bist du bereit?«, frage ich Nick. Wir sind auf dem Weg zu Calebs Spielhaus, um den letzten Feinschliff vorzunehmen, wie in einer dieser Renovierungsshows. Wir schmeißen Caleb raus, damit es wenigstens eine kleine Überraschung ist, wenn er das fertige Ergebnis sieht.

»Jep. Ich muss nur noch was aus meiner Hütte holen.« Nick streckt die Hand aus. »Kommst du mit?«

Ich ergreife seine ausgestreckte Hand, in der meine viel kleinere verschwindet. Wir erreichen die Hütte und Nick sagt: »Warte kurz.« Ich bleibe draußen stehen, blicke über den See und die Hitze schießt mir ins Gesicht, als ich daran denke, wie wir gemeinsam im Mondschein geschwommen sind. Die Tür der Hütte fällt zu.

»Was ist das?«, frage ich, als er rauskommt, obwohl ich mir bereits denken kann, was es ist und auch für wen. Es ist ein Gitarrenkasten. Mit Aufklebern und Autogrammen bedeckt, quasi der Inbegriff des Rock'n'Roll.

»Ich hab einen Kumpel gebeten, mir meinen alten Kasten zu schicken.« Er betrachtet ihn stirnrunzelnd. »Oder glaubst du, Caleb würde lieber den anderen behalten?«

»Ich habe Mom schon gesagt, dass er sich einen wünscht.« Es ist süß, dass Nick ihm einen besorgt hat, aber ich glaube, sie hat sich schon drum gekümmert. Obwohl er diesen hier vermutlich wesentlich cooler finden würde.

»Ich dachte nur …«

Dass wir uns nicht mal ein Geburtstagsgeschenk für meinen Bruder leisten können? Der Gedanke ärgert mich, aber ich antworte ruhig. Noch vor wenigen Tagen wäre ich vermutlich ausgerastet, doch jetzt reiße ich mich am Riemen. »Das ist lieb von dir. Er wird sich wahnsinnig freuen.«

»Meinst du wirklich? Jetzt habe ich ein schlechtes Gewissen, dass ich deiner Mom die Idee geklaut habe. Vielleicht kaufe ich ihr den anderen ab. Oder wir tauschen und sie sagt, dass der da von euch ist.«

»Und was ist mit dem Vuitton-Kasten?«

»Ich dachte, den könnten wir beim Wakestock versteigern.« Er grinst. »Vielleicht bringt er uns ja einen kleinen Goldklumpen ein.«

Ich lache. »Das sagt der Richtige.«

»Warum?« Nick sieht mich verwirrt an.

»An dem Abend, als wir uns kennengelernt haben, hast du mich an einen Piraten erinnert.«

Nick grinst. »Damit kann ich leben. Aber ein Pirat mit edlen Absichten.«

»Das sagen sie alle«, necke ich ihn. Nick nimmt den Gitarrenkasten und wirft ihn sich über die Schulter.

»Lässt du mich heute mal ans Steuer?«

»Nur, wenn du vor mir da bist«, rufe ich und renne los. Nick stößt einen Schrei aus und rast mir hinterher, den Gitarrenkasten über der Schulter. Ich bin so kindisch.

»He, das ist unfair!«, ruft er keuchend, mit hüpfendem Gitarrenkasten auf dem Rücken.

»Das Leben ist hart«, rufe ich zurück. Obwohl das Leben eigentlich ziemlich nett war, ihn zu mir zu schicken. Als wir die Quads erreichen, lache ich atemlos und aufgekratzt.

Er lässt den Kasten fallen und umarmt mich stürmisch. »Du hast geschummelt«, beschwert er sich und küsst mich auf den Mund.

»In der Liebe und beim Quadfahren ist alles erlaubt«, witzele ich. Dann erst merke ich, was ich da gerade gesagt habe. »Äh, das war nur ein Spruch«, stammele ich. »Vergiss das mit der Liebe. Ich wollte damit nur sagen, dass ich dich mag.« Ein paar schöne Wochen mit ihm zu verbringen, ist das eine, aber ich habe nicht vor, mich in Nick zu verlieben. Ich weiß, dass es nur vorübergehend ist.

Nick lacht. »Ich mag dich auch.« Er flüstert mir leise ins Ohr. »Ich bin sogar ziemlich verrückt nach dir.« Er küsst mich auf die Nasenspitze und hüllt mich in Glückseligkeit, aber darunter ist plötzlich noch ein anderes Gefühl. Ich will mich lieber nicht genauer damit beschäftigen und halte die Schlüssel hoch.

»Na schön«, sage ich. »Du darfst fahren.«

Ich pinsele die letzte Farbschicht auf die Fensterbank. »Ich hoffe, es gefällt ihm.«

»Er wird ausflippen«, sagt Nick, der gerade einen neuen Türgriff anbringt. Der Akkuschrauber dreht sich mit einem hohen Summen.

»Glaubst du?« Ich lege den Pinsel weg, gehe zur Tür und betrachte unser Werk. Die Hütte hat ein richtiges Facelifting bekommen. Das Alter sieht man ihr immer noch an, aber wenigstens ist sie jetzt sicher und sauber.

»Für Kinder ist das doch ein richtiges Paradies. Ein Rückzugsort im Wald mit einem Hauch von Abenteuer. In dem Alter hätte ich mir so eine Hütte gewünscht. Eigentlich immer noch.«

»Ach ja?« Ich ziehe eine Augenbraue hoch. »Du würdest alles für eine kleine Hütte im Wald aufgeben?«

Schulterzuckend schaut er sich um. »Es ist so friedlich hier.« Er streckt den Arm nach mir aus. »Besonders toll wäre es mit jemandem, der mir Gesellschaft leistet. Und damit meine ich dich.«

»Aber wovon würden wir leben?«, frage ich mich mit halb gesenkten Lidern.

»Wir könnten Beeren sammeln. Jagen mag ich nicht, wir müssten also vegetarisch leben.«

»Das würde meiner Mutter gefallen. Aber glaubst du nicht, dass es uns langweilig werden würde?«

»Ach, uns würde schon was einfallen.« Er senkt den Kopf, unsere Lippen treffen sich. Ich sehe es vor mir. Er, ich. Unser kleines Häuschen im Wald. Das Bild währt nur eine Sekunde, aber es ist real genug, um mir klarzumachen, dass ich mir tatsächlich vorstellen kann, den Rest meines Lebens mit ihm zu verbringen.

Das macht mir Angst. Und ich erkenne darin das Gefühl unter dem Glücksgefühl von vorhin wieder. Denn es ist höchst unwahrscheinlich, dass diese Vorstellung Wirklichkeit wird. Ich löse mich aus dem Kuss und sehe ihn an. Er erwidert meinen Blick.

»Was hast du?«

Tränen steigen mir in die Augen. »Ich versuche ja, einfach im Moment zu leben. Aber ich muss immer daran denken, wie mir zumute sein wird, wenn du gehst.«

Man könnte meinen, dass ich daran gewöhnt bin, an einem Ort wie diesem, wo die Menschen jedes Jahr ständig kommen und gehen. Aber vielleicht stört es mich auch gerade deshalb so sehr. Weil ich es kenne. Ich weiß, wie schnell die Versprechen »Wir bleiben in Kontakt« und »Wir sehen uns bald wieder« verblassen. Die Leute reisen ab und das war's dann. Manchmal kommen sie zurück, meistens nicht. Und wenn sie zurückkommen, ist es oft nicht mehr dasselbe. Vielleicht haben sie sogar eine blonde Model-Freundin im Schlepptau. Für Nick bin ich nur ein Sommerflirt. Mit Dan mag das genug gewesen sein, aber ich weiß, dass es mir bei Nick nicht genug ist. Ich dachte, das wäre es, aber das ist es nicht. Ich muss es beenden. Jetzt.

Ich trete einen Schritt zurück und atme tief ein, bevor die Worte aus mir herausströmen. »Vielleicht sollten wir einfach nur Freunde sein.« Der Wald ist still, die Vögel zwitschern nicht mehr, nicht mal das Laub raschelt. Als ich zu ihm aufblicke, sehe ich sein verletztes Gesicht. Er schüttelt den Kopf.

»Du vertraust mir immer noch nicht.«

Vielleicht nicht. Aber ich glaube, es liegt eher daran, dass ich mir selbst nicht traue.

»Es tut mir leid.« Meine Stimme zittert. »Bitte, sei mir nicht böse.«

Er seufzt und streicht sich frustriert durch die Haare. »Ich bin nicht böse. Nur am Boden zerstört.« Steif stehen wir da. Noch vor Sekunden waren wir uns so nah und jetzt sind wir Lichtjahre voneinander entfernt.

Ich beiße mir auf die Lippe. »Ich kann verstehen, wenn du gehen willst.«

»Ich stehe zu meinen Versprechen, Julia.« Seine Stimme ist kalt. »Ich habe dir und Caleb versprochen, dass ich euch helfe, und das werde ich auch tun.« Die Schuldgefühle scheinen sich auf meinem Gesicht zu spiegeln, denn er seufzt wieder. »Komm her.« Er zieht mich an sich und ich wehre mich nicht. »Na schön. Dann sind wir eben Freunde.« Er küsst mich auf den Scheitel. »Aber es wird mir schwerfallen, die Finger von dir zu lassen.« Dann lässt er mich abrupt los. Der Raum um mich herum fühlt sich ohne ihn leer an. »Bist du sicher, dass du das wirklich willst?«

Nein, würde ich am liebsten schreien. *Nein, will ich nicht. Aber nur so kann ich den schrecklichen Schmerz verhindern, den ich empfinden werde, wenn du gehst.*

Doch ich nicke.

Sein Gesicht ist angespannt, er wendet sich ab. »Na, komm. Holen wir Caleb.«

Ich folge ihm und mir schwirrt der Kopf. Tue ich das Richtige? Die Geräusche des Waldes haben wieder eingesetzt, Zweige knacken unter unseren Füßen, während wir zurück zum Quad gehen. Er wirft mir die Schlüssel zu.

»Du fährst, Tink.«

Wir suchen überall nach Caleb. Meine Aufregung wegen des großen Events wird von dem dumpfen Gefühl gedämpft, etwas komplett falsch gemacht zu haben. Wir fahren hinunter zum See, wo er die letzten Tage mit seinem Metalldetektor unterwegs war, aber dort ist er nicht. Mom und Red, die gerade die Scheune für die Feier morgen vorbereiten, sagen, dass sie ihn schon seit ein paar Stunden nicht mehr gesehen haben. Wir beschließen, zum Haus zu gehen, in der Hoffnung, ihn dort auf dem Trampolin vorzufinden oder festzustellen, dass das andere Quad fehlt. Aber das Trampolin ist leer und das Geländefahrzeug steht an seinem Platz. Seufzend drehe ich mich zu Nick. »Dann ist er vermutlich im Keller.«

»Er kann ja auch nicht den ganzen Tag draußen sein«, sagt Nick. Seit wir den Wald verlassen haben, ist er sehr still.

»Früher war er das«, grummele ich, aber nicht wirklich verärgert. Jetzt, wo er endlich wieder nach draußen geht, kann ich mit ein paar Stunden Gedaddel leben.

Wir laufen nach unten, doch der Keller ist dunkel.

»Wo ist er?«, frage ich laut.

»Vielleicht in seinem Zimmer?«

Wir gehen nach oben, und ich stecke den Kopf durch die Tür. Eine kleine Gestalt liegt mit geschlossenen Augen unter einem Deckenberg. Ich muss mich zusammenreißen, um ihn nicht zu wecken und mich zu vergewissern, dass es ihm gut geht. Der Arme ist wahrscheinlich einfach erschöpft von den Anstrengungen der letzten Tage. Da dreht er sich um und ich sehe, dass seine Haare schweißnass sind und sein Gesicht blasser als sonst.

»Cale?«, sage ich, gehe an sein Bett und lege ihm die Hand auf die Stirn. »Cale?«, wiederhole ich lauter. Nick folgt mir ins Zimmer.

»Hey.« Er öffnet schläfrig ein Auge.

»Ist alles in Ordnung?« Als er im Krankenhaus war, war die Angst mein ständiger Begleiter.

»Ja.« Calebs Stimme ist leise. »Bin nur müde.«

»Soll ich Mom holen?«

»Nee, die hat zu tun.«

»Aber du bist krank.« Meine Stimme klingt panisch. Nick legt mir eine Hand auf die Schulter.

»Ist bestimmt nur eine Erkältung.« Ich bin skeptisch. »Es ist nicht wie vorher, Jules. Das war anders.«

»Du bist ganz heiß.« Ich gehe ins Bad und hole ein Aspirin und ein Glas Wasser. »Trink.«

»Mir ist nur heiß von der blöden Decke«, sagt er und schiebt die Laken beiseite.

»Was hattest du eigentlich?« Nicks Stimme ist leise, neugierig. »Als du krank warst?«

»Guillain-Barré-Syndrom.« Cale sagt es mit perfekter französischer Aussprache.

Nick pfeift. »Klingt ja ausgefallen.« Er lässt sich auf Calebs Schreibtischstuhl nieder. Ich setze mich auf sein Bett.

»Ziemlich ausgefallen.« Caleb grinst schwach.

»Und wie war das?« Ich sehe Nick an, unsicher, ob es eine gute Idee ist, Caleb an seine Krankheit zu erinnern. Doch mein kleiner Bruder stützt sich auf sein Kissen, lehnt sich an das Kopfteil und beginnt eifrig zu reden.

»Es hat wehgetan. Und es war komisch. Als würde mich eine Million Nadeln piksen, unter der Haut.«

Nick verzieht das Gesicht. »Klingt nicht besonders lustig.«

»Es ist eine Autoimmunerkrankung, bei der der Körper die Nerven angreift. Er frisst die Myelinschicht auf, sodass die Nerven freiliegen«, erkläre ich. »Das führt zu Muskelschwäche und Lähmung.« Und manchmal zum Tod. Obwohl die meisten Menschen irgendwann wieder gesund werden.

»Wie hast du es bekommen?«, fragt Nick.

»Keiner weiß genau, warum die Krankheit ausbricht.« Caleb zuckt die Schultern. »Die Ärzte meinten, es könnte daran gelegen haben, dass ich meinen Fuß mal an einer kaputten Bierflasche geschnitten habe, die jemand am Strand liegen gelassen hat oder so.«

»Autsch.«

»Ja. Ich war echt schwach und konnte mich nicht bewegen. Und meine Haut hat sich angefühlt, als wären überall Nadeln. Es ging über den ganzen Körper und ich konnte nicht mehr atmen.«

Ein Schauder überläuft mich, als ich an die langen Wochen denke, in denen er am Beatmungsgerät lag.

Caleb schaut mich an und grinst. »Jules dachte erst, ich würde Theater spielen, weil ich nicht in die Schule wollte.« Ich habe immer noch ein schlechtes Gewissen, dass ich ihn nicht ernst genommen habe, als es ihm schlecht ging. Was, wenn es jetzt etwas Ernstes ist? Wenn es nicht nur eine Erkältung ist, sondern eine Art Rückfall? Es gibt beim Guillain-Barré-Syndrom keine Heilungsgarantie. Manchmal verschwindet die Krankheit endgültig, manchmal aber auch nicht.

»Vielleicht sollten wir lieber ins Krankenhaus fahren und dich durchchecken lassen?«, sage ich.

»Ich will nicht.« Calebs Stimme klingt stur. »Da war ich lange genug. Es ist bestimmt nur ein Schnupfen.«

Ich weiß ja, wie schwer es für ihn war. Gelähmt und davon abhängig zu sein, dass die anderen alles für ihn tun. Wir mussten im Krankenhaus regelmäßig seine Arme und Beine bewegen, damit sich keine

Blutgerinnsel bildeten und er keine wunde Stellen bekam, weil er so lang reglos dalag, an hundert Maschinen angeschlossen, die dafür sorgten, dass er weiteratmete und sein Herz weiterschlug. Mir wird schwindlig und ich gehe ans Fenster. Eine Brise weht herein. Ich hole tief Luft.

»Sie macht sich immer noch Sorgen«, verrät Caleb Nick und ich drehe mich abrupt um.

»Willst du mir das vorwerfen? Diese verrückte Krankheit kann einfach so ausbrechen. Man kann jederzeit krank werden und sterben. Oder einen Herzinfarkt haben und tot umfallen …« Heiße Tränen schießen mir in die Augen und ich stürme mit einem erstickten »Bin gleich wieder da« aus dem Zimmer.

Ich laufe über den Flur und werfe mich so schwungvoll auf mein Bett, dass es ein ganzes Stück verrutscht. Ich blinzle fest, versuche, den harten Klumpen in meinem Hals hinunterzuschlucken, der auf die Größe einer Pampelmuse angewachsen ist, und atme den frischen Wäscheduft meines Kopfkissens ein. Calebs Krankheit hat ihren Tribut gefordert. Von uns allen. Und jetzt, wo das Schlimmste überstanden ist, sehe ich erst, wie sehr sie mich verändert hat. Ich atme tief durch. Wir haben es geschafft. Er wird jeden Tag stärker.

»Das ist also dein Reich?« Nick steht in der Tür.

»Du kannst ruhig reinkommen«, sage ich, setze mich auf und streiche mir die Haare aus dem Gesicht. »Tut mir leid wegen eben.«

»Was meinst du?« Er betritt das Zimmer und scheint es, so groß wie er ist, ganz einzunehmen.

»Dass ich ein solcher Waschlappen bin.«

Er lacht. »Da gibt es viel schlimmere Beispiele. Stört es dich, wenn ich mich setze?« Ich schüttele den Kopf und das Bett quietscht unter seinem Gewicht. »Du hast in den letzten Monaten eine Menge durchgemacht. Es ist nur verständlich, dass du dir um deinen Bruder Sorgen machst. Als meine Mom krank wurde, war ich total fertig. Hab geheult wie ein Baby.« Es fällt mir schwer, ihn mir heulend vorzustellen, aber vermutlich war er damals noch nicht ganz so … männlich.

»Ich weiß. Aber ich will stark sein, verstehst du? Für Mom und Caleb. Sie haben schon genug Sorgen. Da kann ich nicht auch noch durchdrehen.«

»Aber genau dafür ist eine Familie doch da. Man kümmert sich umeinander. Und so, wie ich das sehe, wirkst du ziemlich gefasst.« Er dreht sich zu mir. Sein Körper ist die positive Ladung, die meine negativen Ionen anzieht. Ich will nichts lieber, als den Kopf an seine breite Brust lehnen und seine Arme um mich spüren.

Aber – wir sind nur Freunde. Meine Entscheidung. Schub- und Zugkraft der elektrischen Ströme pulsieren in dem magnetischen Feld um uns herum.

»Jules?« Caleb steht in der Tür. »Mir geht's schon wieder besser. Können wir jetzt die Hütte anschauen?« Das Aspirin scheint zu wirken.

»Bist du sicher?« Ich löse den Blick gewaltsam von Nick und versuche mich wieder zu beruhigen. »Was ist mit Essen? Hast du Hunger?«

»Ach, stimmt ja. Mom hilft bei der Hochzeitsprobe. Sie meinte, wir könnten vorbeikommen und Lasagne mitessen, wenn wir wollen.« Er sieht Nick an und zuckt die Schultern. »Wir schleichen uns gerne mal in die Feiern anderer Leute ein.«

»Ehrlich gesagt ist das der sicherste Weg, um an eine warme Mahlzeit zu kommen«, ergänze ich und werde etwas zuversichtlicher. Caleb hat Hunger. Das ist ein gutes Zeichen. »Wir sind wie Wolfskinder.«

»Kein schlechter Name für eine Band.« Nick lächelt, steht auf und reicht mir die Hand. Es summt spürbar, als sich unsere Energieströme berühren. Ich ziehe die Hand zurück.

»Hmm«, macht Caleb, ohne etwas davon zu bemerken. »Wolfskinder?« Er kräuselt die Nase.

»Klingt vielleicht ein bisschen zu metalmäßig für uns.« Nick kratzt sich am Kinn. Ich schaue zwischen ihnen hin und her.

»Wollt ihr zwei etwa eine Band gründen?«

»Wir arbeiten nur an einer kleinen Nummer für Wakestock«, erklärt Caleb lässig. Ich lege ihm die Hand auf die Stirn. Eindeutig weniger heiß. Also kein Fieber, nur eine fixe Idee.

»Mist, da fällt mir etwas ein. Ich muss noch ein paar Leute anrufen«, sagt Nick. »Ist es okay, wenn ich zum Essen wieder zu euch stoße?«

»Klar«, sage ich und folge den beiden aus dem Zimmer. »Du findest uns beim Knoblauchbrot.«

»Hebt ihr mir welches auf?«

»Kann ich nicht versprechen«, erwidere ich und drehe mich um, um die Tür zu schließen. Mein Blick fällt auf ein paar lose Blätter, die unter dem verschobenen Bett hervorschauen. Vergessene Collegebewerbungen. Es gab mehrere Umweltschutz-Studiengänge, die mich interessiert haben. Paiges Schwester Hannah kommt mir in den Sinn. Vielleicht könnte ich sie bitten, mir zu helfen. Ich folge den Jungs nach unten. Caleb hüpft die Treppe hinunter, ohne sich am Geländer festzuhalten. Er wird wirklich sicherer. Wenn ein geliebter Mensch krank wird, rückt alles andere in den Hintergrund und man konzentriert sich nur noch darauf, einen Tag nach dem anderen durchzustehen. Aber das ist vorbei. Auch wenn es der Weg zum Glück sein mag, in der Gegenwart zu leben, ist es vielleicht wieder an der Zeit, an die Zukunft zu denken.

18

»Geht es dir wirklich besser?«

Caleb klingt genervt. »Vielleicht hab ich einfach was Schlechtes gegessen.«

Wir folgen dem Weg zur Hütte. Trotz meiner unterschwelligen Sorge freue ich mich darauf, sie ihm zu zeigen. »Erwarte nicht zu viel«, sage ich. »Es sind nur ein paar kleine Schönheitsreparaturen, keine Generalüberholung. Nick hat ziemlich viel gemacht.«

»Er ist echt cool, oder?«

»Ja, er ist ziemlich toll.« Ich frage mich, worauf er hinauswill.

»Also, äh, seid ihr jetzt zusammen oder so?«

»Nein. Er ist ja nur für kurze Zeit hier.«

»Aber du magst ihn doch, oder? Also, so richtig.«

Ich habe keine Ahnung, ob ich dieses Gespräch mit meinem kleinen Bruder führen sollte.

»Ich finde, wenn du ihn wirklich magst, solltest du es versuchen.« Seit wann spielt Caleb den Amor?

»Öhm?« Ein undefinierbares Geräusch kommt aus meiner Kehle.

»Das Leben ist zu kurz, man muss das tun, was einen glücklich macht.« Es ist, als hätte er meine Gedanken gelesen.

»Aber was, wenn die Sachen, die uns glücklich machen, uns am Ende doch traurig machen?«

»Ich finde, es hat keinen Sinn, sich deshalb zu sorgen«, sagt Caleb nüchtern. »Es könnte ja auch klappen. Und dann wären die ganze Zeit und die Energie, die du mit Sorgen verschwendet hast, völlig umsonst gewesen. Mach mit der Energie lieber was Positives.«

»Selbst wenn es Narben hinterlässt?«

»Narben erinnern dich daran, dass du überlebt hast.« Er streckt den Arm aus, über den ihn vor nicht allzu langer Zeit eine intravenöse Nadel am Leben gehalten hat. Ich weiß, dass er recht hat. Warum ist es dann so schwer, die Angst vor Verletzungen zu überwinden? Wir erreichen die Lichtung und Caleb bleibt stehen. Die Hütte ist frisch gebeizt und vor den Fenstern hängen grün karierte Gardinen.

»Alles Gute zum Geburtstag im Voraus. Na, wie findest du es?« Meine Stimme klingt nervös. Caleb sagt nichts, geht nur langsam zur Tür. Auf den Fensterbrettern stehen frische Blumen, und der neue Kupferknauf funkelt. Er dreht ihn langsam, die Tür knarrt einladend. Der ausgetretene, von tiefen Rillen durchzogene Holzboden glänzt unter der minimalistischen Einrichtung, die wir auftreiben konnten. Ein paar frisch lackierte Korbstühle, ein sechseckiger Sofatisch. Das alte Sofa konnten wir retten, weil es mit einem Laken abgedeckt war. Ich habe die Kissen ausgeklopft und ein paar Wolldecken darübergelegt, die ich im Schuppen gefunden habe – sie sind sauber und weich und ihre Hässlichkeit ist gerade noch auszuhalten. Ich kann verstehen, warum Grandpa hier gewohnt hat, bevor er und Grandma geheiratet haben. Es ist die perfekte Junggesellenbude.

Die Bücherregale sind geordnet, gebundene Bücher in Farbtönen zwischen blaugrau und beige stehen darauf, die meisten schon vor langer Zeit von ihren Schutzumschlägen getrennt. Die Umschläge, die überlebt haben, sind zerrissen und von Motten zerfressen, umhüllen aber trotzdem noch stolz ihre Besitzer. »Ein Buch hat immer einen Wert, selbst wenn es alt und zerfleddert ist«, höre ich Grandpas tiefe Stimme. »Besonders, wenn es alt und zerfleddert ist. Dann weiß man, dass es gut ist.« Es fällt mir leicht, ihn mir hier vorzustellen, ihn zu fühlen. Ich merke, wie sehr ich ihn vermisse.

»Ist das toll!« Calebs begeisterte Stimme holt mich zurück in die Gegenwart. »Die Hütte ist super geworden!« Die Freude, auf die ich gehofft hatte, springt auf mich über. Er war ja die meiste Zeit hier, während wir gewerkelt haben, und hat auch selbst mitgeholfen, aber, wie Nick gesagt hat: Es ist beeindruckend, welche Wirkung man erzielen kann, wenn man alles in Szene setzt.

»Gut«, sage ich und fühle mich warm und zufrieden. »Das freut mich.« Seine Augen nehmen alles auf. Wir haben die Schranktüren weiß lackiert, passend zu den Korbstühlen, und ein brauner Teppich mit Zickzackmuster bedeckt die gröbsten Risse im Boden.

»Es fühlt sich ein bisschen so an, als wäre Grandpa noch hier. Ich wünschte, ich hätte ihn besser gekannt«, sagt Caleb und geht zum Bücherregal.

»Er war wirklich toll«, sage ich. »Ich kann mich erinnern, wie er dich auf den Knien geschaukelt hat und du dich halb kaputtgelacht hast, wenn er uns etwas vorgesungen oder seine albernen Geschichten erzählt hat. Ein Lied hat er besonders oft gesungen: *You are my Sunshine*.«

»Wie geht es?«, fragt Caleb. Ich räuspere mich und singe ihm die erste Strophe vor.

»Daran erinnere ich mich«, sagt Caleb leise.

»Das würde ihn bestimmt freuen.« Wir schweigen, während die Sonne durch die Fenster scheint, deren Kanten immer noch schwarz sind, obwohl wir sie mehrmals geschrubbt haben. »Wie geht es mit der Schatzsuche voran?«

Seine Schultern sinken nach unten. »Nicht so toll. Ich hab nur eine alte Uhr und ein paar Münzen gefunden. Und Kronkorken.«

»Aber das war ja auch am Strand, oder? Glaubst du nicht, dass er einen weniger öffentlichen Ort gewählt hätte?« Ich zeige um uns.

»Vielleicht hier draußen. Und was ist mit der stillgelegten Mine, die du erwähnt hast? Gab es noch weitere Hinweise?« Schuldgefühle steigen in mir auf. Wir wollten ja eigentlich zusammen suchen und hatten noch keine Gelegenheit dazu.

»Es waren nur ganz wenige Notizen. Die Mine wurde stillgelegt, weil sie nicht viel gefunden haben.«

»Was war es denn überhaupt für eine Mine?«

»Gold.«

Auf unserem Grundstück ist eine alte Goldmine? »Und es war ein Reinfall?«

»Klingt so.« Also keine guten Aussichten auf einen Schatz.

»Was steht noch in dem Tagebuch?«

»Kannst du dich an den Satz erinnern, von dem ich dir erzählt habe? Ich weiß nicht, was Grandpa damit sagen wollte. Er ist irgendwie komisch – poetisch oder wie man das nennt.«

»Was denn?«

Caleb verzieht das Gesicht und zitiert: »*Der Mond ist ein goldenes Band auf warmen silbernen Wassern. Darüber zum Greifen nah die diamantenen Weiten.*«

Ich kichere. Ich kann nicht anders. Er sieht so gequält aus, während er die blumigen Worte aneinanderreiht. »Nicht schlecht, Shakespeare.«

Er deutet einen Boxhieb an. »Halt die Klappe.« Diese Geste hatte er sich angewöhnt, bevor er krank wurde. Es ist das erste Mal, dass er sie wieder macht.

»War doch nur Spaß.« Ich hebe die Hände. »Wollen wir uns das Buch noch mal gemeinsam ansehen?«

»Okay.« Sein Magen knurrt und ich kichere wieder.

»Hunger?«

»Und wie.«

Ich auch, aber nicht auf Lasagne. Mir ist nach einem gewissen Piraten. Einem »Freund«.

»Gehen wir was essen?«

Der Empfang zur Hochzeitsprobe der McGregors ist bereits in vollem Gange. Verschiedene Generationen haben sich unten am See versammelt. Kleine Kinder flitzen herum, schlängeln sich zwischen Beinen hindurch und quieken, während die Erwachsenen sich Grillhähnchen und Kartoffelsalat, Lasagne und Knoblauchbrot schmecken lassen. Niemand bemerkt uns, vermutlich halten uns alle für weitere Enkelkinder.

Das Jubiläumspaar, der Ursprung dieses riesigen Clans, sitzt auf Gartenstühlen, unterhält sich mit Familienmitgliedern und lässt sich feiern. Die Matriarchin ist winzig, ein Vögelchen mit silbernem Haar und einem Lächeln, das nie aus ihrem Gesicht weicht. Sie kommt mir bekannt vor, und ich höre, wie jemand sie Edith nennt. Sie betrachtet ihren Mann mit bewundernden braunen Augen. Auch er kommt mir bekannt vor. Sein weißes Haar ist voll und leicht gewellt, seine Augen sind hell und funkeln, und seine Frau scheint nicht die Einzige zu sein, die ihn anhimmelt. Kinder springen auf seinen Schoß, schlingen die Arme um ihn und wollen Lieder und Geschichten hören. Er erinnert mich an meinen Großvater, wenn auch in einer etwas fröhlicheren Version. Grandpa war eng mit ihm befreundet, genau wie Red, der bestimmt auch hier irgendwo ist. Ich blicke auf und sehe Nick auf mich zukommen, sodass jeder weitere vernünftige Gedanke zum Erliegen kommt.

»Hey«, ruft er und schaut mir in die Augen, während er sich einen Weg durch quirlige Kleinkinder und hinterherhetzende Eltern bahnt.

»Wie schmeckt das Knoblauchbrot?«, fragt er, als er bei mir angekommen ist.

»Vielleicht nehme ich lieber Hähnchen.«

»Echt? Du warst doch so scharf auf das Brot.«

»Aber dann stinke ich nach Knoblauch«, imitiere ich Taylor.

»Na und? Hast du vor, jemanden zu küssen?« Er neckt mich also noch immer. Er geht zum Büfett und nimmt sich eine Riesenportion Lasagne und zwei Stück Knoblauchbrot. Eins davon bietet er mir an. »Hast du gewusst, dass man, wenn zwei Leute Knoblauch essen, es beim anderen nicht riecht?« Ich nehme mein Stück und er beißt in das andere. »Prost«, sagt er und stößt sein Brot gegen meins.

»Prost«, wiederhole ich und versuche, nicht zu viel aus seiner Bemerkung herauszulesen. Schließlich sind wir nur Freunde, erinnere ich mich. Mal wieder.

»Hallo, Nick!« Caleb kommt mit einem Pappteller in der Hand zu uns herüber. »Proben wir heute noch?« Nick blickt von Caleb zu mir. Ich beiße in mein Brot.

»Klar«, sagt er. »Nach dem Essen.«

»Schmeckt es euch?« Mom gesellt sich zu uns, und ich entdecke Red, der sich mit Mr McGregor unterhält. Sie betrachtet das Brot in meiner Hand. »Hol dir doch auch etwas von der Lasagne, Julia. Es ist genug da.«

»Sie kann was von mir haben, das schaffe ich sowieso nicht.« Nick setzt sich ins Gras und winkt mich zu sich. Wir reichen den Teller hin und her und verspeisen abwechselnd die weichen, käsigen Nudeln. Es hat etwas erstaunlich Intimes, gemeinsam von einem Teller zu essen. Aber das machen Freunde wohl so, sage ich mir. Caleb geht davon, um sich Hähnchen zu holen, und Mom schaut ihm nach.

»Wie geht es ihm?«

»Wusstest du, dass er krank war?«

»Er hat gesagt, er hätte Bauchschmerzen, aber nichts weiter Schlimmes. Ich habe Fieber gemessen, es war alles in Ordnung.« Sie lächelt mich an. »Lass mich raten. Du hast dir Sorgen gemacht.«

»Als ich ihn gefunden habe, hatte er Fieber. Ich hab ihm ein Aspirin gegeben. Außerdem, willst du mir das vorwerfen?«

»Überhaupt nicht, mein Schatz. Aber jetzt scheint es ihm gut zu gehen.«

»Es könnte immer einen Rückfall geben.«

Mom seufzt und setzt sich zu uns ins Gras. »Das stimmt, aber du musst versuchen, nicht an alle schlimmen Sachen zu denken, die passieren könnten. Du machst dich nur verrückt.« Nick gibt mir den Teller. »Ich habe gehört, dass du ihm Gitarre spielen beibringst«, sagt sie zu ihm.

»Ja. Er lernt wirklich schnell, seine Hände fliegen richtig.«

»Das muss vom Computerspielen kommen«, sage ich.

Mom lacht. »Wenigstens etwas. Er scheint dich wirklich ins Herz geschlossen zu haben, Nick.«

»Er ist ein tolles Kerlchen.«

»Wie lange bleibst du denn noch?«, fragt sie. Ich verziehe das Gesicht und hoffe, dass Nick ihren »Und was hast du mit meiner Tochter vor?«-Tonfall nicht bemerkt.

»Ein paar Tage.« Nick lächelt ihr beruhigend zu. »Dann habe ich noch ein paar Dinge in der Stadt zu erledigen, bevor das große Event startet.«

»Ach ja, das Festival. Habt ihr da alles unter Kontrolle?« Sie runzelt die Stirn.

»Sie müssen sich keine Sorgen machen, Anna. Ich habe meine besten Leute eingespannt.«

»Es ist wirklich sehr freundlich von dir, dich so … äh … für den Campingplatz einzusetzen.«

»Sie haben hier eben ein herrliches Fleckchen Erde.«

»Ja. Deswegen will dein Vater es ja auch kaufen.« Sie klingt ganz ehrlich.

»Sie wären also auch nicht begeistert, eine Ferienanlage mit Casino hier zu sehen?« Er erwidert ihre Offenheit.

Sie seufzt. »Es würde das ökologische Gleichgewicht völlig durcheinanderbringen. Das Land birgt viele Möglichkeiten, aber es wäre schön, etwas aufzubauen, was die natürliche Umgebung bereichert, und nicht zerstört.«

»Zum Beispiel?«, fragt Nick. Mom sieht ihn verblüfft an.

»Was meinst du?«

»Was sollte denn Ihrer Meinung nach mit dem Grundstück passieren?«

»Na ja, am liebsten würde ich natürlich alles so lassen, wie es ist.«

»Das ist klar. Aber Sie haben gerade von Möglichkeiten gesprochen, deshalb dachte ich, Sie hätten noch andere Ideen.« Mein Kopf geht zwischen den beiden hin und her wie bei einem Tennismatch. Mom spricht mit Nick wie mit einem Erwachsenen. Was er ja auch ist.

»Ich weiß nicht, vielleicht eine Art natürliche Wellnessanlage?«, sagt sie nachdenklich. »Irgendwo auf dem Grundstück soll es sogar heiße Quellen geben. Wir könnten sie für therapeutische Anwendungen nutzen und dazu ein Yoga- und Meditationszentrum bauen. Einen Ort, wo die Leute sich entspannen und regenerieren können. Wie diese Detox-Zentren, die überall aus dem Boden schießen. Wo die Leute wieder mit sich und der Natur in Einklang kommen.«

Ich sehe es vor mir, noch während sie spricht. Es ist perfekt. Ich hatte keine Ahnung von dieser Idee.

»Mom, das klingt super!«

Sie winkt unsicher ab. »Ich spinne nur herum. So was würde eine Menge Geld kosten. Es wäre eine Rieseninvestition.«

»Und wenn Sie den richtigen Investor finden würden?« Nicks Blick ist ruhig.

»Lass mich raten, du kennst da jemanden?«

Nick geht nicht darauf ein und sie fährt fort: »Du scheinst dich ja wirklich sehr für diesen Ort zu interessieren. Und für unsere Familie.« Mein Gesicht bekommt die Farbe von Roter Bete.

»Das kann man so sagen.« Er lächelt sie an, aber seine Augen springen zu mir, und ich habe das Gefühl, einen doppelten Überschlag auf dem Trampolin zu machen.

»Und dein Vater ist einverstanden?«

»Er weiß, dass wir unterschiedlicher Meinung sind.« Er weiß es. Aber ist er auch einverstanden?

»Ist für morgen eigentlich schon alles vorbereitet?« Ich zeige mit einem Nicken auf die versammelten Gäste, um das Thema zu wechseln, auch wenn es Nick nicht zu stören scheint, auf dem heißen Stuhl zu sitzen.

»Sieht so aus. Die Scheune ist sauber und dekoriert, und die Männer bringen morgen die Stühle hinunter zum Strand. Das Wetter soll auch gut werden.« Mom steht auf und klopft sich das Kleid aus. Sie streckt die Hand aus und zieht mich hoch. »Ich möchte nicht, dass Calebs Geburtstag nächste Woche im Festival-Trubel untergeht, deshalb dachte ich, wir machen am Sonntag ein vorgezogenes Geburtstagsfrühstück.«

»Waffelbüfett?« Wir haben schon ewig keins mehr gemacht. Moms Bananen-Quinoa-Waffeln sind der Hammer, und das Beste sind die Beläge, die wir darauf türmen dürfen. Marmelade, Ahornsirup, aber auch geschmolzene Marsriegel, Gummibärchen und M&M's aus dem Kiosk. Geburtstage sind die einzigen Gelegenheiten, an denen Mom bei ihren Ernährungsprinzipien ein Auge zudrückt. Und wenn sie uns lebensverändernde Neuigkeiten mitteilen muss.

»Ja«, sagt sie schaudernd. »Ich habe auch ein paar von Calebs Schulfreunden eingeladen.«

»Echt?« Einige seiner Freunde haben ihn im Krankenhaus besucht, aber als er vollständig gelähmt war, war das ein bisschen viel für die meisten, auch für die Eltern. Menschen mit Kindern werden nicht gern daran erinnert, dass das Schicksal jederzeit zuschlagen kann. Die Besuche wurden seltener und hörten ganz auf, als die Kommunikation für Caleb immer schwieriger wurde. »Weiß er Bescheid?«

»Es ist eine Überraschung. Bitte, sagt ihm nichts.« Sie sieht Nick an. »Würdest du auch kommen?«

»Waffelbüfett? Das lasse ich mir nicht entgehen.«

»Julia, kannst du morgen ein paar Sachen aus der Zuckertüte mitbringen?« Sie sieht mich an. »Heute warst du nicht dort, oder?«

»Oh Mist! Entschuldige.« Ich war so aufgeregt wegen der Hütte, dass ich es ganz vergessen habe. »Hat sich jemand beschwert?«

»Dan und Taylor haben den Laden geschmissen.« Sie seufzt. »Wir müssen jemanden einstellen, wenn Paige nicht da ist. Zum Glück hat Dan dir oft genug geholfen, sodass er keine Probleme damit hatte.«

»Ist ja auch kein Hexenwerk«, murmele ich, bin aber trotzdem dankbar, dass er für mich eingesprungen ist. Ich bin ihm und Taylor in den letzten Tagen so gut wie möglich aus dem Weg gegangen, aber vielleicht ist es an der Zeit, meinen Groll zu vergessen. Wäre er nicht mit Taylor hergekommen, hätte ich mich schließlich nicht in Nick verliebt. Nick legt mir seine warme Hand auf den Rücken, und es fühlt sich an, als wäre sie schon mein Leben lang da. »Braucht ihr Hilfe beim Aufräumen?«

»Ist schon in Ordnung. Es sind genug Gäste hier, wenn alle mit anpacken, geht es ganz schnell.« Mom schaut zwischen Nick und mir hin und her. »Sehen wir uns später zu Hause?« Ich werde rot und frage mich, was sie weiß. Sie nickt uns zu. »Grüß deinen Vater von mir, Nick.«

Dann geht sie zum Büfett, um die Schüsseln und Platten zurechtzurücken.

»Das hat sich gerade angefühlt wie ein Kreuzverhör. Du solltest ihr sagen, dass wir nur Freunde sind.« Nick wirft mir einen Blick zu und räuspert sich. »Oder hast du deine Meinung geändert?«

»Seid ihr fertig?« Caleb und ein Junge, den ich nicht kenne, vermutlich einer der McGregor-Enkel, kommen zu uns gerannt.

»Ja«, sagt Nick. »Stellst du uns deinen Freund vor?«

»Das ist James. Er will mit zum Proben kommen.«

»Kein Problem. Je mehr, desto besser.«

»Njeanjeanjeanjeauuuu!« James' beindruckendes Luftgitarrenspiel zieht unsere Blicke auf sich. Er bläst sich die langen Ponyfransen aus der Stirn. »Geil!«

»Dann bis später, Freundin?« Nicks Lächeln verrät mir, dass er meinen inneren Konflikt spürt.

Ich drehe mich um und sage möglichst ruhig: »Bis später.«

19

Ich komme noch vor Mom nach Hause, gehe nach oben und stelle den Computer an. Mein E-Mail-Programm öffnet sich automatisch, eine neue E-Mail von Paige wird angezeigt. Ich klicke darauf. Meine Augenbrauen schnellen erstaunt nach oben. Sie kommt früher zurück als geplant. Anscheinend kann sie die neue Flamme ihres Vaters nicht ausstehen und hat keine Lust, im romantischen Kyoto mit den beiden Turteltäubchen allein zu sein. Außerdem kennt sie die Stadt schon. Ich drehe meinen Stuhl mit dem Fuß und überlege, was ich ihr schreiben soll. So wie ich Paige kenne, wird es sie ganz verrückt machen, nicht jedes Detail auseinanderpflücken zu können. Ich warte also besser, bis sie wieder zurück ist.

Während ich mich gedankenverloren weiterdrehe, fällt mein Blick auf die Bewerbungsunterlagen unter meinem Bett. Ich hebe sie auf und blättere durch die losen Formulare. Sie sind nur teilweise ausgefüllt. Caleb scheint genau da krank geworden zu sein, als ich zu der Rubrik »Hobbys und besondere Interessen« kam. Die Spalte ist noch leer. Was soll ich auch schreiben? Astronomie? Tischlerei? Umweltschutz? Nick Constantine?

Was mache ich bloß, wenn er geht? Werde ich dann überhaupt noch ein Zuhause haben? Moms Idee mit dem Öko-Spa finde ich richtig gut. Vielleicht sollten wir die Käufer überzeugen, etwas in der Art zu machen. Auch wenn es schrecklich wäre, den Campingplatz zu verlieren, könnte ich es vielleicht verkraften, wenn ich wüsste, dass die Natur erhalten bleibt. Irgendwie habe ich Angst, dass die Menschen weniger mit der Natur verbinden, wenn sie die Natur nicht mehr erleben. Und je weniger sie mit ihr verbinden, desto weniger werden sie sie beschützen wollen.

Seufzend lege ich die Blätter auf den Schreibtisch und gehe in Calebs Zimmer. Er ist noch nicht wieder da. Ich sehe Grandpas Tagebuch auf dem Bett liegen, nehme es und blättere durch die Seiten. Caleb hat überall Anmerkungen hingekritzelt. Da wir beide Linkshänder sind, ist unsere Schrift nicht die ordentlichste. Ein großes Bleistiftsternchen zieht meinen Blick auf sich. Es ist das Gedicht, das Caleb erwähnt hat.

Der Mond ist ein goldenes Band
auf warmen silbernen Wassern.
Darüber zum Greifen nah
die diamantenen Weiten.

»Warme silberne Wasser« erinnert mich an irgendetwas. Was hat Mom über die heißen Quellen gesagt? Wo die wohl sind? Könnte cool sein, danach zu suchen. Vielleicht mit einem gewissen »Freund«.

Ich höre Mom ins Haus kommen. Sie unterhält sich mit jemandem. Es ist Red. Gedämpftes Gemurmel bedeutet, dass sie etwas Wichtiges zu besprechen haben. Natürlich husche ich sofort auf Zehenspitzen zur Tür und strecke lauschend den Kopf in den Flur.

»Ich bin nicht sicher, ob ich verkaufen will, aber ich glaube nicht, dass ich wirklich die Wahl habe.« Moms Stimme ist leise. Mein Herz, das in den letzten Tagen wie wild durch meine Brust geflattert ist, plumpst zu Boden. Es ist genau so, wie Mr Constantine gesagt hat. Die Lage ist ernst. Aber das wusste ich ja schon.

Red antwortet, Mom erwidert etwas und dann höre ich: »Wir reden gleich weiter, ich will nur kurz nach den Kindern sehen.«

»Julia? Caleb?«, ruft sie nach oben.

»Hier«, rufe ich zurück, werfe das Tagebuch wieder aufs Bett und gehe zum Treppenabsatz. »Caleb ist noch nicht da.« Ich laufe die Treppe hinunter.

»Hallo, mein Schatz.« Mom lächelt müde. »Schön, dich hier zu sehen. Mir kommt es vor, als wäre es schon ein paar Tage her, dass du zuletzt zu Hause warst.«

»*Du* wolltest doch, dass ich Nicks Babysitter spiele«, erinnere ich sie, aber meine Stimme ist sanft.

»Stimmt«, seufzt sie. »Und jetzt bist du zur Abwechslung mal zu Hause und Caleb schlägt sich die Nacht um die Ohren.«

»Es ist erst neun, Mom. Wahrscheinlich ist er noch bei Nick. Soll ich den beiden die Party verderben?« Das würde Caleb recht geschehen. Schließlich hat er das die ganze Woche mit mir gemacht.

Sie verschränkt die Arme. »Warum habe ich nur das Gefühl, dass Caleb dann ohne dich zurückkommen würde?« In dem Augenblick geht die Fliegengittertür zu und wir müssen ihre Theorie nicht mehr auf die Probe stellen. Mom dreht sich zu Caleb um, der ins Wohnzimmer kommt. »Wie geht's dir, mein Süßer?«

»Wieder gut«, piepst er mit vor Aufregung glänzenden Augen. »Ich hab bestimmt nur was Komisches gegessen. Apropos Essen, gibt's noch was? Gitarre spielen macht echt hungrig.«

Mom lächelt, die Müdigkeit scheint von ihr abzufallen. »Im Kühlschrank sind ein paar vegane Brownies. Eine Kursteilnehmerin hat sie heute mitgebracht.«

»Agatha?«, frage ich hoffnungsvoll. Sie ist eine von Moms eifrigsten Teilnehmerinnen und bezahlt ihre Kursgebühr manchmal mit Selbstgebackenem. Sehr zu unserer Freude.

»Ja.«

»Und das sagst du erst jetzt?«

Sie verdreht die Augen. »Ich bin gerade erst durch die Tür gekommen.« Wir gehen alle drei in die Küche. Caleb und ich rangeln im Flur um den ersten Platz, und Mom folgt uns. Da sehen wir Red vor dem Kühlschrank stehen, ein Glas Milch in der einen Hand, den Teller mit den Brownies in der anderen und im Gesicht ein schuldbewusstes Grinsen.

»Erwischt«, sage ich und verschränke die Arme.

»Wolltest du die etwa alle allein essen?« Calebs Stimme klingt vorwurfsvoll.

»Äh …« Red fasst sich schnell. »Aber nein. Ich wollte nur schnell einen Happen probieren. Ich wusste doch, dass ihr Waschbären gleich alles wittert.«

Caleb und ich sehen erst uns an, und dann Mom. »Na klar!«, spotten wir alle gleichzeitig.

»Was denn? Darf ein alter Mann sich nicht mal einen Nachtisch gönnen?«, grummelt Red, während er den Teller weiterreicht. »Caleb, wie läuft es mit dem Metalldetektor?«

»Ganz gut«, erwidert der und berichtet von seinen kargen Funden. Ich schnappe mir zwei Brownies, murmele Gute Nacht und laufe mit dem Kuchen in der Hand die Treppe hoch, nun ausreichend gestärkt, um mich noch einmal den Collegebewerbungen zu widmen. Es gibt ja schließlich auch noch das Sommersemester.

Der Morgen der Zeremonie der McGregors ist wunderschön, mit einem tiefblauen, schier endlosen Himmel. Nicks letzte Nachricht gestern Abend hat mir ein paar Träume beschert, die noch süßer waren als die Brownies in meinem Bauch.

Du strahlst heller als jeder Stern.

Der letzte Funke Entschlossenheit, an den ich mich geklammert habe, ist verloschen. Schluss jetzt mit diesem »Freunde«-Blödsinn. Wem will ich etwas vormachen? Die Gefühle, die ich jetzt habe, und die Gefühle, die ich bei seinem Abschied haben werde, werden sich nicht ändern, nur weil ich unserer Beziehung ein anderes Etikett verpasse. Die Träume haben meinen Plan gefestigt, die letzten Tage mit ihm zu genießen. Und zwar voll und ganz und ohne länger zu zögern. Es ist wie ein Sprung vom Steg ins kalte Wasser. Es hat keinen Sinn, zu zaudern, einen Zeh ins Wasser zu stecken oder langsam und qualvoll hineinzuwaten. Nichts davon macht es einfacher. Man muss einfach springen.

Und genau das tue ich jetzt. Aus dem Bett und unter die Dusche. Dann gleich wieder raus. »Mom! Es gibt kein heißes Wasser!«

Keine Antwort.

»Mom?«, rufe ich. Das Haus ist still. Sie scheint noch ein paar letzte Vorbereitungen für die Feier zu erledigen. Ich beiße die Zähne zusammen und springe wieder unter die Dusche, schäume mich da ein, wo es am nötigsten ist, springe wieder raus und verdränge die Frage, warum es kein heißes Wasser gibt. Die Sonne scheint in mein Zimmer, während ich mich anziehe, meine Shorts mit den Farbspritzern und ein Trägertop. Im Haus ist es so still, dass ich einen Blick in Calebs Zimmer werfe. Meine Intuition stimmt: Sein Bett ist leer.

Draußen ist die Luft warm. Hoffentlich trägt Mrs McGregor kein dickes Satinkleid. Heute gibt es viel zu tun. Ich fahre im Golfwagen über den Platz, harke die Plätze der Leute, die früh abgereist sind, sammle Müll ein und reinige die Picknicktische. Pfeifend begutachte ich mein Werk und frage mich, wie viele verschiedene Grüntöne mich wohl gerade umgeben. Von Pistaziengrün, Gelbgrün, Avocado und Limette über dunkles Olivgrün und Minze bis hin zu Pinie und Waldgrün, ein ganzer Regenbogen aus Grün. Unsere Gäste lieben die Üppigkeit von *Charming Pines* und die Abgeschiedenheit der einzelnen Stellplätze. Ich setze mich auf einen der liegenden Baumstämme und blicke zum Wald. Moosbedeckte Rinde, kleine Farne und dicht belaubte Zweige sind zu sehen, und mehrere Baumstümpfe säumen den Platz. Ein Pfad führt ins Unterholz, ausgetreten von aufgeregten Kindern, eifrigen kleinen Waldforschern. Alte umgestürzte Baumstämme haben ihr eigenes Ökosystem gebildet.

»Guten Morgen«, höre ich Nicks Stimme und wirbele herum, während mein Herzschlag sich beschleunigt. Er schwitzt, keucht und hat einen Kopfhörer im Ohr, den anderen in der Hand. »Ist ja toll, dass ich dich hier treffe!«

»Schöner Tag zum Joggen.«

»Wunderschön.« Er grinst mich an. Sein T-Shirt ist schweißnass, aber ich finde es nicht eklig, sondern sexy. Ich reiße mich zusammen, um ihn nicht anzustarren.

»Hör zu, das mit dem Nur-Freunde-Sein …«, beginne ich.

Wortlos kommt er auf mich zu und küsst mich voll auf den Mund. Meine Arbeitshandschuhe fallen lautlos auf den frisch geharkten Kies und jeder zusammenhängende Gedanke verschwindet aus meinem Gehirn. Es wird so ruhig wie in dem japanischen Zen-Garten, den ich versucht habe anzulegen, mit den konzentrischen Kreisen um die Feuerstelle in der Mitte. Das Zentrum besteht aus Hitze. Nick und ich und jede Menge schwelender Flammen.

»Ich wusste doch, dass du es dir anders überlegen würdest«, sagt er grinsend. »Und was ich gerade gesagt habe, bezog sich nicht auf diesen Morgen.« Vage erinnere ich mich an das Wort »wunderschön«. Es bläst noch mehr Sauerstoff auf die Kohlen und meine Gefühle lodern hell auf. »Bis später.«

Das ist keine Frage, sondern ein Versprechen.

Ich hebe benommen die Hand und blicke ihm nach, wie er zum See joggt.

»Weißt du zufällig, wo die Blumen sind?«, fragt mich eine gestresste Frau mit braunen Haaren und einem glucksenden Engel auf der Hüfte, während eine Miniversion von ihr hinter ihrem Rock hervorlugt.

»Da drüben.« Ich zeige auf einen Mann, der Blumen aus einem Transporter lädt.

»Oh, Gott sei Dank.« Sie drückt mir das Baby in den Arm. »Würdest du ihn kurz halten, während ich die Sträuße verteile? Wer sitzt denn jetzt wo?«, murmelt sie vor sich hin, während sie mit dem kleinen Mädchen an der Hand davoneilt. Das Baby und ich mustern uns misstrauisch.

»He, steht dir gut.« Nick kommt auf mich zu, frisch geduscht und adrett in einem weißen Hemd, das sich von seiner gebräunten Haut und den dunklen Haaren abhebt. Das Baby zappelt und stößt einen empörten Schrei aus. Seine Unterlippe beginnt zu zittern.

»Da scheint er anderer Meinung zu sein«, sage ich, mache *schhh* und wippe den Kleinen unbeholfen auf und ab, während ich nach seiner Mutter Ausschau halte. Doch die ist mit den Blumen verschwunden.

»Gib ihn mir mal.« Nick beugt sich vor und nimmt mir das Baby ab. »Na, kleiner Mann. Wollen wir mal schauen, ob wir ein paar Fische sehen?« Mit dem Kind auf der Hüfte geht er zum See, an den Männern vorbei, die Stühle vor einem großen grünen, mit gelben Blumen verzierten Spalier aufstellen. Ich beobachte ihn, wie er mit dem Baby am Ufer steht und leise mit ihm redet, und seufze. Hätte es mich nicht schon längst erwischt, dann spätestens jetzt … Jungs, die gut mit Kinder umgehen können, sind einfach unwiderstehlich. Ich glaube, Kinder können wie Hunde die wahre Natur eines Menschen spüren.

Hm, was sagt das jetzt über mich aus, wenn das Baby auf meinem Arm gemeckert hat? Besser nicht drüber nachdenken.

»Hast du Caleb gesehen?«, fragt Red, der plötzlich hinter mir auftaucht.

»Nein. Ich dachte, er wäre hier mit seinem Metalldetektor unterwegs.«

»Ah. Na, vielleicht ist er in der Hütte.« Er schüttelt den Kopf. »Wirklich toll, dass ihr sie hergerichtet habt. Ich muss sie mir mal anschauen, bevor ...« Er unterbricht sich.

»Bevor wir verkaufen?«, frage ich, während ich weiter Nick mit dem Baby beobachte, das ins Wasser schaut und begeisterte Laute von sich gibt. Red folgt meinem Blick.

»Er scheint ein netter Kerl zu sein«, sagt er und sieht so aus, als wollte er noch etwas hinzufügen.

»Das ist er.« Die Mutter des Babys steuert auf Nick zu. Ohne Kinder im Schlepptau sieht sie viel jünger aus. Sie streckt lächelnd die Hand nach dem Baby aus und der Kleine beugt sich ihr entgegen. Sie blickt zu Nick auf, die Augen mit einer Hand beschirmt, und ich sehe ihr Lächeln. Er sagt etwas, und sie lacht und wirkt noch jünger. »Wann fängt die Zeremonie an?«

Red weiß, dass ich absichtlich das Thema wechsle, aber er bohrt nicht nach. »In etwa einer halben Stunde.«

»Schon verrückt, dass sie seit sechzig Jahren verheiratet sind.«

»Manche Menschen haben eben Glück«, erwidert er.

»Waren meine Mom und mein Dad irgendwann mal glücklich?«, frage ich, ohne zu wissen, warum.

Er zögert. »Ja, waren sie.«

»Weißt du, warum er uns verlassen hat?«

Er räuspert sich. »Vielleicht solltest du lieber mit deiner Mutter darüber reden.«

»Worüber?« Mom gesellt sich zu uns. Sie trägt ein hübsches türkisfarbenes Kleid, das ihre Augen zur Geltung bringt. Ich will die Feierstimmung nicht trüben, deshalb flunkere ich: »Ich habe Red gerade gefragt, warum er keine Freundin hat.«

Mom lächelt belustigt, und Red kommt ins Stottern, verrät mich aber nicht.

»Ähm, ich, also …«, stammelt er, während ich ein schlechtes Gewissen bekomme. Mom erlöst ihn. »Würdest du dem DJ bitte zeigen, wo er seine Sachen aufbauen kann?«

Mit einem entrüsteten Blick auf mich stapft er davon, erleichtert, vom Haken zu sein.

»Was ist denn in dich gefahren, Julia? Der arme Kerl sah ja aus, als würde er gleich in Ohnmacht fallen.«

»Na, aber das ist doch wahr. Und das Gleiche gilt übrigens auch für dich. Wie kommt es eigentlich, dass du keinen Freund hast?«

»Du, Caleb und der Campingplatz sind alles, was ich brauche.«

»Aber du bist doch noch jung, weißt du.« Ich mustere sie prüfend.

»Können wir später darüber reden?«, bittet sie. »Im Augenblick habe ich tausend andere Dinge zu regeln.«

Später, immer später. Aber ich kann ja verstehen, dass sie nicht gern darüber spricht. Ob sie sich deshalb so in die Arbeit stürzt, weil Dad sie verlassen hat?

»Ich werde dich daran erinnern«, sage ich.

»Tu das, Süße.« Jemand ruft ihren Namen und sie umarmt mich kurz, bevor sie davoneilt und auf dem Weg Mrs McGregor zunickt, die in einem hübschen rosa Kleid an uns vorbeigeht. Als sie mich sieht, bleibt sie stehen und lächelt.

»Du siehst genauso aus wie deine Großmutter«, sagt sie zu mir.

»Danke«, erwidere ich. Von alten Fotos weiß ich, dass ich ihr ähnlich sehe. Ihr Blick folgt meinem, der immer noch auf Nick gerichtet ist. Er verabschiedet sich mit einem Winken von dem Baby.

»Ist das dein junger Mann da drüben?«, fragt sie.

Jetzt ist es an mir, zu stammeln. »Äh, na ja … ja. Ich meine, nein. Wir sind nur … ich weiß auch nicht.«

Sie sieht mich mit blitzenden Augen an. »Weißt du, warum ich wusste, dass mein Mann der Richtige war?«

»Warum?«, frage ich, überrascht von ihrer Direktheit.

»Ich wusste es einfach.«

»Das ist alles?« Ich bin ein bisschen enttäuscht.

Sie lächelt geheimnisvoll, wohl das Lächeln der glücklich Verliebten. »Ich weiß, es ist nicht besonders konkret, aber es ist die Wahrheit. Wenn du es weißt, weißt du es. Und wenn du es nicht weißt oder Zweifel hast, dann ist er vermutlich nicht der Richtige.« Ich scheine verwirrt auszusehen, denn sie tätschelt mir den Arm. »Mach dir keine Sorgen, Liebes. Du bist noch jung.« Sie denkt nach. »Obwohl ich selbst erst fünfzehn war, als ich meinen Johnny kennengelernt habe.«

»Edith, kommst du mal bitte rüber?«, ruft ein Mann, wahrscheinlich der Festredner. »Ich möchte kurz den Ablauf mit dir durchgehen.«

»Natürlich«, sagt sie und geht zu dem Grüppchen hinüber, das schon auf sie wartet. Doch vorher berührt sie meinen Arm und sagt freundlich, aber entschieden: »Denk daran, Liebes, wenn du es weißt, weißt du es.« Damit geht sie. Witzig, Taylor hat am Lagerfeuer genau das Gleiche gesagt.

Nick schaut auf den See, die Hände in den Taschen, die Haare von der Brise zerzaust.

Genau das ist es, was mir Angst macht.

20

»Und dann kam ich doch tatsächlich mit zwei Stunden Verspätung zu meiner eigenen Hochzeit!«, ruft Mr McGregor mit erhobenem Glas über das Gelächter der Gäste hinweg. Er schaut seine Frau liebevoll an. »Aber sie hat auf mich gewartet. Und seitdem habe ich sie nie wieder warten lassen.«

Mrs McGregor schnieft mit glitzernden Augen. »Nur jeden Morgen aufs Badezimmer!« Die Gäste johlen und Mr McGregor sagt: »Gut gekontert, meine Liebe. Zum Wohl!«

»Zum Wohl!«, rufen alle. Nick und ich stehen im Hintergrund und sehen dabei zu, wie das glückliche Paar sich küsst.

»Die zwei sind ziemlich cool«, stellt er fest.

»Absolut«, stimme ich zu und muss plötzlich wehmütig an meine eigenen Großeltern denken. Hat Nick nicht bei seinen gelebt? »Siehst du deine Großeltern eigentlich noch oft?«

»Nicht so oft, wie ich es mir wünschen würde«, sagt er. »Sie sind echt toll. Es wäre schön, wenn du sie mal kennenlernen könntest.«

Wow. Ich schaue ihn überrascht an, gerade als Mr McGregor sagt: »Und jetzt kommt ein ganz besonderes Geschenk für meine liebe Frau.« Er schaut suchend ins Publikum. »Wo ist meine Verstärkung?«

»Bin gleich zurück«, flüstert Nick mir ins Ohr.

»Wo willst du hin?«

»Auf die Bühne.«

Caleb wieselt mit seiner Gitarre herbei. Nick grinst und folgt ihm auf das Holzpodest, auf dem die Redner ihre Reden gehalten haben, und der DJ reicht ihm seine Gitarre. Ich bemerke die zusätzlichen Verstärker, als die Jungs prüfend über die Saiten streichen. Nick stellt das Mikrofon so ein, dass Caleb auch drankommt.

»Hallo, alle zusammen. Mein Kollege und ich möchten zu diesem besonderen Anlass gern ein kleines Lied spielen. Es ist sein erstes Mal auf der Bühne, darum bitte ich alle um einen großen Applaus.«

»Bereit?«, sehe ich ihn Caleb fragen. Mein Bruder nickt, er sieht nervös, aber entschlossen aus. »Eins, zwei, drei, vier.« Die Jungs beginnen zu spielen. Die Melodie kommt mir vertraut vor. Dann fangen sie *You are my Sunshine* an, die hohe Stimme meines Bruders harmoniert gut mit Nicks tiefer. Mr McGregor schaut seine Frau an und singt für sie. Er braucht kein Mikrofon, um das Gefühl in seiner Stimme stärker hervorzuheben.

Caleb spielt ein kleines Solo, und ich höre Mom und Red jubeln und pfeifen. Nick singt die bittersüße zweite Strophe allein, sein Blick sucht meinen, und seine Stimme ist so weich wie das Moos auf den Baumstämmen.

Mr McGregor hebt die Arme wie ein Dirigent und alle singen den Refrain mit. Dann lässt Nick das Lied ausklingen. Ein paar Tränchen werden verdrückt, auch von mir, beim Anblick von Caleb auf der Bühne, der so stolz aussieht mit seinen zurückgekämmten Haaren und dem Hemd mit dem lila Kragen, das über der Brust spannt. Weihnachten war ihm das Hemd noch zu groß. Mein Bruder ist gewachsen.

Alle klatschen und pfeifen. Mr McGregor beugt sich zu seiner Frau, um sie zu küssen, und führt sie dann auf die kleine Tanzfläche vor der Bühne. Cale und Nick verlassen die Bühne und kommen in meine Richtung, während der DJ, ein kleiner stämmiger Typ mit einer schwarzen Brille mit dickem Rand und einem dichten schwarzen Bart, einen Song auflegt, in dem eine heisere Männerstimme singt *It had to be you.*

»Sehr schön«, lobe ich, als die Jungs mich an der Rückseite der Scheune erreichen. »Du warst echt toll, Cale!«

»Danke«, sagt er mit roten Wangen. »Ich hab mich einmal verspielt, aber ich glaube, es hat keiner gemerkt.«

»Bestimmt nicht. Du hast alle beeindruckt, Kumpel.« Nick hält Caleb die geballte Faust hin.

Cale zuckt die Schultern und schaut zu Boden. »Es ist ja auch ein einfacher Song, nur ein paar Akkorde.«

»Dafür, dass du erst seit einer Woche spielst, ist es trotzdem ziemlich toll«, sage ich. »Woher wusste Mr McGregor überhaupt, dass ihr Musik macht?«

»Einer seiner Enkel hat mich gestern erkannt und ihm erzählt, dass ich Musiker bin. Er hat mich gefragt, ob wir nicht was Kleines für seine Frau spielen könnten. Der Song war Calebs Idee. Ich habe ihn gebeten, mich zu begleiten, als wir gestern geprobt haben.«

Ich drehe mich beeindruckt zu Caleb. »Du hast den Song in ein paar Stunden gelernt?«

»Ich hatte ja auch einen guten Lehrer.« Er schaut zu Nick. »Kommst du morgen zu meiner Waffel-Party?«

»Das sollte doch eine Überraschung sein!«, sage ich. »Woher weißt du davon?«

»Mom hat James eingeladen und der hat sich verplappert. Keine Sorge, ich lass mir nichts anmerken«, erwidert er.

»He, Cale, das war echt cool!« Der Geheimnisausplauderer geht auf Caleb zu und klopft ihm auf die Schulter. Ach, tut das gut, meinen Bruder mit einem leibhaftigen Jungen in seinem Alter zu sehen anstatt mit seinen Online-Freunden.

»Danke«, sagt Caleb, dann schaut er wieder Nick an, der noch nicht geantwortet hat.

»Ich komme«, sagt Nick.

»Cool.« Er wendet sich an James. »Holen wir uns noch ein Stück Torte?«

James streicht sich die Haare aus den Augen, und die beiden rennen hinüber zum Büfett und lassen Nick und mich stehen. Der DJ verkündet, dass das Jubelpaar alle Gäste auf die Tanzfläche bittet, und legt den Song *Marry you* von Bruno Mars auf. Ich nehme all meinen Mut zusammen und drehe mich zu Nick.

»Darf ich bitten?«

»Du vergisst, dass ich nicht tanzen kann.«

»Oh. Stimmt ja.« Ich schaue zu Boden.

Er nimmt meine Hand und zieht mich zur Tanzfläche. »Aber für dich mache ich eine Ausnahme.«

Die Gäste stehen von ihren Stühlen auf und strömen wie wir auf die sich füllende Fläche. Ein paar Leute gratulieren Nick zu seiner Darbietung, und er lächelt und bedankt sich. Niemand sieht uns an wie Eindringlinge in eine Familienfeier, die wir ja eigentlich sind. Alle wirken wie die große Familie, die ich mir immer gewünscht habe: laut und verrückt, aber herzlich und sehr vertraut. Nick tanzt so schlecht, wie er gesagt hat, und ich muss beim Anblick seiner Einarmiger-Dinosaurier-Moves das Kichern unterdrücken. Aber es macht ihm nichts aus, sich zum Affen zu machen. Er zeigt mit dem Finger auf mich und stimmt stumm in das Lied ein: *»I think I wanna marry you.«* Ich spiele mit und wende mich halb ab, als wäre ich nicht interessiert, aber das Herz schlägt mir bis zum Hals.

Als Nächstes kommt ein langsamer Song und er legt die Arme um mich.

»Das ist eher mein Tempo.« Seine dunklen Augen funkeln mich an, seine Hände gleiten knapp über meinen Po, während ich meine leicht auf seine Schultern lege. Wir wiegen uns vor und zurück.

»Ich hab deine Hände im Blick!«, ruft Mom Nick zu und hebt drohend den Finger, während sie mit Red vorbeitanzt. Ich höre, wie sie vor sich hinmurmelt: »Wann bin ich bloß zu meiner eigenen Mutter geworden?« Ihre offiziellen Pflichten sind für heute wohl erledigt.

»Die fallen nicht in deinen Zuständigkeitsbereich«, rufe ich zurück, und es ist mir egal, dass sie mich mit ihm tanzen sehen. Das erste Mal überhaupt, dass ich mit einem Jungen tanze.

Nick lächelt und legt die Stirn an meine. »Wollen wir an die frische Luft gehen?«

»Okay.«

Er nimmt meine Hand und führt mich von der Tanzfläche. An den weit geöffneten Scheunentüren strömt uns ein willkommener Luftzug entgegen. Ich trage die Haare ausnahmsweise offen und hebe sie an, um Luft an meinen Hals zu lassen.

»Deine Haare sehen schön aus.«

»Danke.« Ich lasse sie wieder los und sie fallen mir über die Schultern und das silbrige Kleid, das Paige gehört und tiefer ausgeschnitten ist, als mir lieb ist.

»Wollen wir runter zum See gehen?« Er stupst mich an. »Sterne gucken? Ich habe gebüffelt.«

»Klar.« Mit einem Gefühl der Kühnheit lasse ich die Hand in seine gleiten. »Euer Auftritt war echt toll. Ich finde es super, dass du meinem Bruder Gitarre spielen beibringst.«

»Nur ein paar Akkorde«, wiederholt er Calebs Worte. »Er ist wie ein Schwamm, er saugt alles auf. Wie gefällt ihm die Hütte?«

»Er findet sie cool. Danke für deine Hilfe.«

»War mir ein Vergnügen. Ich wünschte, ich hätte sein Gesicht sehen können.«

Ich bekomme ein schlechtes Gewissen, dass ich das ganze Lob allein eingeheimst habe. »Stimmt, du musstest ja telefonieren. Wie ist es gelaufen?« Wir erreichen den kleinen Spielplatz auf halbem Weg zum Strand und ich setze mich auf eine der Schaukeln. Nick stellt sich vor mich, eine Hand an der Schaukelkette.

»Ganz gut. Ich glaube, das Festival wird der Knaller.«

Ich blicke zu ihm auf und lasse die Füße durch den Sand gleiten. »Glaubst du, dass wir genug Geld einnehmen werden?«

Er schweigt.

»Nick? Du hast gesagt ›ganz gut‹.«

»Ich habe meinem Vater gesagt, dass wir diesen Deal nicht machen sollten.«

»Wirklich?« Ich würde ihn am liebsten umarmen, aber sein Gesicht ist wieder so versteinert, wie es schon öfter war, wenn er von seinem Vater gesprochen hat. Ich fühle mich schuldig, dass sie wegen dem Campingplatz Streit haben. »Was hat er gesagt?«

Er seufzt und geht um die Schaukel herum. »Das willst du nicht wissen.« Er legt die Hände auf meinen Rücken und schubst mich an. Ich blicke zum dunklen Himmel hinauf.

»Na los, jetzt kannst du mich beeindrucken.«

»Womit?«, fragt er über meine Schulter.

Ich zeige mit dem Kinn zum Himmel. »Du hast gesagt, du hättest gebüffelt.«

»Ah. Na ja. Wusstest du, dass alle zwanzig Monde vom Uranus nach Figuren von Shakespeare und Alexander Pope benannt sind?«

»Das wusste ich nicht.« Ich lehne mich weit zurück, um ihn anzusehen, sodass er beinahe auf dem Kopf steht.

»Die Erde würde drei Millionen Mal in die Sonne passen.« Er geht wieder um die Schaukel herum.

»Auch das wusste ich nicht.« Leicht schwindlig richte ich mich auf.

»Und tausenddreihunderteinundzwanzig Mal in den Jupiter.« Er streckt die Hände aus, umfasst die Ketten, zieht mich vor und hält mich in der Luft.

»Du hast ja wirklich gebüffelt.« Er nimmt meine Hand und führt mich hinunter zum Strand. Ich setze mich in den weichen Sand. »Erzähl mir mehr.«

Er nimmt neben mir Platz, greift in den Sand und lässt ihn durch die Finger rieseln. »Weißt du noch, als du mir gesagt hast, dass auf jedes Sandkorn der Erde zehntausend Sterne kommen?«

»Mhm.«

»Wenn man es so sieht, sind Dinge wie alternative Wirklichkeiten, außerirdische Lebensformen und Zeitreisen völlig plausibel. Wir sehen Licht, das Millionen Jahre alt ist, weil es so lange braucht, um zu uns zu kommen. Wenn jemand uns mit einem Teleskop von der Milchstraße aus beobachten würde, würde er einen Haufen Neandertaler herumrennen sehen.«

»Du glaubst jetzt also an Zeitreisen?«

»Na ja, da unsere eigene Galaxie, die aus etwa vier Milliarden Sternen besteht, nur eine von Billiarden von Galaxien ist, wäre das durchaus möglich.« Er nimmt meine Hand in seinen Schoß. »Ich wünschte, ich könnte selbst ein bisschen durch die Zeit reisen.«

»Was meinst du?«

»Ich würde gern in die Nacht zurückgehen, in der wir uns kennengelernt haben. Dann hätte ich dir sagen können, wer ich bin.« Er seufzt. »Es hätte alles zwischen uns viel einfacher gemacht.«

»Vielleicht.« Vielleicht hätte ich aber auch von Anfang an dichtgemacht und mich nie in ihn verliebt. »Es hätte mir zumindest einen Berg Wäsche erspart«, witzelt er.

»Ich finde, du warst ehrlich.«

Er wartet darauf, dass ich es ausführe.

»Du hast mir vielleicht nicht gesagt, wer du bist, aber du warst ehrlich, weil du einfach du selbst warst: freundlich, zuvorkommend, aufmerksam. Du hast sogar versucht, mir zu helfen, einen Weg zu finden, um … meine Probleme zu lösen.« Ich drücke seine Hand. »Auch wenn der menschenfressende Bär vielleicht nicht deine brillanteste Idee war.«

»Denkst du das wirklich?« Seine Stimme ist leise.

Denke ich das?

»Ich denke, dass du trotz der Gründe, die dich hierhergebracht haben, ein guter Mensch bist. Deine Mom wäre stolz auf dich.« Kaum habe ich die Worte ausgesprochen, bereue ich sie. Wer bin ich, zu beurteilen, was seine Mutter empfinden würde? Ich ziehe die Hand aus seiner, starre beklommen auf den Sand und streiche darüber.

»Sie ist der Grund …« Er unterbricht sich. »Ich muss dir etwas sagen.« Sein Ton ist nüchtern. »Wo wir gerade bei Ehrlichkeit sind.«

Mein Körper verspannt sich.

»Vor ein paar Monaten war ich in einen Deal verwickelt« – er holt tief Luft – »ähnlich wie dieser hier. Ein großes Grundstück. Ein nettes altes Paar. Ein bisschen wie die McGregors.« Er nickt in Richtung der Party, von der Musik und Gelächter zu uns herüberdringen. »Ich habe ihnen Versprechen gemacht, weil ich mich auf Informationen verlassen habe, die sich hinterher als falsch herausstellten. Aber das spielt keine Rolle mehr. Am Ende wurden sie über den Tisch gezogen und das war zum Teil meine Schuld.« Ich sehe die Reue in seinem Gesicht und habe trotz seines Geständnisses – und trotz aller Konsequenzen – Mitleid mit ihm. »Sie haben mir vertraut und ich habe ihr Vertrauen enttäuscht. Ich habe mir geschworen, dass mir so etwas nicht noch einmal passieren wird. Geschäft ist Geschäft, aber das heißt nicht, dass ich nicht so sein kann, wie meine Mutter es sich gewünscht hätte.« Er atmet tief aus. »Ich dachte, das solltest du wissen.« Er sieht mich erwartungsvoll an. Ob ich ihn jetzt verdamme oder ihm seine Sünden vergebe. Ich betrachte den Himmel, und dann ihn.

»Ich wusste von dem Miller-Deal«, sage ich.

»Was?«, erwidert er.

»Dan hat die Sache erwähnt, weißt du nicht mehr? Ich habe einen Artikel im Internet gefunden.«

»Warum hast du nichts gesagt?«

»Ich weiß nicht. Vielleicht wollte ich lieber nicht mehr darüber erfahren.« Aber ich bin froh, dass er es mir erzählt hat. »Für mich klingt es, als wäre es eine wichtige Lehre für dich gewesen. Wie du gesagt hast, es hat dir gezeigt, was für ein Mensch du sein willst.« Ich halte den Ton leicht. »Und dieser Mensch wirkt auf mich ziemlich perfekt.«

»Wohl kaum.« Doch in seinem Gesicht spiegelt sich Erleichterung. »Ich wollte es dir schon längst sagen, aber ich hatte Angst, du könntest denken, dass meine Gefühle für dich etwas mit meinem schlechten Gewissen zu tun haben.« Er nimmt wieder meine Hand, dreht die Handfläche nach oben und fährt mit dem Finger über die Linien. »Denn nichts wäre weiter von der Wahrheit entfernt.«

»Okay«, sage ich und drücke seine Hand, damit er weiß, dass ich ihm vertraue.

»Danke.« Seine Stimme ist schwer wie Ahornsirup. Nicht der nachgemachte Flüssigzucker, sondern der echte, den wir morgen auf unsere Waffeln träufeln werden.

»Mist!« Ich schlage die Hand vor den Mund, atme dabei versehentlich eine Menge Sand ein und huste wie jemand, der seit vierzig Jahren Kette raucht.

»Julia?« Nick klingt besorgt. »Was ist los? Ist alles in Ordnung?«

»Alles okay«, krächze ich. »Ich hab nur total vergessen, die Süßigkeiten für das Waffelbüfett aus dem Kiosk zu holen.« Ich huste wieder, meine Augen tränen und mein Mund ist ganz sandig. »Und ich habe gerade einen Haufen Sand verschluckt.« Ganz ruhig, Julia.

Nick hilft mir auf die Füße. »Ich hol dir von der Party etwas zu trinken und wir treffen uns am Kiosk, in Ordnung?«

»Gute Idee.« Ich warte, bis er weg ist, bevor ich den Sand ausspucke und mir die Zunge abwische. Igitt. Am Kiosk hole ich den Schlüssel aus der Tasche und öffne das Vorhängeschloss. Ich nehme mir eine Coladose und spüle mit der süßen Flüssigkeit den Mund aus, um den Sand loszuwerden. In meinem Kopf spielt sich noch einmal unser Gespräch von eben ab, während ich Calebs Lieblingssüßigkeiten zusammensuche: saure Pommes, Weingummis, M&M's, Himbeerdrops, Colaflaschen und Brausestäbchen. Ich stelle die Schachteln auf die Treppe, schließe wieder ab, türme die Schachteln auf den Unterarm und mache mich auf den Weg zurück zur Party.

Die Scheune kommt mir wie ein lebendiger Organismus vor, in dem die Musik pulsiert, Lichter flackern und Gelächter aufwallt. Die Nachtluft duftet nach Lilien. Draußen sehe ich Mr McGregor, der eine Tanzpause macht und sich mit seinem roten Taschentuch über die Stirn wischt. Er unterhält sich mit Nick, der zwei Gläser in der Hand hält. Was hat Mrs McGregor vorhin gesagt? Wenn man es weiß, weiß man es?

Ich will auf sie zugehen, als ein Schatten meinen Weg kreuzt.

»Julia.« Die Stimme ist leise, sanft.

Dan.

21

»Hey.« Ich sehe ihn über den Schachtelturm hinweg an. »Was machst du hier?«

»Kann ich dir was abnehmen?«

»Danke, geht schon.« Ich schaue mich um. »Wo ist Taylor?«

»Abgereist.«

»Was? Warum?«

»Es ist kompliziert.« Er streicht sich mit einer Hand die blonde Surfermatte aus den himmelblauen Augen. »Aber hauptsächlich wegen dir.«

»Wegen mir?« Ich bin total verdattert. »Was hab ich ihr denn getan?«

»Entschuldige, ich hab mich falsch ausgedrückt.« Er kommt einen Schritt näher, das Licht der Party umhüllt ihn mit goldenem Glanz. »Wegen mir. Und wegen meinen Gefühlen für dich.«

»Was?«, frage ich wieder.

»Ich habe ihr gesagt, dass ich noch Gefühle für dich habe.«

Mir fallen fast die Schachteln aus der Hand. »Und was für Gefühle, bitte?«

»Gefühle, die nie weggehen und jeden Sommer wiederkommen. Genau wie ich.«

So viel zu alternativen Realitäten.

»Du kommst jeden Sommer hierher, weil unsere Eltern befreundet sind und ihr den Campingplatz liebt«, erinnere ich ihn und begreife nicht ganz, was er mir sagen will.

»Es war meine Entscheidung.«

»Es war auch deine Entscheidung, deine Freundin mitzubringen.«

»Ich weiß. Das war dumm. Sie hat sich sozusagen selbst eingeladen und ich konnte nicht Nein sagen.«

»Ich bin ziemlich sicher, dass du es gekonnt hättest.« Ich schaue über seine Schulter. Nick unterhält sich immer noch mit Mr McGregor, aber er hat mich bemerkt. Seine dunklen Augen wandern in meine Richtung, doch er macht keine Anstalten, herüberzukommen. »Erklär mir bitte mal, warum du deine Freundin an einen Ort mitnimmst, an dem eine andere wie eine Idiotin auf dich wartet? Das kapier ich einfach nicht.«

Er verzieht das Gesicht. »Der Idiot bin ich.« Ich widerspreche nicht. Er nimmt mir die Schachteln ab, stellt sie auf einen der Picknicktische und holt tief Luft. »Dich mit meinem Cousin zu sehen, hat mir klargemacht, wie stark meine Gefühle für dich sind. Ich glaube, ich bin verliebt in dich.«

»Wie bitte?« Meine Stimme beginnt zu zittern. Aber nicht vor Freude. Sondern vor Wut. »Wie kannst du es wagen!«

»Was wagen? Den Mut zu haben, meine Gefühle zuzugeben und zu versuchen, alles wieder in Ordnung zu bringen?« Seine Stimme ist ruhig, aber es liegt ein herausfordernder Ton darin. »Du weißt, dass wir eine ganz besondere Verbindung haben. Und zwar schon seit fünf Jahren.«

»Diese ganz besondere Verbindung konnte offensichtlich nicht mit Miss Amerika mithalten.« Ich will mir die Süßigkeiten schnappen, um hier zu verschwinden. Wenn sie nicht für Calebs Geburtstag wären, würde ich sie einfach stehen lassen.

»Ich verstehe ja, dass du sauer bist. Ich bitte dich nur, hinter deine Wut zu schauen und mir zu sagen, ob da noch etwas ist.«

»Warum sollte ich?«, zische ich.

»Weil du mir wirklich wichtig bist. Okay, ich hab's vermasselt, aber wenigstens versuche ich nicht, dich um den Finger zu wickeln, damit ihr den Campingplatz verkauft.«

Meine Schultern werden steif. »Wie bitte?«

»Komm schon, Jules, sei nicht naiv. Findest du es nicht selbst komisch, dass der Sohn des Mannes, der ein Vermögen mit eurem Campingplatz machen will, sich zufällig für dich interessiert?«

Ich hasse mich selbst dafür, aber seine Bemerkung weckt die kleine Stimme in meinem Hinterkopf, die ruft: *Ich hab's dir doch gesagt!*

»Was meinst du damit, ein Vermögen?«

»Er bekommt nicht nur die Provision, die Firma hinter dem Casino bietet ihm auch einen Riesenbonus, wenn er deine Mom zum Verkauf überredet, ganz abgesehen von dem Anteil an den Einnahmen, wenn die Anlage und das Casino gebaut sind.«

»Du lügst.«

Er schüttelt den Kopf. »Ich behaupte ja nicht, dass er sich nicht für dich interessiert. Schau dich doch an. Aber glaubst du wirklich, dass ihr unter anderen Umständen auch zusammengekommen wärt?«

Da hat er nicht unrecht, sagt die Stimme. Ich befehle ihr im Stillen, zu verduften. Was ich Dan übrigens auch gern befehlen würde.

Ich marschiere los und rufe über die Schulter: »Ich glaube, du schaust zu viele Krimis.«

»Schon möglich«, ruft er mir nach. »Hat er dir eigentlich gesagt, dass mein Onkel hier ist?«

Ich bleibe stehen, das Kinn auf der Schachtel Gummischlangen. Schon wieder? Ich hoffe wirklich, der Typ unternimmt was, um seinen ökologischen Fußabdruck auszugleichen. »Na und?«

»Er will deiner Mom morgen den Vertrag vorlegen. Nicks ganzer Wakestock-Mist ist völlig bedeutungslos. Nur ein Ablenkungsmanöver, um dir falsche Hoffnungen zu machen. Genau wie er selbst.«

Eine Wolke schiebt sich vor den Mond und die Nacht wird noch dunkler. Dan nähert sich mir von hinten und streichelt mir über den Nacken. »Ich bin der Einzige, der den Mumm hat, dir die Wahrheit zu sagen. Der Platz ist so gut wie verkauft, Jules.« Ich starre stur geradeaus, während mir eine dicke Träne über die Wange kullert. Und da ist er auch schon: Mr Constantine, lächelnd, vital, so gut aussehend wie sein Sohn. Nick stellt ihn Mr McGregor vor. Wer seine Party am Strand feiert, riskiert eben, dass jeder vorbeikommen und ihm die Laune verderben kann. Mr McGregor schüttelt Mr Constantine die Hand und sagt etwas, was ihn zum Lachen bringt und dazu veranlasst, Nick auf die Schulter zu klopfen. Nick sieht verblüfft, aber erfreut aus.

Dan legt einen Arm um mich und den Süßigkeitenturm. »Es tut mir leid, Jules.«

Ich schüttele ihn ab. »Noch ist nichts unterschrieben.« Hoffe ich wenigstens. Ich muss Mom finden.

»Vielleicht ist es ja wirklich das Beste für dich und deine Familie. Hier seid ihr nur am Schuften. Wäre es nach dem ganzen Stress im letzten Jahr nicht schön, den finanziellen Druck los zu sein? Eine Auszeit zu nehmen? Irgendwo Urlaub zu machen, wo es warm ist?«

»Hier ist es warm.«

»Ich meine, das ganze Jahr über.«

Ich drehe mich wütend um. »Erst erzählst du mir, dass du mich liebst, und dann willst du, dass ich irgendwo hinfahre, wo es warm ist. Was denn jetzt?«

»Ich will das, was für dich am besten ist.« Er steht ganz gerade da und seine Augen sind ehrlich, aber diese Ehrlichkeit kommt zu spät.

Er deutet mit dem Kinn auf Nick. »Und nicht nur das, was zufällig gerade in den Zeitplan passt und am besten für Papas Firma ist.«

Ich weiß einfach nicht, was ich glauben soll. Hatte ich recht mit Nick und unrecht mit Dan? Dann hätte ich also jetzt unrecht mit Nick und von Anfang an recht mit Dan? Ich schüttele den Kopf und beschließe, zur Abwechslung mal abzuwarten, bevor ich voreilige Schlüsse ziehe.

»Gute Nacht, Dan.« Ich drehe mich um und lasse ihn stehen.

22

»Tink.« Der Kies knirscht unter Nicks Schritten.

»Hi.« Meine Stimme ist tonlos. Dass ich versuche, keine voreiligen Schlüsse zu ziehen, heißt nicht, dass Dans Worte mich kaltgelassen hätten.

»Was ist los?«

»Nichts.«

»Ich habe gesehen, dass du mit Dan geredet hast. Man muss kein Genie sein, um zu merken, dass er dich irgendwie verärgert hat.«

»Herzlichen Glückwunsch, du bist kein Genie.«

»Kann ich dir helfen?«

»Nein!« Ich presse die Süßigkeitenschachteln an die Brust und marschiere weiter.

»Okay. Willst du darüber reden?«

»Nicht wirklich.« Ich behalte das Tempo bei. »Reden wir lieber über dich. Ich wusste nicht, dass dein Dad heute Abend kommt.«

»Ich auch nicht.«

»Ach nein?« Aus dem Augenwinkel sehe ich, dass er beim Klang meiner scharfen Stimme zusammenzuckt.

»Du kannst ihn fragen.« Er gestikuliert mit dem Glas in seiner Hand. Mein Wasser, nehme ich an.

»Und warum sollte ich ihm glauben?«

Ich fühle, dass er sich zusammenreißt, um nicht die Geduld zu verlieren. »Er ist kein schlechter Mensch. Es ist nicht alles schwarz und weiß, Tink. Er denkt, dass er deiner Familie hilft.«

»Ich würde eher sagen, er hilft sich selbst.«

»Für ihn wäre der Deal auch nicht schlecht«, gibt er zu.

»Genau wie für dich. Ihr zwei arbeitet doch zusammen. Ihr seid ein Team. Sein Bonus ist dein Bonus.«

»Ich habe dir schon gesagt, dass es mir nicht ums Geld geht.«

»Du verzichtest also auf ein paar Millionen Dollar für ein Mädchen, das du gerade erst kennengelernt hast?«

»Ein ziemlich tolles Mädchen.« Seine Stimme ist ruhig. »Und es ist nur Geld.«

Tränen schießen mir in die Augen. Ich wünschte, ich wüsste, was ich glauben soll. Außerdem könnte ich wirklich einen Schluck von diesem Wasser gebrauchen. »Hast du mir deshalb von diesem anderen Deal erzählt? Wolltest du mich darauf vorbereiten?«

Er seufzt. »Tink, hast du gesehen, dass ich gerade mit Mr McGregor geredet habe?«

»Ja.« Ich blicke nach vorn, auf die Lichter unseres Hauses.

»Willst du wissen, worum es ging?«

»Er will bei eurer Band mitspielen?«

Er ignoriert meinen Sarkasmus. »Er hat zu mir gesagt, dass ich dich festnageln soll.«

»Was?«

»Na ja, nicht wörtlich. Aber er hat gesagt, er hätte uns in den letzten Tagen beobachtet, und er denkt, unsere Beziehung sei etwas Besonderes. Außerdem hat er gesagt, dass er und Mrs McGregor etwa in unserem Alter waren, als sie zusammengekommen sind, und jetzt sind sie hier – sechzig Jahre später.«

Fast das Gleiche hat sie auch zu mir gesagt. »Hast du ihm erklärt, dass es heutzutage anders läuft?«

»Nein. Ich habe ihm zugestimmt.«

»Und hast du deinen … Interessenskonflikt erwähnt?«

»Ja. Er fand es sehr schade, dass deine Mom darüber nachdenkt, den Campingplatz zu verkaufen. Er und dein Großvater scheinen eng befreundet gewesen zu sein.« Er hält inne. »Ich will mich ja nicht selber loben, aber er meinte, dein Großvater hätte mich gemocht.«

Wir erreichen die Einfahrt.

»Es ist ja auch leicht, dich zu mögen«, erwidere ich leise. Vielleicht zu leicht.

»Danke. Heißt das, du bist nicht sauer auf mich?« Bin ich sauer auf ihn? Ich habe doch beschlossen, ihm zu vertrauen. Es wäre ziemlich schwach, damit aufzuhören, kaum dass jemand mein Vertrauen auf die Probe stellt.

»Ich bin nicht sauer auf dich«, sage ich. Vielleicht bin ich die größte Idiotin der Welt, aber das bin ich immer noch lieber als die größte Zynikerin. Glaube ich zumindest. Mir fällt etwas anderes ein.

»Dan hat behauptet, dein Vater hätte schon den Vertrag aufgesetzt.«

»Das stimmt.«

»Seit wann weißt du das?«

»Seit gestern Abend.«

»Das war wohl das Gespräch, das nicht so gut gelaufen ist?« Ich hole tief Luft. »Warum hast du es mir nicht gesagt?«

»Wollte ich ja. Vorhin am Strand. Aber dann habe ich von meiner Mom angefangen und du hast einen Haufen Sand verschluckt«, sagt er und hält mir das Glas hin, das er mir bis hierher hinterhergetragen hat. »Ich war mit dem Wasser und dem zweiten Geständnis auf dem Weg zu dir. Es tut mir leid, dass du es von Dan erfahren hast. Kannst du mir verzeihen?«

In dem Augenblick ertönt ein lautes Rülpsen, gefolgt von Gekicher. Es kommt aus der Ecke, in der das Trampolin steht.

Ich lasse Nicks Frage unbeantwortet, gehe ums Haus und stelle meine Schachteln auf der Treppe ab. »Caleb?«

Noch mehr Gekicher. Die Lampe über der Haustür schaltet sich durch den Bewegungsmelder an.

»Julia?« Mein Bruder schaut mich an, die Haare zerzaust, die Wangen vom Springen gerötet. Der glasige Ausdruck seiner Augen kommt mir bekannt vor. Sein neuer BFF James liegt auf dem Rücken und rülpst das Alphabet. Entzückend.

»Was treibt ihr hier?« Ich entdecke Süßigkeitenpapier auf dem Trampolin. Die beiden scheinen einen Zuckerflash zu haben.

»James wollte Quad fahren.«

»Im Dunkeln ist das nicht die beste Idee«, sage ich.

»Ich weiß.« Er zieht die Nase kraus. »Deshalb hab ich ja auch vorgeschlagen, hierherzukommen.«

Schlaues Kerlchen. »Hat James schon mal auf einem Quad gesessen?«

»Irgendwann ist immer das erste Mal!«, ruft James, durchbrochen von weiteren Rülpsern.

»Igitt. Was habt ihr gegessen?« Ich wedele mit der Hand.

»Alles.« Er grinst mich an. »Aber keiner wollte mir ein Bier geben.«

Nick stellt sich neben mich. »Du weißt sicher, dass man mit zwölf nur auf Antigua, Barbuda und in der Zentralafrikanischen Republik Alkohol trinken darf, ja?«

»Cooool. Ich bin dreizehn. Lass uns da hinziehen«, sagt James, steht auf und vollführt ein paar schwindelerregende Saltos.

»Woher weißt du das?«, frage ich Nick.

Nick grinst und hebt die Hände. »Ich habe seinerzeit ein bisschen recherchiert, als mein Dad mich beim Trinken erwischt hat. Ich brauchte eine gute Ausrede.«

James hört auf zu springen. »Vielleicht hätte ich das dritte Stück

Torte doch lieber weglassen sollen.« Er beugt sich über den Trampolinrand und kotzt.

»Okay, Kleiner, wir bringen dich jetzt zu deinen Eltern zurück.« Nick hilft James vom Trampolin, wobei er darauf achtet, nicht in die Pfütze am Boden zu treten.

»Sorry«, murmelt James. »Morgen wisch ich es weg. He, ist das eure Katze? Ich wollte immer eine Katze. Aber Mom ist allergisch.« Er springt in die Dunkelheit auf eine kleine schwarze Gestalt zu. »Miezmiez!« Zu spät sehe ich den weißen Streifen, als sich der Schwanz drohend aufrichtet.

»James, stopp!«, rufe ich.

Er macht einen Satz nach vorn, und das Stinktier sprüht los und setzt einen entsetzlichen Gestank frei, der uns alle stolpernd zurückweichen lässt. Ich hebe die Hände vors Gesicht, während Nick sich schützend vor Caleb und mich wirft. Der überwältigende Schwefelgeruch brennt in meinen Nasenlöchern. James jault auf. Er ist von oben bis unten getroffen.

»Zum See!«, rufe ich und wir rennen los. Mein einziger Gedanke ist, so weit wie möglich von diesem üblen Geruch wegzukommen. Wir laufen ans Ufer, wobei wir die verblüfften Blicke der letzten Gäste auf uns ziehen. Vollständig bekleidet stürzen wir uns ins Wasser.

Ich komme wieder nach oben und reibe mir die Augen. Der Gestank ist immer noch da. Ich tauche erneut unter, obwohl ich weiß, dass das Wasser ihn nicht abwaschen wird.

Eine kleine Traube Schaulustiger hat sich gebildet. Ich sehe Mom und Red in unsere Richtung schauen. Mr McGregor und ein anderer Mann kommen ans Ufer und bleiben dort stehen.

»James!«, donnert der Mann neben Mr McGregor.

»Ja«, antwortet der kläglich. Der Schock des Stinktierangriffs und das unerwartete Bad im See scheinen ihn etwas ernüchtert zu haben.

Der Mann wedelt sich vor der Nase herum. »Großer Gott, was ist das?«

»Entweder raucht da jemand schlechtes Pot oder es war ein Stinktier.« Mrs McGregor taucht hinter Mr McGregor auf, der sein Taschentuch zückt und es seiner Frau reicht.

Mein Mund steht offen. Hat sie das gerade wirklich gesagt?

»Es gibt nur einen Weg, den Gestank loszuwerden«, erklärt sie mit blitzenden Augen über dem roten Taschentuch. »Backpulver, Wasserstoffperoxid und Geschirrspülmittel. Wirkt wie ein Zauberelixier.«

Ich würde alles tun, um diesen Gestank loszuwerden. Mr Constantine ist ebenfalls ans Ufer gekommen und steht wie üblich aus dem Ei gepellt da, während wir aus dem Wasser waten. »Immer wenn du in der Nähe bist, landet mein Sohn voll bekleidet im See«, murmelt er, als ich an ihm vorbeigehe. Ich verkneife mir die Bemerkung, dass er einmal sogar überhaupt nicht bekleidet war, und laufe zu Mom.

»Sollen Caleb und ich noch beim Aufräumen helfen?«

»Äh … nein danke, mein Schatz.« Mom wedelt sich ebenfalls mit der Hand vor der gerümpften Nase. »Geht schon mal zurück. Red und ich kümmern uns um das Gröbste. Ihr könnt morgen beim Rest helfen.«

»Alter, du bist echt schnell!«, höre ich James zu Caleb sagen. Die Jungs toben immer noch im Wasser herum. Mom und ich schauen uns überrascht an. Ihr steigen Tränen in die Augen und ich drehe mich um. James hat recht. Caleb ist wirklich schnell. Er hatte keine Mühe, auf dem Weg zum See mit uns mitzuhalten.

Er ist blass und atemlos, aber er lacht. »Wenn man vor einem wilden Tier wegrennt, kommt es nur darauf an, schneller zu sein als der andere. Oder die andere«, fügt er mit einem Blick auf mich hinzu.

»Gib nicht so an, Cowboy, das war ein Stinktier und kein Grizzlybär«, rufe ich, aber ich kann mir das Grinsen nicht verkneifen.

Er zuckt die Schultern. »Diesmal vielleicht.« Nick lacht und bespritzt ihn mit Wasser.

Ich eile mit einem Stoffbeutel mit den von Mrs McGregor genannten Zutaten zum See zurück. Anscheinend muss man die Mixtur direkt nach dem Anrühren verwenden. Mom hat mich zu Nick geschickt, der seine Hütte erst wieder betreten darf, wenn er stinktierfrei ist. Caleb und ich haben uns vor dem Haus eingerieben und mit dem Gartenschlauch abgespritzt, doch das Stinktierparfum liegt noch immer schwer in der Luft. Unsere Kleidung habe ich in einem weiteren Beutel dabei.

Eine kleines Grüppchen Gäste hält sich noch vor der Scheune auf, lachend und schwatzend, junge Leute, vermutlich alle möglichen Nichten und Neffen. Ich hebe grüßend die Hand und sie prosten mir zu. Obwohl es schon nach elf und damit eigentlich Nachtruhe ist, sage ich nichts – ich will ihnen den schönen Abend nicht verderben. Nick wartet unten am Wasser mit einem blauen Handtuch um die Schultern. Ich rümpfe die Nase, als ich näher komme. »Na, Stinki.«

Er sieht mich grinsend an. »Selber!«

Ich schnuppere an mir. »Nicht mehr so schlimm. Leider ist es nicht wie mit Knoblauch, den man am anderen nicht riecht.«

Er steht auf, nur in seinen Boxershorts. »Wo ist der Zaubertrank?«

»Er funktioniert wirklich ganz gut.« Ich hole die drei Zutaten aus dem Beutel, eine Schüssel zum Mischen und einen Waschlappen. »Red sagt, die chemische Reaktion hält nicht lange an, deshalb soll man es erst kurz vor Gebrauch zusammenmischen.« Ich schütte das Wasserstoffperoxid in die Schüssel und füge Backpulver und Geschirrspüler hinzu. Es beginnt zu schäumen.

»Soll ich mich einfach damit einschmieren?« Nick betrachtet das Gemisch skeptisch.

»Ja.« Er nimmt den Waschlappen und reibt sich heftig am ganzen Körper ein.

»Vielleicht lässt du es besser nicht zu lange einwirken?«, sage ich mit Blick auf seine vielen dunklen Haare.

»Warum? Hauptsache, der Gestank geht weg.«

»Ja, aber wenn du keine gebleichten Beinhaare kriegen willst, wäre ich vorsichtig.«

»Ich dachte, Blondinen haben mehr Spaß?«, sagte er grinsend, doch dann läuft er zum See, um die Tinktur abzuwaschen.

Ich schaue zu, wie er untertaucht und wieder hochkommt, wie sich sein muskulöser Rücken wölbt und das Mondlicht eine helle Bahn aufs Wasser wirft. Der Typ hat sich für meinen Bruder und mich vor ein Stinktier geworfen. Die Erkenntnis, dass ich in Nick Constantine verliebt bin, ganz egal was er hier macht und wie lange er bleiben wird, trifft mich mit der Wucht eines Asteroidenzusammenstoßes. Ich seufze. Das ist wirklich bedauerlich.

Er kommt aus dem Wasser und wiederholt die Prozedur, während ich ein kleines Feuer mache. Als die Flammen gierig das Holz verzehren, zeige ich auf den kleinen Haufen mit seinen Kleidern. Er geht hin, und der dünne Stoff seiner Boxershorts schmiegt sich an seine perfekten Hinterbacken. Ich lege ein paar dickere Scheite ins Feuer und Nick wirft seine Kleider hinein.

»Vorsicht. Die Flammen sollen nicht ersticken.« Ich nehme einen langen Stock und stochere in seinen Klamotten herum, um möglichst viel Sauerstoff dranzulassen. Dann nehme ich die Plastiktüte mit Calebs und meinen Sachen, reiße sie auf und werfe auch sie in die Flammen. Red hat ein paar Tropfen Benzin darauf gespritzt, damit sie besser brennen, und sie entzünden sich mit einem *Wuuusch.* Wir blicken in das Feuer. Nick hat die Arme vor der Brust verschränkt und steht tropfend da.

»Wirklich schade«, sage ich, während die Flammen durch den Stoff züngeln. »Das Hemd stand dir gut.«

»So langsam gehen mir die Klamotten aus«, erwidert Nick lachend. »Ich weiß nicht, ob sie bis morgen noch reichen.«

»Reist du morgen ab?« Sorgsam filtere ich die Verzweiflung aus meiner Stimme.

»Nach Calebs Geburtstagsfrühstück. Ich muss mich noch um ein paar wichtige Sachen kümmern. Aber ich komme ein paar Tage vor Wakestock zurück und helfe bei den Vorbereitungen.«

»Wollen wir das trotzdem noch durchziehen?«

Nick sieht mich an. »Was meinst du damit?«

»Dein Dad hat den Vertrag längst aufgesetzt. Ist es nicht sinnlos?«

»Solange keine Unterschrift darunter steht, bedeuten Verträge überhaupt nichts. Wir gehen ihn mit deiner Mom und ihrem Anwalt zuerst noch durch. Sie werden ihre Meinung dazu sagen und ihre Vorschläge einbringen, und dann wird er noch einmal überarbeitet.«

»Aber es ist der Anfang des ganzen Verfahrens.« Ich fühle mich so machtlos.

»Komm her«, sagt er. Gehorsam gehe ich zu ihm. Er legt die Arme um mich, und obwohl sie nass und kalt sind, geben sie mir ein warmes, sicheres Gefühl.

»Gib nicht auf«, sagt er. »Hör niemals auf, um das zu kämpfen, was du liebst.«

Es gibt so vieles, was ich dazu sagen möchte. Zu ihm. Ungebetene Tränen sammeln sich in meinen Augenwinkeln, und ich weiß, dass sie fließen werden, wenn ich auch nur einen der wilden Gedanken äußere, die mir durch den Kopf gehen. Mit einem Blick auf unsere Kleidung, die zu schwarzer Asche geworden ist, sage ich nur: »Das war mein einziges Kleid.« Na ja, eigentlich war es Paiges.

»Schhh«, macht er und streichelt meinen Rücken mit kreisenden

Bewegungen, während ich den Kopf an seine Brust lehne. »Du hast übrigens meine Frage nicht beantwortet.«

»Welche Frage?«

»Bevor das Stinktier kam. Als ich dich gefragt habe, ob du mir verzeihen kannst, dass ich dir das mit dem Vertrag nicht gleich gesagt habe.«

»Ich bin doch jetzt bei dir, oder nicht?«

»Danke.« Er beugt sich vor und küsst mich auf die Stirn. »Musst du jetzt nach Hause?«

»Ja, aber …«

»Aber was?«

»Ich will nicht.«

»Was willst du denn?«

»Bei dir sein.«

Er seufzt. »Das will ich auch, aber ich habe das dumpfe Gefühl, dass deine Mom diesmal nicht nur Caleb schicken würde. Wahrscheinlich tauchen sie und Red gleich mit Riesentaschenlampen hier auf. Na komm, ich bring dich nach Hause.«

»Erst müssen wir das Feuer ausmachen.« Ich nehme die Schüssel, in der wir den Anti-Stinktier-Mix angerührt haben, und hole damit Wasser. Das Feuer faucht protestierend und wehrt sich zischend und knisternd gegen den bevorstehenden Untergang. Ich weiß, wie sich das anfühlt.

23

»Gleich gibt's Waffeln!« Caleb springt auf mein Bett und reißt mich aus einem unruhigen Schlaf.

»Herzlichen Glückwunsch im Voraus«, murmele ich in mein Kissen. »Noch fünf Minuten.«

»Die Gäste kommen schon. Wir haben dich extralange schlafen lassen.« Die ganze Nacht habe ich mich mit aufregenden Träumen hin und her geworfen. In den meisten davon kam Nick vor, der mir verkündete, er habe seine Meinung geändert und werde nicht zurückkommen. Außerdem gab es ein sprechendes Stinktier, das einen Stapel Karten mischte und mir sagte, ich solle mein ganzes Geld auf Schwarz setzen. Ich richte mich auf, reibe mir die Augen und schaue auf die Uhr. Die Gäste kommen schon? Vielleicht ist Nick gleich da! Das heißt, dass ich mir dringend den Sabber aus dem Gesicht waschen und den üblen Morgenatem loswerden muss. Ich stolpere ins Bad und springe unter die Dusche, während ich nach einem Rest Stinktiergeruch schnuppere, glücklicherweise vergeblich. Dann schlüpfe ich in mein lila Trägertop und meine weißen Shorts und stürme nach unten. Mom hat das Büfett auf der Kücheninsel aufgebaut. Jede Menge Süßigkeiten, Streusel, Karamell-, Erdbeer- und Schokosoße und echter kanadischer Ahornsirup unserer Lieblingsmarke. Aus den tragbaren Lautsprechern trällert Taylor Swift, und Mom steht am Tresen und gießt Teig in unser belgisches Waffeleisen mit den schwarzen Stellen, die kein Topfreiniger wegbekommt und die höchstwahrscheinlich von dem einen Mal herrühren, als ich Waffeln gebacken habe. Ich schaue aus dem Fenster und sehe ein paar Jungs, deren Gesichter mir weitgehend unbekannt sind, am Picknicktisch herumlümmeln. Kein Nick.

»Puh, was stinkt denn hier so?«, fragt einer von ihnen und hält sich die Nase zu. Ich runzle die Stirn und mache mich bereit, es mit jedem Rotzlöffel aufzunehmen, der meine Familie oder meinen Bruder beleidigen will.

»Stinktier«, informiert James sie, dem von gestern Abend nichts mehr anzusehen – oder -zuriechen – ist. Seine Eltern müssen ihn in dem Gegenmittel gebadet haben. »Caleb und ich sind von einem angegriffen worden. Total fies.« Er klopft Caleb auf die Schulter.

Die Jungs wirken beeindruckt, als Caleb die Geschichte zum Besten gibt. Man könnte meinen, sie hätten gegen Banditen gekämpft.

»Julia, hilfst du mir mit den Getränken?«

»Klar.« Ich nehme Mom das Tablett mit den Gläsern ab, bringe es nach draußen, stelle es auf den Picknicktisch und nehme mir selbst auch ein Glas. Die Jungs umschwirren die Orangenlimo wie die Bienen und ich ziehe mich schnell wieder in die Küche zurück. »Kommt sonst noch jemand?«

»Das war's.« Sie schaltet den Ofen an, um die erste Waffelfuhre warm zu halten. »Ich habe Red und die Schaeffers eingeladen, später am Nachmittag vorbeizuschauen.«

Also auch Dan. Wie reizend.

»Was ist mit Mr Constantine?« Ich frage mich, ob ich dabei sein kann, wenn er ihr den Vertrag vorlegt. »Der auch«, sagt sie.

»Nick!«, höre ich Caleb rufen und schaue aus dem Fenster.

»Hey, Kumpel!«, sagt der und hebt die Hände. »Jetzt fühle ich mich schlecht, weil ich mit leeren Händen komme.«

Ich gehe nach draußen, und mir gelingt es nicht, das dümmliche

Lächeln von meinem Gesicht zu wischen. »So ist das eben, wenn man seine Geschenke schon vorher verteilt.«

»Das ist Nick«, stellt Caleb ihn seinen Freunden vor. »Er ist in einer Band. Also, in einer echten.«

»*War* in einer Band«, korrigiert Nick.

»Cool!«, rufen die Jungs und scharen sich um ihn, um ihn mit Fragen zu bombardieren. Ich runzle die Stirn und gehe wieder rein.

»Die erste Fuhre ist fertig«, verkündet Mom. Ich nehme die Topflappen, öffne den Ofen und ziehe das alte Silbertablett mit der Umrandung aus kleinen Goldquadraten heraus.

Draußen stelle ich das Tablett auf den Beistelltisch neben die Servierzange. »Waffeln sind fertig! Nehmt euch einen Teller. Die Beilagen sind drinnen.«

»Wir müssen reingehen und dann wieder rauskommen?« Schon wieder der Flegel, der sich über den Gestank beschwert hat. So einen gibt es wohl immer.

»Besser, als von einer Wespe gestochen zu werden, oder?«, sage ich und sehe ihn mit zusammengekniffenen Augen an. Binnen Sekunden ist das Tablett leer, und die Kinder drängen sich durch die Tür, um ihre Waffeln zu belegen.

»Na, du«, sagt Nick, als wir allein sind. Sein Blick ist warm. »Wie geht's dir?«

Ich bin ehrlich. »Ganz okay.«

»Nur okay?«

»Du fährst weg.«

»Ich komme wieder.« Ich weiß, dass er an das denkt, was ich ihm über meinen Dad erzählt habe. Er kommt näher zu mir. »Julia, ich …«

Die Jungs strömen mit ihren Tellern aus dem Haus wie Ameisen, denen man heißes Wasser über den Hügel gekippt hat. Dann kommt auch noch Mom mit weiteren Waffeln. Wir rücken ein Stück voneinander ab.

»Möchtest du eine Waffel?«, frage ich Nick.

»Klar.«

Ich nehme zwei Teller und halte sie Mom hin, die auf jeden mit der Zange eine Waffel legt.

Nick folgt mir in die Küche und mustert das Büfett in seiner ganzen Karies fördernden Pracht. »Meine Zahnärztin würde einen Herzinfarkt kriegen. Was empfiehlst du?«

»Na ja, ich bin da eher altmodisch«, sage ich und pikse ein paar Gummischlangen mit der Gabel auf. »Ich mag es simpel.« Mit einer weißen Plastikzange nehme ich mir ein paar saure Pommes und Weingummis. »Manche Leute machen die wildesten Soßen-Kombinationen.« Ich deute mit einem Nicken auf die verschiedenen Plastikflaschen. »Aber ich mag es lieber pur.« Ich hebe die Glasflasche mit dem dickflüssigen, klaren, bernsteinfarbenen Ahornsirup und träufle ihn über meine Waffel.

Nick beobachtet mich. »Du füllst doch nicht etwa jedes Viereck mit Sirup, oder?«

»Aber nein«, erwidere ich, während ich darauf achte, dass jedes kleine Karo randvoll ist. »Das wäre ja verrückt.«

Er nimmt sich ein paar saure Pfirsiche und rote Fruchtgummilippen. Wie passend. Seine Hand zögert zwischen der dunklen Schoko- und der Erdbeersoße. »Die passen auch gut zusammen«, sage ich, und er lächelt und verteilt beide Soßen im Zickzack auf seiner Waffel.

»Besteck?« Ich reiche ihm Messer und Gabel.

»Danke.«

»Gehen wir wieder raus?«

»Okay.« Er folgt mir durch die Vordertür ins Sonnenlicht. Wir gehen zur Schaukel und setzen uns hinein.

»Wann genau fährst du?«

»Heute Abend. Mein Flug geht um acht.«

»Oh.« Ich nehme eine Gummischlange und knabbere daran. »Musst du arbeiten?«

»Ich muss ein paar Dinge erledigen, ja. Außerdem will ich mich darum kümmern, dass für Wakestock alles geklärt ist.«

»Was ist mit dem Vertrag?«

»Was willst du wissen?« Er steckt sich einen sauren Pfirsich in den Mund.

»Was steht drin?«

»Das Unternehmen, das euer Land kaufen will, hat ein faires Angebot gemacht.« Dann zögert er. »Aber ich glaube, ihr könntet noch mehr herausholen.«

»Wenn wir verkaufen würden.« Ich sehe ihn an und lege meine Waffel auf den Teller.

»Wenn ihr verkaufen würdet«, stimmt er zu. Er ist mit den Süßigkeiten fertig und beißt in seine Waffel.

»Wenn ich dich jetzt etwas frage, schwörst du mir, dass du ehrlich zu mir bist?«

»Ehrenwort, bei meinem Leben und so weiter.« Er legt sich die Hand aufs Herz.

»Findest du, wir sollten verkaufen?«

Er denkt einen Augenblick nach. »Ich weiß es nicht.«

»Du weißt es nicht?«

»Na ja, aus praktischer, rationaler Sicht wäre es vernünftig. Deine Mom könnte ihre Schulden bezahlen und hätte genug übrig, dass ihr euch alle ein schönes Leben machen könnt. Ihr würdet euch um Geld lange keine Gedanken mehr machen müssen. Vielleicht nie wieder.«

»Ich bin aber nicht sehr rational.«

»Nein«, stimmt er zu. »Deswegen mag ich dich ja auch so.«

»Meine Mom arbeitet hart. Das tun wir alle. Aber es ist nicht wirklich Arbeit, verstehst du? Mein Großvater hat immer eine Geschichte erzählt, du hast sie bestimmt schon mal gehört. Von einem Mann, der jeden Tag auszog und gerade so viele Fische gefangen hat, dass er sich und seine Familie ernähren konnte. Dann traf er eines Tages einen Geschäftsmann, der zu ihm sagte, er könne auch mehr Fische fangen und sie zum Markt bringen. Mit dem Geld könne er weitere Fischer bezahlen, mehr Boote kaufen und noch mehr Fische verkaufen. Wenn er hart arbeite und sein Unternehmen weiter wachsen würde, würde er viel Geld machen, und wenn er im Ruhestand wäre, könnte er tun, was auch immer er wollte. Der Mann sah ihn an und fragte: ›Was glauben Sie denn, was ich mache?‹«

»Das gefällt mir«, sagt er.

»Du hast gesagt, es wäre vernünftig, zu verkaufen. Was glaubst du, was passiert, wenn wir nicht verkaufen?«

»Kommt drauf an.«

»Worauf?«

Er lächelt. »Ob Caleb seinen Schatz findet oder nicht.«

»Komm schon. Du glaubst doch nicht wirklich, dass auf dem Grundstück ein Schatz versteckt ist?«

Er zuckt die Schultern. »Es muss ja kein Märchenschatz sein. Vielleicht ist es ein Schatz der Natur?«

»Wovon redest du?«

»Warme silberne Wasser«, zitiert er.

Ich ziehe die Augenbrauen hoch. »Die heißen Quellen?« Wir hatten gar keine Zeit mehr, danach zu suchen. Es gibt so vieles, was ich noch mit ihm machen will.

»Vielleicht«, sagt er und wischt einen Klecks Erdbeersoße mit der Waffel auf. »Ich habe meinen Dad überredet, sich das mal näher anzusehen.«

»Ist das dein Ernst?« Ich kann es nicht glauben.

»Ja, ich hab gesagt, dass das zur Grundstücksschätzung dazugehört«, erklärt er und verputzt sein letztes Stück Waffel.

»Warum?«

»Na ja, sei mir nicht böse, aber eure Internetverbindung ist echt mies.« Er grinst, aber als ich sein Grinsen nicht erwidere, verschwindet es langsam. »Was hast du?«

»Glaubst du nicht, dass dein Dad noch versessener auf das Grundstück ist, wenn er weiß, dass sich etwas Wertvolles darauf befindet?«

»Wie meinst du das?«

»Na ja, er wird es den möglichen Käufern vermutlich sagen und dann ist ihr Interesse noch größer.« Ich stehe auf. »Und am Ende wird ihr Angebot für meine Mom einfach unwiderstehlich sein.«

»Das Angebot ist schon jetzt ziemlich unwiderstehlich«, sagt Nick.

Mein Gesicht scheint ihn zu erschrecken, denn er steht ebenfalls auf. »Tink, tut mir leid, das ist jetzt irgendwie falsch rübergekommen.«

Ich starre ihn an. »Ich glaube, es ist genauso rübergekommen, wie du es gemeint hast.«

In diesem Augenblick taucht Mr Constantine in unserer Einfahrt auf. Es ist wie ein Déjà-vu, ich fühle mich an den Morgen zurückversetzt, als ich herausgefunden habe, wer Nick ist und was er hier tut.

»Julia.« Mr Constantines Stimme ist laut und die Vögel am Boden flattern auf. »Ihr zwei seht heute Morgen ja ungewöhnlich trocken aus.«

»Ja.« Meine Stimme klingt angespannt, meine Wut kämpft mit meinem gesunden Menschenverstand. Also alles wie immer. Atmen nicht vergessen.

»Ich habe gehört, dass hier heute eine kleine Party steigt. Ich komme mit reichen Gaben.« Er späht über den Rand seiner Maui-Jim-Brille.

Ich deute mit dem Finger. »Das Geburtstagskind ist im Garten.«

Mr Constantine reckt schnuppernd die Nase in die Luft. »Himmel. Was ist denn hier verendet?«

»Nichts. Das war nur ein gutes altes Stinktier«, informiere ich ihn. »Es ist immer noch quicklebendig und spritzt fröhlich weiter.«

»Vielleicht gehst du lieber durchs Haus statt außenrum«, fügt Nick hinzu. Mr Constantine folgt seinem Rat und steigt die Verandatreppe hoch. Er sieht unsicher aus, ob er klopfen soll oder nicht.

»Gehen Sie ruhig rein.« Ich kann ja wenigstens versuchen, freundlich zum Vater des Jungen zu sein, in den ich verliebt bin. Obwohl mir das ganz schön schwerfällt – was auch auf mein Verhalten Nick gegenüber abfärbt. Wenn sein Dad nicht in der Nähe ist, kann ich seinen Job irgendwie verdrängen. Doch wenn ich die beiden zusammen sehe, kann ich nicht mehr ausblenden, dass sie diesen Campingplatz – *unseren* Campingplatz – höchstbietend verkaufen wollen. Angeblich zu fairen Konditionen. Aber ich habe noch im Ohr, was er am Strand gesagt hat: *Geschäft ist Geschäft.*

»Hat das Stinktier deine Zunge gelähmt?«, fragt Nick.

Nur noch wenige Stunden, bis er abreist. *Genieße sie. Vielleicht siehst du ihn nie wieder.*

»Noch eine Waffel?«, frage ich.

»Dr. Plante würde das gar nicht gutheißen.« Wir gehen mit unseren klebrigen Tellern über die Verandatreppe ins Haus.

»Wer ist das?«

»Meine Zahnärztin zu Hause.« Er hält mir die Tür auf.

Plötzlich merke ich, dass ich nicht mal weiß, wo Nick wohnt. Der Gedanke, dass er eine Art herumreisender Pirat ist, sitzt seit dem allerersten Abend in meinem Kopf fest. Die Vorstellung, dass er in irgendeiner Stadt auf einem Zahnarztstuhl liegt, ist einfach zu merkwürdig.

»Wo ist zu Hause?« Der Waffelgeruch im Haus ist wesentlich angenehmer als der Stinktiergeruch draußen. Er erinnert mich an einen Jahrmarkt.

»Zu Hause ist Toronto. Aber meistens bin ich in L. A. Und wir haben ein Haus in Griechenland, wo wir öfter hinfliegen. Einige Verwandte meines Vaters leben da.«

»Nach Griechenland würde ich echt gerne mal reisen.« Ich war noch nie in einem anderen Land.

»Und ich würde dich echt gerne mal mitnehmen.«

Lachend öffne ich die Ofentür und lege ihm eine Waffel auf den Teller.

»Was ist daran so lustig?«

»Tut mir leid, aber das kommt mir ziemlich unrealistisch vor.«

»Was?« Diesmal nimmt Nick auch Ahornsirup.

»Dass ich irgendwo hinreise. Mit dir nach Griechenland.« Ich wedele mit der Hand, höchstwahrscheinlich nicht in die Richtung, in der Griechenland liegt.

»Warum?«

»Ich weiß nicht. Wie würden wir da überhaupt hinkommen?« Ich schaue durchs Fenster zu Mom, die sich mit Mr Constantine unterhält und die Jungs überwacht.

»Da gibt es so tolle neumodische Apparate, die man Flugzeuge nennt …«

Ich stoße ihn an. »Das meine ich nicht. Ich meine Geld und so.«

Er zieht die Augenbrauen hoch. »Ich hab eine Menge Bonuspunkte bei der Fluggesellschaft.«

»Hör auf.«

»Womit?«

»Mit diesen Witzen.«

»Wer sagt, dass ich Witze mache?«

»Na schön.« Ich schiebe das Kinn vor. »Wann fliegen wir los?«

»Wann wird es auf dem Campingplatz ruhiger?«

»Im Herbst.«

»Wie wäre es dann mit Oktober?«

»Ich muss mal in meinen Kalender schauen.« Da ich mich nirgendwo beworben habe, dürfte Oktober kein Problem sein. Trotzdem. Ich will nicht zu verfügbar wirken.

»Super. Dann sag mir Bescheid.« Er schaut meinen leeren Teller an. »Isst du nichts mehr?«

»Nein.« Ich stelle meinen Teller in die Spüle. Vor dem Fenster ertönt ein Schrei und ich blicke auf.

Caleb gestikuliert wild. Ich kenne diesen Gesichtsausdruck. Er ist aufgebracht. »Aber ich brauche mehr Zeit!«

Ich renne nach draußen. Mom steht hilflos da, während Caleb weiterredet. »Ich habe fast alle Hinweise entschlüsselt!« Er sieht mich kommen. »Sag du es ihnen, Jules.«

»Was ist denn los?«, frage ich.

»Dein Bruder hat mitbekommen, wie ich mit eurer Mutter über das Angebot gesprochen habe«, erklärt Mr Constantine. »Ehrlich gesagt, ist es großartig.«

»Ich habe gehört, dass wir noch mehr rausschlagen könnten«, sage ich und verschränke die Arme. Er macht ein verblüfftes Gesicht und sieht dann Nick an.

»Informationen über unsere Kunden sind vertraulich.« Seine Stimme ist kalt und Nick zuckt zusammen. »Ich dachte, du wärst professionell genug, das zu wissen.«

»Ich bin professionell.«

»Können wir bitte später darüber sprechen?«, sagt Mom mit einem Blick auf Caleb und seine Mannschaft mit den Klebepfoten.

»Natürlich.«

Mr Constantines Gesicht nimmt wieder einen höflich-neutralen Ausdruck an.

Aber die Stimmung ist mit einem Mal so sauer wie die Zitronenfruchtgummis. Die anderen Jungs bemerken es nicht, aber Caleb ist mit den Gedanken woanders, sogar als er seine Geschenke auspackt, obwohl er tapfer bemüht ist, sich höflich bei seinen Freunden zu bedanken. Wie kann Nicks Vater es wagen, ihm den Geburtstag zu verderben? Mom hatte doch gesagt, dass er erst heute Nachmittag vorbeikommt.

Mit zusammengepressten Lippen bringe ich die Teller ins Haus und kratze die Reste in den Müll. Nick folgt mir. Ich öffne mit einem Ruck die Spülmaschinentür, die kräftig im Scharnier zurückschwingt. Nick spült die Teller unter dem Wasserhahn ab und räumt sie ein. Durchs offene Fenster höre ich Mom sagen, dass es jetzt Zeit ist, runter zum See zu gehen und Bananenboot und Wasserski zu fahren. Ich blicke auf, sehe, wie Mr Constantine ihr die Hand schüttelt, und höre ihn sagen, sie möge ihren Anwalt über den Vertrag schauen lassen. Bevor er geht, steckt er den Kopf durch die Hintertür.

»Komm nicht zu spät zum Flughafen!«

»Bestimmt nicht«, erwidert Nick, der immer noch Teller einräumt.

»Gut. Auf Wiedersehen, Julia.«

»Wiedersehen.«

Seine Hand liegt auf dem Türrahmen. »Ich hoffe, dass sich für deine Familie alles zum Guten wendet.«

»Wir werden schon klarkommen.« Ich bin mit dem Abwasch fertig und wische mir die Hände an den Shorts ab.

»Also, nicht zu spät kommen«, wiederholt er und klopft an den Türrahmen, wobei sein Hemdaufschlag zurückrutscht und eine Armbanduhr zum Vorschein kommt, die aussieht, als hätte sie mehr gekostet als unser ganzes Haus. Nick nickt und sein Vater verschwindet pfeifend.

»Ich glaube, ihm war nicht klar, dass das nicht der beste Zeitpunkt für seinen Auftritt war.«

»Warum verteidigst du ihn?« Ich schließe die Spülmaschine.

»Er macht nur seine Arbeit, Tink. Egal, wie schlimm du das findest. Er ist kein Bösewicht.« Nick kommt näher und nimmt meine Hand. »Und ich auch nicht. Ich weiß, dass du Angst hast und jemandem die Schuld geben willst, aber manchmal hat niemand Schuld. So ist das Leben.« Er zieht mich an sich, mein Kopf drückt gegen sein Brustbein und sein Herz klopft gleichmäßig unter meinem Ohr. »Machen wir einen Spaziergang?«

»In Ordnung.« Meine Stimme ist gedämpft. Wir gehen nach draußen. Die anderen sind schon am See. Abgesehen vom Flattern der kleinen Vögel, das wie das Schnurren einer Katze klingt, ist es still.

»Wie wäre es mit einer Ausfahrt?« Ich zeige mit einem Nicken auf die Quads. »Du darfst ans Steuer.«

»Da sag ich nicht Nein.«

Wir nehmen uns die Helme und ich setze mich hinter ihn. Er zündet den Motor und lenkt das Quad rückwärts auf die Straße. Die Arme eng um ihn geschlungen, lehne ich den Kopf an seinen Rücken, atme seinen Duft ein und halte mich fest, als ginge es um mein Leben.

24

Wie in einer stillen Übereinkunft schlägt Nick den Weg zu Calebs Hütte ein. Zufrieden, einfach eng an ihn gepresst zu sein, lasse ich die Gedanken schweifen und betrachte den Wald durch mein mit Fliegen beklebtes Visier. Ich spüre einen Schmerz in der Brust beim Gedanken daran, das alles zu verlieren. Jeder Baum, jedes Blatt, jede gekrümmte Wurzel sind mir vertraut. Es ist nicht nur mein Zuhause, es ist ein Teil von mir. Der Sauerstoff der Bäume, den ich atme, das Wasser des Sees, in dem ich schwimme, der Sonnenschein und das Sternenlicht, das in meine Poren dringt, all das wurde von meinem Körper absorbiert, sodass meine Zellen jetzt daraus bestehen. Was passiert, wenn ich davon getrennt werde? Werde ich noch ich selbst sein?

Dann merke ich, dass die Wurzeln und Bäume doch nicht so vertraut sind. Der Pfad ist total überwuchert. Ich drücke Nicks Taille, hebe das Visier und rufe über den Motor hinweg: »Ich glaube, wir sind falsch abgebogen.«

In dem Augenblick stößt das Quad gegen etwas Hartes und ich fliege durch die Luft. Nicht in Zeitlupe, sondern so schnell, dass ich flach auf dem Rücken lande, bevor ich weiß, wie mir geschieht. Der Sturz hat mir sämtliche Luft aus den Lungen geschlagen, und ich richte mich mühsam auf, keuchend, doch unversehrt. Das Quad steht auf dem Kopf, die Räder drehen sich im Leerlauf und Nick liegt auf der anderen Seite. Er rappelt sich ebenfalls auf und schiebt das Visier hoch.

»Das war das letzte Mal, dass ich dich ans Steuer gelassen habe«, schimpfe ich. Zum Glück ist er nicht schneller gefahren.

»Alles okay?«, fragt er, springt auf und läuft zu mir, um mir hochzuhelfen.

»Mir geht's gut. Aber dem Quad nicht.« Ich nehme den Helm ab und beuge mich vor, um den Motor auszuschalten. »Ich glaube, die Spurstange ist gebrochen«, sage ich, während ich das Fahrzeug inspiziere. »Mann, ich wünschte, ich hätte einen Sechskantschlüssel dabei.«

»Ich liebe es, wenn du die Mechanikerin rauskehrst.« Nick nimmt den Helm ab und grinst. Sein Gesicht wird nüchterner, als er näher kommt. »Ich bin ein Idiot. Tut mir leid, Tink.«

»Ich hätte auch auf den Weg achten sollen. Wogegen sind wir da verdammt noch mal gefahren?«

»Eine Art Felsbrocken oder so was. Ich habe nichts gesehen. Es war unterm Laub versteckt.« Nick geht ein paar Schritte zurück, um es sich genauer anzuschauen. »Heißt das, wir sitzen hier fest?« Er nimmt sein Handy aus der Tasche. »Kein Netz. War ja klar. Sollen wir versuchen, es umzudrehen?«

»Das schaffen wir bestimmt, aber dann ruinierst du dir dein letztes Hemd«, erwidere ich mit gespieltem Entsetzen. Er lächelt. »Aber ich glaube nicht, dass wir damit noch irgendwo hinkommen. Wir müssen zurücklaufen.«

»Das sieht gar nicht gut aus für meinen Flug.«

Ich gestatte mir ein kurzes Lächeln bei der Vorstellung von Mr Constantines Gesicht, wenn er den leeren Flugzeugsitz neben sich sieht. »Ich bringe uns schon zurück.« Doch nachdem ich mich eine Weile umgeschaut habe, wird mir klar, dass ich diesen Teil des Waldes nicht kenne. Wie lange habe ich vorhin vor mich hin geträumt? Aber wenigstens können wir die Quadspuren zurückverfolgen. »Komm, wir gehen.«

»Glaubst du, deine Mom wird sauer?«, fragt Nick, während wir über platt gedrücktes Gras und Laub zurückwandern. Die Luft ist feucht und warm. »Ich zahle euch natürlich die Reparatur.«

»Ein weiterer Punkt für unsere endlose To-do-Liste«, seufze ich. Dann halte ich mir die Nase zu und weiche einem großen Haufen frischer Bärenkacke aus. »Anscheinend treibt Alte Klaue sich hier herum.«

»Muss ich Angst haben?«, fragt Nick.

»Kommt drauf an. Wie schnell bist du?«, necke ich ihn. »Ich muss ja nur schneller sein als du.«

Er knüpft wieder an unser voriges Gespräch an. »Ihr arbeitet zu viel«, sagt er. »Du bist jung, du solltest das Leben genießen.«

»Ich genieße es ja. Und die Arbeit stört mich nicht. Okay, abgesehen von den verstopften Klos«, gebe ich zu. »Aber eine Reise nach Griechenland wäre trotzdem toll.«

»Das war ernst gemeint. Ich glaube …«

»Sei mal still.« Ich bleibe stehen. »Hörst du das?«

»Was?« Hinter dem Zwitschern der Vögel, dem Zirpen der Zikaden und dem Rascheln der Eichhörnchen ertönt ein leises Plätschern.

»Wasser.« Ich schlucke. Die vielen Süßigkeiten zum Frühstück haben mich durstig gemacht.

»Cool.« Wir folgen dem Geräusch durchs Unterholz. »Man kann es doch trinken, oder?«

Ich zucke die Schultern. »Schon möglich, aber ich wäre da nicht sicher. Ich würde es nur trinken, wenn ich kurz vorm Verdursten wäre.« Der Bach ist etwa einen Meter breit, fast schon ein Flüsschen. Ich klettere von Stein zu Stein, um näher heranzukommen. »Und da wir erst vor einer Stunde gefrühstückt haben, bin ich zuversichtlich, dass du auch so überlebst, starker Mann.« Ich gehe in die Hocke, tauche die hohle Hand ins Wasser und spritze es mir ins Gesicht. »Aber wir können uns wenigstens etwas erfrischen.« Wieder spritze ich mir Wasser ins Gesicht. Was war das denn …? Ich blicke überrascht nach unten und benutze einen Ausdruck meines Großvaters. »Ich glaub, mich laust der Affe.«

»Was ist?« Nick hockt sich neben mich und taucht eine Hand ins Wasser. Er blickt zu mir auf. »Es ist … warm.«

»Das muss aus der heißen Quelle kommen, von der Mom gesprochen hat.«

»Meinst du wirklich?«

»Spürst du das nicht?« Ich streife die Flipflops ab und wate ins Wasser. »Wie eine Badewanne.«

»Wahnsinn.«

»Lass uns mal schauen, wo das Wasser hinfließt.« Aufgeregt klettere ich barfuß über Steine, um der Fließrichtung zu folgen.

»Tink, das ist wirklich spannend, aber ich darf meinen Flug nicht verpassen.«

»Stimmt ja.« Ich lasse mich auf den Boden plumpsen und betrachte die Flipflops in meiner Hand.

»Du solltest mit deinem Bruder wieder hierherkommen. Der wird sich riesig freuen.«

»Du hast recht.« Ich lächle. »Ich glaube, im Tagebuch steht etwas darüber. Vielleicht ist es ein Teil seiner Schatzsuche.«

Nick nimmt meine Hand, als ich von einem Felsen springe.

»Er kann wirklich froh sein, dass er dich hat.«

»Wer? Caleb?«

»Ja. Und deine ganze Familie.«

»Ich kann froh sein, dass ich sie habe.« Ich blicke zu ihm auf. »Und dich. Wenn auch nur für kurze Zeit.« Sag's ihm. Sag es ihm jetzt. »Ich …«

»Ich komme wieder«, sagt er. »Ich weiß, du glaubst mir nicht, aber es stimmt.«

Ich nehme in letzter Minute die leichte Ausfahrt: »… glaube dir.«

»Gut.« Er zieht mich an sich, legt die Arme um mich und beugt sich vor, um mich zu küssen. Ich fühle mich klein und stark zugleich in seinen Armen. Ich küsse ihn mit allem, was in mir ist, bis er sich von mir löst.

»Tut mir leid, ich …«

»Warum entschuldigst du dich?«, fragt er. Ich weiß es nicht. Warum entschuldige ich mich? Weil ich zu viel fühle? Zu viel will? »*Ich* sollte mich entschuldigen.« Er zeigt um sich und fährt sich frustriert mit der Hand durch die Haare, eine Geste, die mir schon vertraut ist. »Einfach im Wald über dich herzufallen!«

»Wie der böse Wolf.«

Ein schiefes Lächeln huscht über sein Gesicht. »Ganz genau. Nur das Häuschen der Großmutter fehlt.«

»Tut es auch das Häuschen des Großvaters?« Ich schaue ihn mit hochgezogener Augenbraue an, so wie Paige es wochenlang mit mir geübt hat. Allein für seinen Gesichtsausdruck hat sich die Mühe gelohnt.

»Was willst du damit sagen?«

»Ich meine, warum besuchen wir nicht das Häuschen meines Großvaters? Nur mal kurz schauen, ob alles in Ordnung ist.« Meine Güte. Versuche ich da gerade, ihn zu verführen?

»Tink.« Er stöhnt. »Du machst mich fertig.« Ich gehe auf ihn zu, schlinge die Hände um seine Taille und drücke mich an ihn. Meine Hände wandern tiefer. »Es gibt nichts auf der Welt, was ich lieber täte, als mit dir da hinzugehen.« Das unausgesprochene »Aber« hallt durch den Wald. Ich ziehe die Hände zurück und spüre die Enttäuschung wie einen Schwall Wasser über mich schwappen. Nur nicht so warm.

»Du musst zum Flughafen.«

»Mein Vater wartet auf mich.«

»Du willst ihn nicht enttäuschen.«

Er schweigt einen Moment. »Bitte, versteh mich.«

Ich verstehe ihn ja. Ich verstehe, dass er mich nicht so sehr will wie ich ihn und dass er mich verlässt. »Lass uns gehen.«

»Tink.« Seine Stimme ist bittend.

»Ist schon in Ordnung. Alles okay.« Ich klebe mir ein falsches Lächeln ins Gesicht, drehe mich um und folge den Quadspuren. So ist das eben. Alles nichts Neues. Er geht und ich bin wieder allein. Mich trifft die Erkenntnis, dass mein Körper auch Nick absorbiert hat und dass er jetzt ein Teil von mir ist wie der See und die Bäume. Mir kommt der Gedanke – wenn im Wald ein Herz bricht und niemand da ist, der es hört, gibt es dann trotzdem ein Geräusch?

25

Ich liege zusammengerollt auf dem Bett und frage mich, wie Menschen lange Phasen starker Schmerzen überstehen, ohne laut zu jammern. Mein Bruder war so tapfer, als er krank war. Er hat im Krankenhaus kaum einen Mucks von sich gegeben. Obwohl ich zu Nick gesagt habe, ich würde ihm glauben, dass er zurückkommt, denke ich irgendwie doch ein bisschen, dass wir uns heute zum letzten Mal gesehen haben. Ein bisschen sehr, besser gesagt. *Vielen Dank, Dad.*

»Jules?« Ich hebe den Kopf vom Kissen und sehe Caleb in der Tür stehen. »Alles okay?«

»Klar«, sage ich und wische mir über die Wangen. »Wie war deine Party noch?« Er kommt ins Zimmer.

»Gut. Ein paar von den Jungs sind echt nett.« Er schlendert herüber und setzt sich an meinen Schreibtisch. »James und ich bleiben auf jeden Fall in Kontakt.«

»Der Kleine von den McGregors?«

Er nickt.

»Das ist schön. Er scheint ganz in Ordnung zu sein.« Abgesehen davon, dass er uns die Stinktierattacke beschert hat. Dann fällt mir die heiße Quelle wieder ein. »Rate mal, was Nick und ich heute gefunden haben!«

Sein Gesicht leuchtet auf. »Den Schatz?«

»Nicht ganz.« Ich lache, trotz meiner Niedergeschlagenheit. »Weißt du noch, was in Grandpas Tagebuch über die ›warmen silbernen Wasser‹ stand?«

»Ja.«

»Mom hat neulich eine heiße Quelle erwähnt. Ich glaube, wir haben sie gefunden.« Ich erzähle ihm, wie wir vom Weg abgekommen sind und die Quelle entdeckt haben.

»Das ist ja cool!« Er stürmt aus dem Zimmer und kommt zwei Minuten später mit dem Tagebuch zurück, wild in den Seiten blätternd. »Hier steht es: ›Der Mond ist ein goldenes Band auf warmen silbernen Wassern. Darüber zum Greifen nah die diamantenen Weiten.‹« Er schaut mich an. »Glaubst du, im Wasser ist Silber? Oder führt die Quelle zu Diamanten oder so?«

Sein Gesicht ist so begeistert und hoffnungsvoll, dass ich ihm nicht die Freude verderben will. Der Dämpfer heute Vormittag durch Mr Constantine hat schon gereicht.

»Vielleicht. Wer weiß? Es könnte alles Mögliche sein. Mir kam die Stelle im Wald jedenfalls nicht bekannt vor.«

»Ich wette, der Bach führt irgendwohin.«

»Wir werden es herausfinden.« Ich lächle ihn an.

»Glaubst du, Nick hilft uns?«

Ich setze mich auf und schlinge die Arme um die Knie. Ich kann die Worte kaum aussprechen. »Er ist weg.«

»Aber er kommt doch zurück, oder nicht?«

»Das sagt er zumindest.« Obwohl ihm die Abreise nicht schwerzufallen schien.

»Und was ist mit Wakestock?«

»Soweit ich weiß, findet es statt. Ich glaube, deshalb musste er auch noch mal weg.«

»Gut. Ich hab nämlich geübt.«

Ich lächle. »Das war echt ein toller Auftritt gestern Abend. Ich kann gar nicht glauben, dass du das warst.«

Er zuckt die Schultern und lächelt schüchtern.

»Hat Mom irgendwas über den Vertrag zu dir gesagt?«, frage ich.

»Noch nicht. Vielleicht sollten wir mit ihr darüber reden«, sagt er nur mäßig begeistert.

»Das kann ich machen«, sage ich und stehe auf. »Geh du doch noch mal mit James spielen, wenn du Lust hast.«

Caleb folgt mir aus dem Zimmer. »Er muss seiner Familie beim Packen helfen. Sie reisen nachher ab.«

»Das tut mir leid, Cale, wie schade.« Ich bin nicht die Einzige, die verlassen wird.

»Ist schon in Ordnung«, sagt er. »Ich sehe ihn ja wieder. Er wird seine Eltern fragen, ob er nächsten Sommer bei einem seiner Cousins bleiben kann.«

»Gute Idee.«

»Ja«, sagt er. »Und Nick kommt auch zurück, weißt du?«

»Ich weiß.«

Ich blicke zu den Sternen hoch und mir wird klar, dass es über eine Woche her ist, seit ich das letzte Mal mit Astra hier war. Bald sind wieder die Perseiden zu sehen. Meine Lieblingsshow, ein umwerfendes Sternenspektakel, ganz großes Kino. Ich atme bewusst langsam, während ich durchs Teleskop schaue. Mom ist die einzelnen Punkte des Vertrags mit uns durchgegangen. Nicks Vater hatte recht: Das Angebot ist wirklich verrückt. Ich kann immer noch nicht fassen, welche Summe da stand. Als ich zu Mom sagte, Nick denke, dass wir noch mehr rausholen könnten, war sie völlig überfordert und meinte, sie würde morgen ihren Anwalt anrufen. Caleb saß nur da, machte ein trauriges Gesicht und sagte nicht viel. Seit Beginn des Sommers ist so viel passiert. Ich habe das Gefühl, dass die Dinge um mich herum und in mir drin sich verlagern und verändern, ohne dass ich etwas dagegen tun kann. Ich drehe an einem von Astras Rädchen und nehme ein kugelförmiges Gebilde in den Fokus, M 13. Es ist atemberaubend. Leuchtende Fünkchen aus blendendem Licht mitten im Sternbild des Herkules, des griechischen Helden.

Wie passend.

Ich frage mich, ob mich das zu Medusa macht, immerhin erinnern meine Haare an manchen Tagen an die schlangenhaarige Gorgone. Die Arme tut mir leid. Es war nicht ihre Schuld, dass sie so hässlich war. Vielleicht ließ sie deshalb jeden Mann zu Stein erstarren – um ihn zum Bleiben zu zwingen. Schade, dass ich das nicht mit Nick machen konnte. Aber wer will schon jemanden an sich binden, der nicht freiwillig bleibt? Etwas kitzelt meine Wange und ich löse das Auge von der Linse. Ein kleines Stück Papier ist unter eins der Rädchen geklemmt. Wie kommt das denn da hin? Vorsichtig ziehe ich das Papier heraus und falte es auseinander. Es ist Nicks Schrift.

> Hey Tink,
> ich dachte, dieses Zitat von Neil deGrasse Tyson
> würde dir gefallen.

Ich lächle. Carl Sagans Schützling und der berühmteste Astrophysiker der Welt kommt bestimmt auch in dem *Unser Kosmos*-Remake von Netflix vor, das Nick erwähnt hat. Ich lese weiter:

> »Wenn deine Überzeugungen nicht täglich
> erschüttert werden, bist du blind für die Wunder,
> die das Universum zu bieten hat.«

Er kennt mich wirklich gut. Erschüttert ist genau das Wort, mit dem ich mich selbst beschreiben würde. Heißt das, dass ich die Welt um mich herum tatsächlich wirklich sehe?

»Julia.«

Ich zucke zusammen. »Hallo, Dan.«

»Schaust du dir mal wieder die Sterne an?«

»Ja.« Ich falte das Papier zusammen, stecke es zurück ins Teleskop und sehe ihn an. »Ich weiß, es klingt unhöflich, aber in meinem Leben ist gerade eine Menge los. Ich würde jetzt gern allein sein.«

Er hebt kapitulierend die Arme und sieht wie immer verdammt gut aus, wenn man auf den blonden Apollo-Typus steht. »Kann ich verstehen. Ich wollte dir nur sagen, dass es mir leidtut. Alles.« Ich antworte nicht und er spricht weiter. »Ich hätte dir sagen sollen, dass ich Taylor mitbringe. Verdammt, ich hätte sie gar nicht erst mitbringen sollen.«

»Dan.« Ich stehe auf und verschränke die Arme vor der Brust. »Weißt du, was dein Problem ist?«

»Kannst du es mir sagen?«

»Ja. Du machst immer das, was am einfachsten ist. Du gehst den Weg des geringsten Widerstands. Wie jetzt mit mir und Taylor. Warum überlegst du dir nicht erst mal, was du wirklich willst, und bemühst dich dann darum?« Ich erwarte, dass er wütend wird, aber das passiert nicht. Also spreche ich weiter. »Manche Menschen geben zu schnell auf. Kaum wird es schwierig, hauen sie ab.« Ich denke natürlich an meinen Dad.

Das kugelförmige Gebilde über uns glitzert und plötzlich sehe ich die Menschen und Situationen in meinem Leben in einem anderen Licht. Es heißt oft, wenn etwas nicht schwierig ist, sei es auch nichts wert. Es kann schwierig sein, für seine Familie zu sorgen, aber es ist die Mühe wert. Der Charakter eines Menschen bestimmt, ob er sich durch harte Zeiten kämpft oder nicht. Mein Dad hat nicht für uns gekämpft, aber das ist seine Sache. *Ich* habe für meine Familie gekämpft. *Ich* werde für mein Zuhause kämpfen.

Eine von Moms Yogaweisheiten hallt in mir wider wie ihr alberner Gong: »Was dich nicht fordert, verändert dich nicht.« Sie würde es garantiert super finden, dass sie Teil meiner gegenwärtigen Erleuchtung ist. Die Anstrengung ist wichtig, aber auch die Bereitschaft zur Veränderung. Man kann nicht jeden Kampf gewinnen, aber man muss es wenigstens versuchen. Die Niederlage stärkt für das nächste Mal. Ich könnte mein Zuhause verlieren. Ich könnte Nick verlieren. Aber ich werde niemals verlieren, was mich ausmacht.

Ich blicke zu den Sternen, dankbar für die plötzliche Erkenntnis. Sie sind ein Teil von mir, jetzt und immer, und in ihrem Schein erkenne ich meinen Wert, ob mit oder ohne mein Zuhause, mit oder ohne College, mit oder ohne Nick. Ich höre Nicks Worte von neulich Nacht: *Tiefsinnige Gedanken, Tink.*

Dan macht einen Schritt auf mich zu. »Willst du damit sagen, dass ich dich nicht einfach so aufgeben sollte?«

»Ich will damit sagen, streng dich wenigstens an. Wenn es das ist, was du wirklich willst.« Ich schüttele den Kopf, um ihn freizukriegen, und sehe ihn an. »Aber ich glaube nicht, dass ich diejenige bin, die du wirklich willst. Sonst hättest du Taylor nicht mitgebracht. Jetzt ist sie weg. Vielleicht will sie, dass du um sie kämpfst. Vielleicht auch nicht. Aber wenn du sie wirklich willst, meinst du nicht, dass du es wenigstens versuchen solltest?«

»Und was ist mit Nick? Denkst du nicht, dass du um ihn kämpfen solltest?«

»Nick kommt zurück.« Als ich die Worte ausspreche, kann ich sie endlich glauben.

»Wie bist du nur so klug geworden?«, fragt er.

»Das liegt an der frischen Luft«, erwidere ich scharf. »Sauerstoff ist gut fürs Gehirn. Kann ich jetzt bitte meine Ruhe haben?«

Er lächelt. »Du bist eine echte Nummer, weißt du das?«

»Danke.« Ich gehe wieder ans Teleskop, nicht sicher, ob das ein Kompliment sein sollte. Es ist mir aber auch egal. Dans Schritte hallen über den schwankenden Steg, bis er wieder auf festem Boden ist. Endlich.

»Julia?«, höre ich da eine Frauenstimme.

Mom? Was ist denn jetzt schon wieder? Ich hebe den Kopf und schaue zum Ufer. Sie ruft noch einmal und winkt mir panisch zu.

»Was ist?«

»Hast du Caleb gesehen?«

»Nein. Warum?«

»Er ist weg.«

26

»Was?« Ich springe auf und klemme mir Astra unter den Arm. Dan, der Mom vor mir erreicht hat, nimmt sie mir ab. »Was meinst du damit? Er ist bestimmt irgendwo in der Nähe. Vielleicht verabschiedet er sich von James?« Mom schüttelt den Kopf.

»Er hat eine Nachricht hinterlassen.«

»Was hat er geschrieben?«

»Dass er alle Hinweise auf den Schatz zusammengesetzt hat und losgegangen ist, um ihn zu suchen.«

»Was?!« Oh mein Gott, ist das meine Schuld? »Warum denn mitten in der Nacht?«

»Ich weiß es nicht!« Sie ist außer sich. »Auf dem Zettel stand, dass der Mond ihm den Weg zeigt oder so ähnlich.« *Der Mond ist ein goldenes Band auf warmen silbernen Wassern. Darüber zum Greifen nah die diamantenen Weiten.* Mist. »Und beide Quads sind weg.«

Doppelmist.

»Mom, ist schon gut. Ich weiß, wo er ist.« Nämlich ganz allein im Wald. Da, wo das andere Quad ist. Und wir haben kein Fahrzeug, das uns hinbringt. Dreifach Mist.

Mom ringt die Hände. »Ich weiß ja, er sagt, dass es ihm besser geht, aber ich finde, er hat es in den letzten Tagen etwas übertrieben. Er ist die Anstrengung nicht mehr gewohnt.«

»Ihm wird schon nichts passieren, Mrs Ducharme.« Dans Stimme klingt zuversichtlich. »Ich hole meine Eltern. Wir werden noch andere Gäste bitten, uns bei der Suche zu helfen.«

»Er kennt sich im Wald gut aus, aber es ist dunkel und es wird kalt und er ist noch nicht wieder ganz bei Kräften. Was, wenn ihm etwas passiert …?« Mom verstummt mit einem erstickten Schluchzen.

»Mom, Dan hat recht. Ihm wird nichts passieren.« Ich schlucke beim Gedanken an den frischen Bärenmist, den wir gesehen haben. Schwarzbären sind normalerweise nicht aggressiv. Grizzlybären dagegen … Grandpa hatte ein altes Schild mit der Aufschrift: »Da in dieser Gegend häufiger Bären gesichtet werden, empfehlen wir Naturliebhabern, Glöckchen und Pfefferspray bei sich zu tragen. Außerdem sollten sie in der Lage sein, Schwarzbärenkot von Grizzlybärenkot zu unterscheiden. Schwarzbärenkot enthält Beeren und Eichhörnchenfell. Grizzlybärenkot enthält Glöckchen und riecht nach Pfeffer.« Trotz des Scherzes ist es tatsächlich ziemlich schwer, das eine vom anderen zu unterscheiden.

Schluss jetzt. Es wurde seit Monaten kein Grizzly mehr gesichtet. Aber trotzdem. Vierfach Mist.

»Mom, hol Red. Dan, du kommst mit mir zum Schuppen«, sage ich. Mom eilt zu Reds Hütte, ihre neonorangefarbenen Sneakers leuchten in der Dunkelheit. Ich schließe den Schuppen auf und hole ein paar Dosen Pfefferspray, Taschenlampen und Trillerpfeifen heraus, die wir gelegentlich brauchen, um allzu wagemutige Schwimmer zurückzupfeifen. »Hier.« Dan nimmt sie. »Gehen wir.«

»Cale!«, schreie ich. »Caaaaaaleb!«

»Caleb!«, schreit auch Dan neben mir, während wir mit unseren Taschenlampen durchs Unterholz leuchten. Die Baumkronen dämpfen das Sternenlicht, die Nacht um uns herum ist stockfinster. Nachdem wir eine Stunde lang erfolglos herumgestolpert sind, finde ich endlich die Stelle, wo wir heute Nachmittag falsch abgebogen sind. Ich höre die anderen den Namen meines Bruders rufen. Mom und Red, Mr und Mrs Schaeffer.

»Die ersten achtundvierzig Stunden sind entscheidend, wenn jemand vermisst wird«, sage ich zu Dan, hauptsächlich, um mich selbst abzulenken. »Aber ich bin ziemlich sicher, dass Caleb Proviant mitgenommen hat. Und hoffentlich auch Pfefferspray.« Ich blicke auf die Dose in meiner Hand. Hoffentlich müssen wir es nicht verwenden.

»Er glaubt also, dass irgendwo da draußen ein Schatz vergraben ist? Wie kommt er darauf?«

»Wir haben ein altes Tagebuch in der Hütte unseres Großvaters gefunden.« Außerdem haben wir ihn alle zu der Schatzsuche ermuntert.

»Ich dachte, da dürft ihr nicht rein?« Dan wollte mich immer überreden, zum Knutschen in die Hütte zu gehen. Das kommt mir vor wie in einem anderen Leben.

»Wir haben sie für ihn renoviert.« Ich leuchte durch eine Baumgruppe.

»Du und Nick?«

»Caleb hat mitgeholfen.« Ich weiß nicht, warum sich ein entschuldigender Ton in meine Stimme schleicht.

»Wie schön.« Seine Haltung ist steif.

»Willst du wirklich den Eifersüchtigen spielen, nachdem du deine Freundin mitgebracht hast?«, frage ich. Warum ist mir früher nie aufgefallen, wie kindisch Dan ist? »Während wir nach meinem Bruder suchen, der sich vermutlich verirrt hat und ganz allein irgendwo hier draußen ist?«

»Ich bin sicher, dass es ihm gut geht. Er ist ein schlaues Kerlchen. Abgesehen davon, dass er nachts allein in den Wald gerannt ist.«

»Das hätte er nicht getan, wenn er nicht gefürchtet hätte, dass uns die Zeit davonläuft.« Dadurch dass Mr Constantine mit dem Vertrag aufgetaucht ist, muss sich die ganze Sache für ihn viel realer angefühlt haben.

»Du glaubst also, dass deine Mom wirklich verkaufen will?«

»Ich weiß es nicht.« Meine Stimme ist grimmig. »Es sieht danach aus.« Es sei denn, Nick vollbringt ein Wunder und macht Wakestock zum Event des Jahrhunderts. Doch selbst dann könnte die Zahl nicht mit der auf dem Vertrag mithalten. »Caaaaleb!«, rufe ich wieder. Wo ist er nur?

Dan leuchtet über den Weg. Etwas blitzt metallisch in der Dunkelheit.

»Das Quad.« Wir gehen zu dem Fahrzeug, das immer noch auf dem Rücken liegt.

»Ihr habt das Quad geschrottet?«

»Nick ist gefahren.« Ich gehe neben dem Quad in die Hocke und suche nach Fußabdrücken, aber der Boden ist hart und es ist nichts zu sehen. Ich schiebe eine Hand darunter und spüre, dass der Sitz hochgezogen wurde. Die Gatorade-Flasche und der Müsliriegel, die für Notfälle darunter verstaut sind, sind verschwunden.

»Mom!«, rufe ich, dann sehe ich Dan an. »Ruf deine Eltern her.«

Dan brüllt nach seiner Mom und seinem Dad und die Erwachsenen scharen sich um uns. »Caleb ist hier vorbeigekommen.«

»Woher weißt du das?«, fragt Dan.

»Wir haben immer was zu essen im Quad.« Ich zeige auf das leere Fach. »Es ist weg.« Mein Herz schlägt schneller.

»Was glaubst du, wohin er von hier aus gegangen ist?«

»Vielleicht zum Bach?«, schlage ich vor. »Mom, wir haben die heiße Quelle gefunden, von der du erzählt hast. Besser gesagt, nicht die Quelle, sondern das Wasser, das von dort kommt. Es ist warm. Caleb dachte, dass es uns zum Schatz führt.«

»Wo?« Moms Stimme ist angespannt.

»Hier entlang.« Ich zeige mit der Taschenlampe. »Glaube ich. Hört ihr das Plätschern?«

Alle lauschen angespannt. Red sagt: »Ich erinnere mich.« Erleichtert, dass jemand das Kommando übernimmt, folgen wir Red zum Ufer des Wasserlaufs, unsere Taschenlampen sind wie Leuchtfeuer in der Dunkelheit. »Woher kommt der Bach, Red? Ich nehme an, er mündet in den See, aber wo ist die Quelle?«

»An den Wasserfällen oben im Wald. Ich weiß nicht mal, ob sie noch auf dem Grundstück liegen.«

»Glaubst du, er wusste, in welche Richtung er gehen musste?«, fragt Mom und leuchtet den Bach hinauf und hinunter.

»Ich weiß es nicht«, erwidert Red. »Wollen wir uns aufteilen? Das Gebiet ist riesig. Wir brauchen mehr Hilfe. Jemand muss zum Campingplatz zurück und ein paar Leute auftreiben.«

»Ist die Polizei schon verständigt?«, fragt Mrs Schaeffer und legt Mom den Arm um die Schultern.

»Ja, ich habe angerufen, aber er ist ja noch nicht lange verschwunden.« Moms Stimme bricht.

»Das spielt keine Rolle, Anna. Er ist allein im Wald. Sie müssen kommen.« Sie sieht ihren Mann an. »Ruf an, Eric.«

»Hier draußen ist kein Empfang.« Mom läuft aufgebracht hin und her. »Und bis zum Campingplatz dauert es zu lange.«

»Lasst uns das Quad umdrehen«, schlage ich vor. »Vielleicht funktioniert es ja noch.«

Red schaut mich an. »Gute Idee.« Wir gehen zurück zum Quad. Red, Dan, Mr Schaeffer und ich stellen uns ans hintere Ende. »Bereit?«, ruft Red. »Eins, zwei, drei.« Wir grunzen und stöhnen, drücken und stemmen, und langsam hebt sich das Quad hoch, dreht sich zur Seite und schlägt schwer auf.

»Ich glaube, die Spurstange ist gebrochen«, sage ich. Verdammt, warum habe ich meinen Sechskantschlüssel nicht dabei?

»Nicht gebrochen, nur verbogen.« Red bückt sich und schlägt mit seiner Maglite dagegen. »Vielleicht springt es noch an. Ich fürchte nur, dass Benzin in den Motor gelaufen sein könnte.« Behände wie jemand, der fünfzig Jahre jünger ist, springt er auf den Fahrersitz. »Schlüssel?« Ich gebe sie ihm. Er zündet den Motor. Der stottert, dann säuft er ab. Red versucht es noch einmal und es ertönt ein Geräusch, als würde der Motor vergeblich versuchen, sich zu räuspern. Er versucht es ein drittes Mal. Das Husten geht in ein Schnurren über. Red tätschelt das Fahrzeug. »Guter Junge.«

»Du lässt uns doch hier nicht allein, Red?« Mom sieht verzweifelt aus. Wie zu der Zeit, als Caleb im Krankenhaus war.

»Ich bleibe bei euch«, versichert er.

Und mich kriegt auch niemand hier weg.

»Ich hole Hilfe.« Mr Schaeffer sieht seine Frau an. »Alison, du bleibst hier bei Anna.« Er steigt auf das Quad, schaltet die Scheinwerfer an und setzt langsam zurück. »Ich komme mit Verstärkung wieder.«

»In Ordnung.« Red klopft auf das Fahrzeug. »Fahr vorsichtig, es ist dunkel.«

Mr Schaeffer nickt, hebt die Hand und weg ist er.

»Alison, Anna, ihr zwei geht am besten den Bach entlang zum See«, schlägt Red vor. »Ich gehe mit Julia und Dan in die andere Richtung.«

Sie nicken und folgen dem Bachlauf, ihre Lichter entfernen sich immer weiter. Die Temperatur sinkt. Ich hoffe, Caleb ist irgendwo warm in einen Schlafsack eingekuschelt. Wir gehend schweigend weiter, die Taschenlampen über das unwegsame Gelände schwenkend.

»Caleb!«, rufe ich. Keine Antwort.

»Ich wusste nicht, dass es hier Wasserfälle gibt«, sagt Dan. »Du?«

Red grunzt. »Wir machen keine Werbung dafür, weil es dort gefährlich ist. Es braucht nur ein paar dumme Kinder, die von den Klippen springen und sich verletzen. Dann haben wir einen Prozess am Bein – und nichts als Ärger.«

»Du wusstest also von den heißen Quellen, Red?«

»Natürlich«, sagt er. »Dein Großvater hat immer davon gesprochen, dort ein richtiges Schwimmbecken auszuheben. Er meinte, das Wasser hätte eine therapeutische Wirkung wie ein Jungbrunnen. Wegen der ganzen Mineralien darin.«

»Wirklich?«

»Na, seinem alten Körper haben sie jedenfalls nicht geschadet.«

»Ihr habt in den Quellen gebadet?« Ich kann es nicht glauben.

»Früher bin ich ab und zu hochgewandert.« Er grinst und zeigt auf seinen Körper. »Oder was glaubt ihr, warum ich so jung geblieben bin? Deshalb und weil deine Mutter mich knochenhart schuften lässt. Das hält mich in Form.« Er sagt es mit größter Zuneigung in seiner Stimme.

»Wie alt bist du eigentlich, Red?«, fragt Dan. Ich habe selbst keine Ahnung.

»Siebenundsechzig«, sagt der und streicht sich den Bart. »Nächsten Monat werde ich achtundsechzig.«

»Siebenundsechzig?«, wiederholt Dan. »Ich dachte, du wärst Mitte fünfzig!«

»Ich fasse es nicht, dass ich nichts davon wusste«, sage ich.

»Du wusstest es, Julia, du hast es nur vergessen«, erwidert Red. »In den letzten Jahren ist viel passiert. Dein Großvater ist mit dir dort baden gegangen, als du noch klein warst.« Ich versuche, eine Erinnerung heraufzubeschwören, aber es kommt nichts. Sehnsucht nach Nick steigt in mir auf. Ich wünschte, er wäre jetzt hier, wenn auch nur, um mich zu drücken und mir zu sagen, dass alles wieder gut wird. Dass wir meinen Bruder finden werden. »Caleb!«, brüllt Red.

»Schaut mal!« Ich leuchte mit meiner Lampe. »Da ist eine Höhle.«

»Vorsicht«, warnt Red. »Ihr bleibt hier. Ich schaue nach, ob etwas darin ist.« Ich zittere und hoffe, dass Alte Klaue heute Nacht ein anderes Quartier bezogen hat. Red nimmt die Pfeife, die er um den Hals trägt, und bläst mehrmals hinein. Nichts. Wenn Caleb da drin wäre, wäre er mittlerweile herausgekommen. Er hat keinen Grund, sich vor uns zu verstecken. Oder fürchtet er, wir könnten ihn davon abhalten, den Schatz zu finden?

»Caleb!«, rufe ich. »Das ist nicht witzig. Komm raus, wenn du da drin bist. Wir machen uns Sorgen!« Red geht tiefer in die Höhle und leuchtet mit der Taschenlampe hinein. Ein Schwarm Fledermäuse flattert heraus, und ich ducke mich und schlage die Hände vors Gesicht.

»Keine Angst, Julia, sie sind weg«, sagt Dan.

Zitternd richte ich mich auf, noch immer mit eingezogenem Kopf. »Das war das Adrenalin«, sage ich verlegen. »Ist gerade alles ein bisschen viel für mich.« Ich hasse Fledermäuse.

»Total verständlich«, erwidert Dan und tätschelt meine Schulter. Und ohne einen bestimmten Grund verzeihe ich ihm alles.

»Caleb?«, ruft Dan und leuchtet in die Höhle. Sie reicht in die massive Bergwand hinein. Über das Gestein rinnt Wasser. Zwischen hoch aufragenden Bergspitzen befindet sich eine Senke, die einigermaßen zugänglich aussieht. Von dort kommt auch das Wasser. Red erscheint wieder am Höhleneingang. »Ich klettere da hoch und schaue nach«, erklärt er. »Ihr zwei bleibt hier.«

»Ich komme mit«, sage ich sofort. »Dan, du wartest auf die anderen.«

Red widerspricht nicht. Das ist eine der Eigenschaften, die ich an ihm mag: Er behandelt mich gleichberechtigt. Wir gehen zum Fuß des Berges. »Warum glaubst du, dass er hier langgegangen ist?«, frage ich. Wäre er überhaupt stark genug für den Aufstieg?

»Wenn ich ein Kind auf Schatzsuche wäre, hätte ich diesen Weg jedenfalls genommen«, sagt Red. »Hinter den Felsen da oben ist ein Plateau. Dort befindet sich der größte der Wasserfälle. Er stürzt in ein großes Becken, aus dem auch dieses Wasser hier kommt.«

Wir beginnen zu klettern. Ich klammere mich an Wurzeln und Zweige, alles, woran ich mich hochziehen kann. Es ist steil. Ich kann mir nicht vorstellen, dass mein Bruder allein hier hochgekommen ist. Dan leuchtet uns den Weg. Endlich erreichen wir das Plateau. Red holt seine Maglite aus der Tasche und lässt den Lichtschein umherhuschen. Hier oben gibt es nur wenige Bäume. Das Licht der Sterne scheint hell auf einen großen See, der vor uns liegt.

»Diamantene Weiten«, flüstere ich. Es ist der zauberhafteste Anblick, den ich je ohne die Hilfe eines Teleskops gesehen habe. Der Wasserfall stürzt von einem hohen, steilen Felsen herunter, der das Wasserbecken in einem breiten Bogen umgibt. Nebel steigt aus dem Becken auf und verdampft im Mondlicht. Ich gehe zur Felskante und tauche die Hand ins Wasser. Es ist heiß. »Das ist unglaublich.«

»Ja. Und jetzt wissen alle Bescheid. Verdammt.«

»Wie meinst du das?«

»Wenn sich herumspricht, dass wir hier heiße Quellen haben, wird sich sicher mehr als nur ein Käufer für das Land interessieren. Das hat uns gerade noch gefehlt«, grummelt Red. »Und mein ungestörtes Baden kann ich jetzt auch vergessen.«

Er scheint die Chance darin gar nicht zu sehen.

»Aber Red, das könnte unsere Rettung sein! Wir müssen nicht an die Casino-Leute verkaufen. Mom hat selbst gesagt, dass sie von so etwas träumt. Wir können ein natürliches Öko-Spa daraus machen oder etwas Ähnliches!« Mein Kopf explodiert vor Ideen. »Wir könnten vertraglich festlegen lassen, dass wir hierbleiben und die Anlage führen dürfen. Vielleicht könnten wir auch nur einen Teil des Landes verkaufen oder verpachten oder …« Ich weiß, dass Nick mir helfen wird, ich weiß es einfach. »Das ist der Schatz. Caleb hatte recht.« Beim Gedanken an meinen Bruder rufe ich wieder. »Caleb?«

»Julia?«, piepst ein leises Stimmchen.

»Caleb!« Ich reiße Red die Taschenlampe aus der Hand und renne in die Richtung, aus der die Stimme gekommen ist. Mein Licht schwankt wie ein betrunkenes Glühwürmchen. »Wo bist du?«

»Hier drüben!«, ruft er. »Ich stecke fest.« Ich folge seiner Stimme, sehe ihn aber immer noch nicht und haste weiter. Dabei stolpere ich über ein paar Steine, rutsche aus und stürze über einen Baumstamm.

»Autsch.« Der Baumstamm krächzt.

»Caleb!« Schiere Erleichterung durchströmt meinen Körper. »Geht es dir gut? Bist du verletzt?« Er hebt schützend die Hand vors Gesicht, als ich ihn anleuchte.

»Mir geht's gut, aber mein Knöchel ist eingeklemmt. Vermutlich ist er gebrochen.« Seine Stimme klingt entschuldigend. Ich leuchte auf seinen Fuß. Er steckt in einer Spalte zwischen zwei großen Felsen. Sein Hosenbein ist hochgezogen und ein bläulich lila Fleck hat sich über sein geschwollenes Bein ausgebreitet.

»Red!«, rufe ich. »Hier drüben.« Red eilt zu uns.

»Wo bist du denn da hineingeraten, Jungchen?« Seine Stimme klingt barsch, aber ich sehe die Erleichterung in seinem Gesicht, als er Calebs Kopf an seine Brust drückt.

»Das war nur ein kleiner Unfall.«

»Ein kleiner Unfall?«, fauche ich. »Weißt du, was passiert wäre, wenn wir dich nicht gefunden hätten? Es ist verdammt kalt hier oben und du sitzt fest. Was, wenn ein wildes Tier gekommen wäre oder …?«

Ich unterbreche mich, als ich sehe, dass seine Zähne klappern. Vermutlich die Kälte oder der Schock. Oder beides. Ich ziehe meinen Pullover aus. »Tut mir leid, ich hab mir nur solche Sorgen gemacht.« Tränen schießen mir in die Augen und ich umarme seinen schmalen Körper.

»Hör zu, Caleb, das könnte jetzt wehtun. Am besten machst du die Augen zu.« Reds Stimme duldet keinen Widerspruch. Ich halte Calebs Hand, während Red den Fuß mit aller Kraft herauszieht. Caleb schreit, ein hohes, unmenschliches Geräusch, während ich ihn ganz fest halte.

»Atmen, versuch zu atmen.«

Caleb keucht vor Schmerz, doch er weint nicht.

Red strahlt den Knöchel an. Der Fuß steht in einem seltsamen Winkel vom Bein ab und hat mehrere tiefe Schürfwunden, in denen sich Schmutz und Erde mit dem offenen Gewebe vermischen. »Damit kannst du nicht laufen«, stellt Red fest und hockt sich auf die Fersen. Verdammt. Wie sollen wir ihn nach unten bringen?

In diesem Augenblick ertönt in der Ferne das Geräusch eines Hubschraubers. Dan leuchtet von unten mit seiner Maglite. An, aus, an, aus – wie ein Leitsignal. Wollen die etwa zu uns? Red leuchtet ebenfalls zum Himmel, quer zu Dans Lichtstrahl. Der Helikopter kommt näher, und als er mit seinem kreisenden Propeller Staub und Wasser aufwirbelt, lege ich schützend die Hand vor die Augen. Der Hubschrauber senkt sich so tief wie möglich. Grelles Licht scheint nach unten und eine Leiter wird herabgeworfen. Caleb und ich schauen uns verblüfft an.

»Passiert das gerade wirklich?«, murmele ich. Ein Kopf wird aus der Tür des Rettungshubschraubers gestreckt, dunkle Haare flattern in alle Richtungen.

»Hey!« Ein Arm winkt, während eine Stimme gegen den Hubschrauberlärm anbrüllt. »Braucht ihr 'ne Mitfahrgelegenheit, Tink?«

27

»Echt unfassbar, dass du einen Hubschrauber organisiert hast.« Ich bin immer noch völlig geplättet von den Ereignissen der letzten Stunden und sitze wie benommen im Krankenhaus im Wartesaal. Red hat darauf bestanden, mit Dan zurückzugehen, um Mom Bescheid zu sagen, die jetzt unterwegs ist. Der Rettungssanitäter Kevin hat meinen Bruder in den Rettungskorb gepackt, der eher eine kleine Trage war. Caleb wollte unbedingt, dass ich bei ihm bleibe, also wurde ich ebenfalls mit der Winde nach oben gezogen. Es war eine der aufregendsten und beängstigendsten Erfahrungen meines Lebens. »Woher wusstest du überhaupt, dass Caleb verschwunden war?«

»Tja, nachdem ich gerade noch pünktlich zum Flughafen gekommen bin, hatte mein Flug Verspätung.« Nick lächelt und seine dunklen Augen blitzen. »Und dann hat Dan angerufen.«

»Dan?« Das hat er wohl getan, kurz bevor wir losgegangen sind. Warum hat er mir nichts davon gesagt?

»Ja. Er meinte, dein Bruder sei im Wald auf Schatzsuche gegangen und verschwunden.« Er runzelt die Stirn. »Es war schon fast dunkel und ich hatte kein gutes Gefühl. Dann habe ich zufällig die Jungs hier gesehen, die gerade auf der Rollbahn Landemanöver geübt haben. Als sie ins Terminal kamen, habe ich ihnen die Lage erklärt. Sie hatten Bedenken, weil sie nicht offiziell gerufen worden sind, aber ich habe angeboten, sie im Voraus zu bezahlen. Gerade als wir gestartet sind, kam die Meldung vom Notdienst.«

»Danke.« Ich blinzle die Tränen zurück. »Ich kann es immer noch nicht glauben.« Die dramatischen Ereignisse haben mich richtig zittrig gemacht. Dazu die Rückkehr ins Krankenhaus, wo wir quasi den ganzen Winter verbracht haben.

Nick mustert mich prüfend. »Möchtest du etwas trinken? Vielleicht stehst du selbst noch unter Schock.«

»Mir geht's gut.« Er holt mir trotzdem Wasser in einem kleinen Styroporbecher. »Mir ist gerade eine Krankenschwester über den Weg gelaufen. Sie scheinen mit Calebs Knöchel fast fertig zu sein.«

»Das ging ja schnell.«

»Die Schwestern hier kennen ihn wohl alle, was?«

»Ja. Sie haben sich großartig um ihn gekümmert«, erwidere ich. »Was ist mit deinen Terminen? Müsstest du nicht gerade bei irgendeiner wichtigen Verabredung sein?«

»Doch.« Er setzt sich neben mich und gibt mir den Becher. Ich trinke einen kleinen Schluck. »Bei dieser hier.« Er legt die Hand auf mein Knie und ich lehne den Kopf an seine Schulter.

Als Caleb aus dem OP kommt, ist Mom da. Und Mr Constantine. Die Chirurgin erklärt uns, dass die Operation gut verlaufen ist, dass es aber noch ein paar Wochen dauern wird, bis Caleb den Knöchel wieder voll belasten kann. Er braucht vorerst einen Rollstuhl und dann Krücken.

»Oh Mann«, knurrt er mit blassem Gesicht. »Ich soll den ganzen Sommer in der Bude hocken?«

Ich verkneife mir ein Lächeln. Noch vor wenigen Wochen hätte er sich darüber gefreut. »Sei nicht albern«, sage ich. »Du kannst doch trotzdem am Strand rumhängen und Gitarre üben.«

Seine Miene hellt sich auf. »Stimmt. Und den Schatz müssen wir ja auch noch finden.«

Ich werfe Nick einen Blick zu. »Ich glaube, du hast ihn schon gefunden.«

»Ach ja?«

»Ja. Die heißen Quellen.«

Mr Constantine schaut abrupt von seinem Handy auf. »Es gibt sie also tatsächlich?«

»Dad, was das betrifft …« Nick zieht seinen Vater ein Stück den Gang entlang. Ich habe ihm im Hubschrauber alles erzählt. Wir waren beide der Meinung, dass die Quellen völlig neue Möglichkeiten für uns und den Campingplatz bieten. Nick wird mit seinem Vater über die Alternativen sprechen.

»Es gibt gar keinen Schatz?« Caleb verzieht enttäuscht das Gesicht.

»Caleb, was du gefunden hast, macht das Land noch viel wertvoller. Vielleicht können wir mit den Quellen unser Zuhause retten. Wir könnten Investoren ins Boot holen.«

Moms Augen füllen sich mit Tränen. »Das hätte ich nie für möglich gehalten. Die Lösung war die ganze Zeit vor unserer Nase.«

»Mom, mach dir keine Vorwürfe. Seit Dad weg ist, hattest du andere Sorgen. Mit dem Platz und uns hattest du mehr als genug Arbeit. Obwohl wir derart vorbildliche Kinder sind«, füge ich grinsend hinzu. »Und als Caleb krank geworden ist, waren ein paar heiße Quellen in den Bergen das Letzte, woran irgendjemand gedacht hat.« Ich lege den Arm um sie und drücke sie fest.

»Was für ein Glück, dass ich dich habe.« Sie küsst mich auf den Scheitel. »Euch alle beide.«

Ich stehe mit Nick am Flughafen und verabschiede mich von ihm, während eine Menge Leute mit Rollkoffern an uns vorbeieilen, einige mit Kindern im Schlepptau, oder am Handy und mit Kaffeebechern in der Hand. Nick hat nächste Woche tausend Termine, von denen die meisten mit dem Campingplatz zu tun haben. »Es ist unglaublich, was du alles für uns machst.«

»Ich kriege ja liebend gern den ›Retter-in-der-Not‹-Stempel, aber vergiss nicht, dass für meinen Vater und mich auch was dabei herausspringt«, sagt er trocken.

»Aber unsere Sorgen hätten dir egal sein können. Du hättest mir nicht helfen müssen. Du hättest dir einfach nehmen können, was du wolltest.« Und ich hätte es ihm gegeben. Und mein Herz obendrein. »Und dann kommst du im Hubschrauber angeflogen wie im Film. Und am Ende hilfst uns noch mit Wakestock.«

»Hm«, sagt er mit einem Funkeln in den schwarzen Augen. »So habe ich das noch gar nicht gesehen. Ich bin schon ein toller Kerl, was?«

»Oder einfach nur verrückt.«

»Tja, wenn man verliebt ist, macht man eben verrückte Dinge.«

Halt. Was … hat er da gerade … gesagt?

»Was?« Ich starre ihn an.

»Ich wusste es in dem Moment, als du auf dem Steg gestolpert bist. Bei meiner Mom und meinem Dad ist es genauso passiert. Äh, nur dass sie sich dabei nicht auf die Nase gelegt hat.«

»Du liebst mich?«, wiederhole ich entgeistert.

Er grinst. »Du hast doch gerade selbst die Beweise dafür aufgelistet.«

»Obwohl ich so eine störrische, ungeduldige Chaotin bin?«, frage ich und wünsche mir sofort, ich hätte es nicht gesagt.

Er zuckt die Schultern. »Wer ist das nicht? So wird es jedenfalls nicht langweilig.« Er schaut mich an und legt die Hand an meine Wange. »Du bist schön, Julia. Innerlich und außen.«

In dem Augenblick wird sein Flug aufgerufen. Er steht nur da und sieht mich an. Passiert das gerade wirklich? Nick liebt mich?

»Du wirst mir fehlen«, sage ich mit trockenem Mund.

»Du mir auch«, erwidert er und senkt den Kopf, um mich zu küssen, genau hier im Flughafen inmitten aller Leute. Was es mir nicht unbedingt leichter macht, seine Worte zu verdauen. Er wirft seine Tasche über die Schulter, nimmt meine Hände und küsst sie. »Bis bald?« Seine dunklen, schönen Augen in seinem ebenso schönen Gesicht scheinen mich ganz aufzunehmen und spiegeln mir jemanden, den ich noch nie gesehen habe.

»Bis bald.« Ich hebe die Hand.

Er lächelt. »Bis bald, Tink.« Dann dreht er sich um und geht zur Sicherheitskontrolle. Ich stehe da und folge ihm mit den Augen, bis er sein Ticket vorzeigt und schon fast hinter der Trennwand verschwunden ist.

»Warte!«, rufe ich und mein Herz ist plötzlich im Gleichtakt mit dem gesamten Universum. Er dreht sich um und zieht fragend eine Augenbraue hoch. Ich balle alle Gefühle in mir zusammen und lasse sie aus mir heraussprudeln. »Ich liebe dich auch!«

Er grinst, sein liebenswertes Lächeln, das ich noch in der sternenlosesten Nacht wiedererkennen würde. »Das weiß ich doch, Tink.« Damit verschwindet er durch die Tür.

28

»Das ist unglaublich«, sagt Page. Sie beäugt die Bühne und das Soundequipment. Hunderte von Menschen haben es sich auf der Wiese und am Strand bequem gemacht, lachen und unterhalten sich und warten darauf, dass die Bands anfangen zu spielen.

»Ich weiß.« Ich schaue mich um und kann es selbst kaum fassen. »Das meiste hat Nick organisiert. Er sollte wirklich Veranstaltungsmanager werden.«

»Du meinst, neben seinem Job als Immobilienmogul, Handwerker, Musiker und, ach ja, dein Freund?«, sagt Paige und ich werde rot. Ich bin noch immer so wahnsinnig glücklich, dass es sich permanent anfühlt, als müsste mein Herz platzen.

»So was Ähnliches hab ich auch schon mal zu ihm gesagt.«

»Stimmt es, dass er einen Investor gefunden hat?«

»Ja. Ein Öko-Tourismus-Unternehmen mit einem super Ruf. Wir werden später mit Mom und Mr Constantine darüber sprechen.« Nick ist erst gestern angekommen und hatte noch so viel zu tun, dass ich kaum die Gelegenheit hatte, mich mit ihm zu unterhalten.

Die Menge beginnt zu jubeln, als er und der Rest seiner Band auf die Bühne kommen und sich bereit machen, um als Warm-up vor den Discarded Unicorns zu spielen. Er sieht unglaublich gut aus. Enges blaues T-Shirt, Jeans, rote Sneakers und der Hauch von Verwegenheit, der ihn gefährlich wirken lässt und sehr, sehr sexy. Wie immer also.

Paige und ich kreischen nach Leibeskräften, während die Menge klatscht und pfeift. Die Energie in der Luft ist spürbar, hartgesottene Fans der Band scheinen vor Freude über die unverhoffte Wiedervereinigung schier auszurasten.

»Hallo«, sagt Nick ins Mikrofon. Seine Stimme ist tief und kraftvoll. »Ich danke euch allen, dass ihr zu diesem Benefizkonzert gekommen seid, und ich danke natürlich unseren Sponsoren. Es ist toll, so viele Leute hier zu sehen.« Mehr Pfiffe und Jubel. »Und es ist großartig, dass ihr alle diesen Campingplatz unterstützt. Es ist ein fantastischer Ort und er gehört einer tollen Familie. Die Einnahmen werden ihnen Starthilfe für ein paar Veränderungen geben, auf die ihr alle gespannt sein dürft.« Er schaut zu einem Typen aus der Crew, der sein Handy auf der Suche nach Empfang durch die Luft schwenkt. »Wie ist der aktuelle Stand, Kev?«

Kevin blickt ungläubig auf. »Das Backstage-Treffen mit Alex steht im Moment bei 45 400 Dollar«, sagt er. »Ein Bieter aus Vancouver.« Mir klappt das Kinn runter, während das Publikum jubelt. Ich erhasche einen Blick auf Alex' verblüfftes Gesicht hinter der Bühne, seine Bandmitglieder klopfen ihm auf den Rücken, pfeifen und johlen.

»Nicht schlecht.« Nick dreht sich zu Alex und zwinkert ihm zu. »Ich hoffe, du sorgst dafür, dass der- oder diejenige sich gut amüsiert.« Er nimmt seine Gitarre, wirft sich den Gurt um den Hals und beugt sich wieder zum Mikro. »So gut wie ihr jetzt. Wir spielen einen neuen Song für euch, den ich für eine ganz besondere Person geschrieben habe. Sie ist heute Abend hier.«

»Oh mein Gott, er meint dich«, flüstert Paige und starrt mit tellergroßen Augen zur Bühne. »Shinto und Haru werden ausrasten, wenn ich ihnen das erzähle.«

»Sie heißt Julia, aber ich nenne sie Tinkerbell. Denn, wisst ihr …« Er grinst und schaut mich direkt an. »Sie gibt mir das Gefühl, fliegen zu können. Der Song heißt *An Infinity of Diamonds.* Eins, zwei, drei, vier!« Die Band stimmt den Song an. Es ist unsere Geschichte. Von dem Mädchen, das auf dem Steg in sein Leben gestolpert ist. Er ist eingängig und fröhlich, einer dieser Songs, bei denen alle auf und ab springen und mit den Armen winken. Ich habe keinen Zweifel daran, dass der in die Charts kommt.

»Ich kann es nicht glauben!«, kreischt Paige.

»Ich auch nicht.« Wir tanzen wild nebeneinander und Nick lässt mich während des ganzen Songs nicht aus den Augen. Jede Menge Mädchen rufen seinen Namen, aber das stört mich nicht, denn ich weiß, wenn er von der Bühne kommt, gehört er nur mir. Die Band beendet den Song unter Jubel und startet gleich mit dem nächsten. Ich sehe, wie Caleb über die Seitentreppe auf die Bühne geht. Er sieht aus wie eine Mini-Rockstarversion auf Krücken mit seinen verwuschelten Haaren. Im nächsten Song hat er sogar ein kleines Solo. Mom steht neben Mr Constantine, der zwei Finger in den Mund steckt und einen lauten Pfiff ausstößt.

Die Band beendet ihr Set, spielt noch eine Zugabe und dann steht Nick auch schon neben mir, schwitzend und aufgedreht, und gibt mir einen überirdischen Kuss. Paige verdrückt sich.

»Du warst toll«, sage ich, als ich endlich wieder Luft bekomme.

»Das musst du als meine Freundin ja sagen.«

»Hast du je erlebt, dass ich nicht sage, was ich denke?«

»Nein.« Er küsst mich wieder.

»Und dieser Song … über uns. Wahnsinn.«

»Alex will ihn haben.«

»Alex von den Unicorns?« Ich schaue zu der Band, die jetzt auf die Bühne kommt und noch mehr Geschrei und Jubel erntet. Der Sänger scheint sich von der Nachricht über die Auktion einigermaßen erholt zu haben.

»Ja. Er will ein paar Songs mit mir scheiben. Vielleicht bekomme ich sogar einen Vertrag. Dafür schlägt mein Herz, fürs Schreiben und Komponieren.« Er schaut mich an und malt mit dem Finger ein Herz auf mein eigenes, das wie ein Kolibri flattert. »Und noch für etwas anderes natürlich.«

»Hab ich dir schon gesagt, wie unglaublich du bist?«, frage ich, während die Discarded Unicorns ihren neuesten Hit anstimmen.

»Ja, aber ich kann es gar nicht oft genug hören.« Er nimmt mich bei der Hand und zieht mich aus der Menge. Ich entdecke Paige und winke ihr zu. Sie tanzt mit Dan und Taylor. Dan hat auf meinen Rat gehört und Taylor für das Konzert hergeholt. Ich hoffe, sie vertragen sich wieder. Unten am Strand blickt Nick über den See.

»Ich kann es kaum erwarten, bis ihr das Angebot von der Tourismus-Gesellschaft hört. Es ist perfekt. Sie haben richtig gute Ideen für das Spa. Sie wollen einen ganzheitlichen Rückzugsort anlegen, Yoga, gesundes Essen von deiner Mom, Massagen, das volle Programm. Und das Beste ist, wir haben die Leasingkonditionen so ausgehandelt, dass ihr die Besitzer des gesamten Grundstücks bleibt. Sie wollen sogar, dass ihr die Anlage mit ihnen gemeinsam plant und dann auch leitet.«

»Ich kann es immer noch nicht glauben.« Ich schüttele den Kopf. »Ich bin so froh, dass auch weiterhin Menschen diesen Ort genießen können.« Ich zeige um uns herum. »Ich konnte die Vorstellung einfach nicht ertragen, dass irgendein armer Tropf hier sein ganzes Vermögen an Spielautomaten verliert.«

»Casinos sind nicht nur schlecht.« Er grinst. »Aber ich habe das Gefühl, dass diese Lösung für alle besser passt.«

»Viel besser.« Wir stehen Händchen haltend da und ich sehe ihn lächelnd an.

»Da ist noch etwas.«

»Was denn noch?« Du liebst mich, du hast mir geholfen, meinen

Bruder und unseren Campingplatz zu retten und du hast einen saucoolen Song für mich geschrieben.

»Das hier.« Er hält mir zwei Papierkarten hin, die wie Tickets aussehen. Flugtickets. Ich blinzle und nehme sie. Zwei Tickets nach Athen.

»Ist das dein Ernst?«, quietsche ich. »Griechenland?« Ich habe das Gefühl, gleich ohnmächtig zu werden, und fächle mir mit den Tickets Luft zu.

»Deine Mom und ich finden, du hast dir einen Urlaub verdient. Wir fliegen im Herbst, wenn es hier etwas ruhiger wird.« Nick mustert mich. »Sollen wir mal kurz zur Zuckertüte, um deinen Blutdruck zu stabilisieren?«

»Du meinst den Blutzucker.« Ich schlinge die Arme um ihn und küsse ihn. »Danke.«

»Hm, mit meinen Medizinkenntnissen kann ich dich wohl nicht beeindrucken. Besser gesagt, mit meinen Nichtkenntnissen.«

»Es gibt also doch Dinge, die du nicht weißt«, necke ich ihn, wie benommen von den vielen Möglichkeiten, die sich plötzlich auftun.

»Aber eins weiß ich, Tink«, murmelt er und beugt den Kopf zu mir, während wir uns langsam zur Musik der Unicorns wiegen.

»Und zwar?« Ich blicke zu meinem Piraten auf.

»Ich bin verrückt nach dir.«

»Wie verrückt?« Ich sehe ihn mit halb gesenkten Lidern an. Verführerisch zu sein wird mit etwas Übung tatsächlich leichter.

»Verrückter als alle Sterne am Himmel.«

Ich verkneife mir den Kommentar, dass das nicht wirklich Sinn ergibt. »Das ist viel.«

»Ich weiß.«

Wir versinken in einem dieser albernen Happy-End-Küsse wie im Film, mit der tobenden Menge um uns herum, der hinreißenden Musik der Band in den Ohren und dem Strahlen der Himmelskörper über uns. Nur dass es nicht albern ist, sondern das echte Leben. Mein Leben.

Danksagung

Das ist immer der schwierigste Teil! Wie soll ich meine übergroße Dankbarkeit für all die Menschen ausdrücken, die mir dabei geholfen haben, dieses Buch zu schreiben? Ganz sicher werde ich jemanden vergessen und ich entschuldige mich schon im Voraus dafür. Wenn ihr diese Sätze lest, wisst ihr, ihr seid gemeint.

Zuerst möchte ich sagen, wie sehr es mich freut, dass »Mein Sternschnuppensommer« in Kanada bei dem wunderbaren Verlag Kids Can Press im neuen Loft Imprint erscheint. Ein herzliches Dankeschön an meine unglaubliche Lektorin Kate Egan, die der Geschichte viele entzückende Seitenstränge verpasst hat – es war eine überaus fruchtbare Zusammenarbeit. Ich danke Michaela Cornell, einer der ersten Vorkämpferinnen von »Mein Sternschnuppensommer« und meinem Fels, der reizenden Lisa Lyons Johnston, der großartigen Präsidentin von KCP, und den anderen leuchtenden Sternen dort wie Jennifer Grimbleby und den Rights Managern, die »Mein Sternschnuppensommer« in die ganze Welt gebracht haben!

Meiner brillanten Agentin Ali McDonald danke ich für ihre Zuversicht und Unterstützung und dafür, dass sie immer da ist, um mich zu beruhigen, sowie dem Rest des Teams bei TRF, darunter Lydia Moëd, Kelvin Kong und Sam Hiyate.

Ich danke Pierre-Louis Beranek für mein wunderhübsches Porträtfoto und Kaythe (gesprochen: Katie), die mir geholfen hat, das richtige

Make-up für besagtes Foto zu wählen. Ich danke der unglaublich talentierten Emma Dolan, die nicht nur das wunderschöne Originalcover entworfen hat, sondern rein zufällig auch das Cover von »Kissing Frogs« und bei der ich mich schändlicherweise noch gar nicht bedankt habe, aber das Schicksal gibt mir zum Glück eine zweite Chance: DANKE, EMMA!

Außerdem möchte ich meiner Mom und meinem Dad danken, dass sie die besten Eltern sind, die man sich nur wünschen kann, die uns immer alles gegeben haben, was sie hatten, nicht zuletzt massenhaft Liebe. Ich danke meinen Geschwistern Ashley, Angela und Aaron, dass sie meine Wegbegleiter und Freunde sind, nicht nur auf endlosen Autofahrten, sondern auch auf dieser viel zu kurzen Reise durchs Leben. Meinen entfernteren Verwandten: Tanten, Onkel, Cousins und Cousinen, Nichten und Neffen und nicht zuletzt meiner süßen und draufgängerischen Großmutter Flo! Ich bewundere und schätze euch alle sehr und ihr seid natürlich eine endlose Inspirationsquelle für meine Figuren.

Ich bin dankbar für meine geliebte Heimatstadt, sowohl für die Umgebung als auch für die Menschen, mit denen ich aufgewachsen bin und die mich weiter begleiten. Jedes Gespräch, jede Beziehung hat mich zu dem Menschen gemacht, der ich heute bin.

Ich danke Tim Rice für seine Kenntnisse über Such- und Rettungsaktionen (die Szene ist regelkonform, versprochen!), meiner Cousine Aveanna und meinem Cousin Brandt, die mir versichert haben, dass Jugendliche immer noch »sick« sagen, wenn sie »cool« meinen (zumindest in diesem Buch), und Emily Rondel, die ihr breites Wissen über Vögel mit mir geteilt hat (auch wenn das meiste davon leider nicht in dieses Buch eingegangen ist, war es trotzdem wertvoll).

Ich danke meinen Kindern, meinen Herzchen, meinen süßen Engeln. Ihr macht es eurer Mutter so schwer zu schreiben, denn ich weiß, dass diese wertvollen Jahre viel zu schnell vorbei sind. Und meinem Mann, bei dem Worte schnell unzulänglich werden, um meine unvergängliche Liebe und Dankbarkeit auszudrücken für alles, was du tust und bist.

Schließlich danke ich euch, meinen lieben Lesern, dass ihr dieses Buch zur Hand genommen und etwas Zeit mit mir verbracht habt. Ich betrachte uns jetzt als Freunde und gebe euch gern einen schwesterlichen Rat: Vergesst nie, die Schönheit eines Sonnenuntergangs am Strand oder die Hunderte von Grüntönen eines duftenden Waldes wahrzunehmen. Wenn ihr zu den Sternen aufblickt, achtet darauf, wie euer Atem kommt und geht, und freut euch darüber. Das ist euer Leben. Öffnet eure Augen, euren Geist, eure Herzen, und lebt.

Träumt wild,
Alisha